Collection QA **compact**

Ostende

POUR LES JEUNES

Corneilles, Boréal, 1989.

Zamboni, Boréal, 1990 • Prix M. Christie

Deux heures et demie avant Jasmine, Boréal, 1991.
• Prix du Gouverneur général

Granulite, Québec Amérique, 1992.

Guillaume, Québec Amérique, 1995.
• mention spéciale prix saint-exupéry (france)

Le Match des étoiles, Québec Amérique, 1996.

Kate, quelque part, Québec Amérique, 1998.

David et le Fantôme, Dominique et compagnie, 2000
• Prix M. Christie

David et les monstres de la forêt,
Dominique et compagnie, 2001.

David et le précipice, Dominique et compagnie, 2001.

David et la maison de la sorcière,
Dominique et compagnie, 2002.

SÉRIE « KLONK »

Klonk, Québec Amérique, 1993 • Prix Alvine-BÉlisle

Lance et Klonk, Québec Amérique, 1994.

Le Cercueil de Klonk, Québec Amérique, 1995.

Un amour de Klonk, Québec Amérique, 1995.

Le Cauchemar de Klonk, Québec Amérique, 1997.

Klonk et le Beatle mouillé, Québec Amérique, 1998.

Klonk et le treize noir, Québec Amérique, 1999.

Klonk et la queue du Scorpion, Québec Amérique, 2000.

Coca-Klonk, Québec Amérique, 2001.

La Racine carrée de Klonk, Québec Amérique, 2002.

Albums

L'ÉTÉ DE LA MOUSTACHE, Les 400 coups, 2000.

MADAME MISÈRE, Les 400 coups, 2000.

POUR LES ADULTES

La Note de passage, Boréal, 1985.

Benito, Boréal, 1987.

L'Effet Summerhill, Boréal, 1988.

Bonheur fou, Boréal, 1990.

Les Black Stones vous reviendront dans quelques instants, Québec Amérique, 1991.

Ostende, Québec Amérique, 1994.

Miss Septembre, Québec Amérique, 1996.

Vingt et un tableaux (et quelques craies),
Québec Amérique, 1998.

Fillion et frères, Québec Amérique, 2000.

Je ne comprends pas tout, Québec Amérique, 2002.

François Gravel

Ostende

roman

ÉDITIONS QUÉBEC AMÉRIQUE

329, RUE DE LA COMMUNE OUEST, 3ᵉ ÉTAGE, MONTRÉAL (QUÉBEC) H2Y 2E1 (514) 499-3000

Données de catalogage avant publication (Canada)

Gravel, François
    Ostende
    (QA compact ; 7)
    Publ. à l'origine dans la coll. : Collection Littérature
    d'Amérique. c1994.

    ISBN 2-7644-0149-3

    I. Titre.

PS8563.R388O87 2002   C843'.54   C2001-941872-8
PS9563.R388O87 2002
PQ3919.2.G72O87 2002

Les Éditions Québec Amérique bénéficient du programme de
subvention globale du Conseil des Arts du Canada. Elles tiennent
également à remercier la SODEC pour son appui financier.

Nous reconnaissons l'aide financière du gouvernement du Canada
par l'entremise du Programme d'aide au développement de
l'industrie de l'édition (PADIÉ) pour nos activités d'édition.

Dépôt légal : 1ᵉʳ trimestre 2002
Bibliothèque nationale du Québec
Bibliothèque nationale du Canada

PREMIÈRE PARTIE

J. F. KENNEDY

CHAPITRE

1

Vingt-deux novembre 1963. Une balle de fusil, tirée depuis le septième étage d'un entrepôt de livres, fracasse le crâne de John F. Kennedy. Jackie est éclaboussée de sang et de morceaux de cervelle.

À l'école Sainte-Claire, en banlieue de Montréal, Mme Giguère, titulaire de la classe de septième année, se promène entre les rangées de pupitres et surveille le travail de ses élèves. La maîtresse est sévère et les problèmes de mathématiques difficiles, aussi sommes-nous parfaitement silencieux quand la secrétaire vient frapper à la porte pour avertir qu'il faut, toutes affaires cessantes, nous rassembler dans la grande salle.

Jamais les enfants ne se sont réunis aussi vite, ni aussi silencieusement. Chacun a pris son rang, les petits en avant et les grands derrière, et suit des yeux M. Désautels, le principal, qui monte lentement sur l'estrade, la tête basse, et prend place à côté du drapeau.

Son discours est bref : John Kennedy, le président des États-Unis, a été assassiné cet après-midi à Dallas, au Texas. C'était un grand homme, un grand président et un bon catholique à qui Sa Sainteté le Pape Paul VI avait récemment rendu visite. Prions pour son âme et pour la paix dans le monde.

Sur le chemin du retour, les discussions vont bon train. Pierre-Paul est certain qu'il s'agit d'un coup des Russes : depuis qu'ils disposent d'une bombe de cinquante méga-tonnes (la précision du chiffre nous glace d'effroi), ils ne pensent qu'à déclencher la guerre. Jacques s'oppose à cette théorie. D'après lui, Khrouchtchev est un peureux qui court tellement vite qu'il en perd ses souliers. Non, c'est un coup des Cubains qui veulent se venger d'avoir perdu la guerre des cochons, quand Kennedy avait encerclé leur île avec ses grands porte-avions, les fameux *blocus*. Un autre penche plutôt pour le péril jaune : les Japonais, ce sont sûrement les Japonais.

Leur mémoire des noms étrangers, leur science infuse des choses politiques et l'assurance avec laquelle ils émettent leurs opinions me remplissent d'admiration. Quant à moi, je ne peux penser qu'à des choses futiles : le temps est gris et il est trois heures, comme un Vendredi saint ; Kennedy et moi, Jean-François Kelly, avons les mêmes initiales ; ma cousine Carole aura bien de la peine, elle qui aimait Kennedy au point de lui avoir consacré un *scrap-book* complet.

Les souvenirs de ces photos, tirées de *Life* ou de *Paris-Match*, me reviennent, pêle-mêle : John en joueur de football, à l'université. John et Jackie en maillots de bain, sur une plage, avec Caroline et John-John. Le chapeau rond qui seyait si bien à Jackie et si mal à toutes ses imitatrices… Rien qu'en regardant les photos de leur mariage, j'avais appris des dizaines de mots nouveaux : taffetas, corsage, orchidées (des fleurs très rares et très chères, avait dit Carole), symbole, protocole et surtout yacht, qui m'avait valu plus de cinquante points dans une partie de scrabble avec ma mère. Les yachts, le football, les plages, les mariages et le bonheur existeraient-ils encore après l'assassinat du président ?

D'un coin de rue à l'autre, le groupe d'enfants se disperse. Aussitôt que je me retrouve seul, je me mets à courir, dans l'espoir d'être le premier à apprendre à mon père une nouvelle qui, j'en suis sûr, le passionnera. Mais il sait déjà. J'aurais dû m'en douter : il écoute souvent la radio en rédigeant ses contrats d'assurance, jamais il n'aurait pu rater une information de cette importance.

Dans le salon, les stores sont baissés et le volume de la télé est au maximum. Assis sur le bout de son fauteuil, la pipe au bec, il remarque à peine mon arrivée. Je m'assois sur le divan et regarde avec lui l'image sautillante de la tête de Kennedy, projetée vers l'arrière, de la limousine qui s'emballe...

Quand ma mère rentre de son travail, à cinq heures, nous savons déjà tout du présumé meurtrier, Lee Harvey Oswald. Ce jeune homme de vingt-quatre ans a déserté l'armée américaine, il a vécu un certain temps en Russie et ses parents sont divorcés. Avec un tel pedigree, il est difficile de ne pas devenir un assassin, d'accord, mais pourquoi s'en était-il pris à Kennedy?

Ma mère prépare un repas en vitesse et vient s'asseoir avec nous. Les yeux rivés sur l'écran de télé, nous revoyons, encore et encore, la tête de Kennedy violemment projetée vers l'arrière.

— On perd son temps à se demander si Oswald est fou ou bien s'il est communiste : rien de tout cela ne serait arrivé si Kennedy avait eu une voiture blindée. On ne devrait jamais laisser les présidents se promener dans des automobiles décapotables, surtout pas au Texas.

Mon père a trouvé les mots qu'il fallait et je lui en suis reconnaissant. Ma mère aussi, qui acquiesce d'un mouvement de tête.

Le lendemain soir, nous mangeons encore au salon, pour ne rien rater. La réaction des Chinois nous scandalise : alors que tous les grands de ce monde y vont de leur discours pour dénoncer l'horrible attentat, célébrer la grandeur du président disparu et offrir leurs condoléances à la famille éplorée, Pékin n'a qu'un commentaire : « Kennedy mord la poussière. » Les Chinois auraient-ils été dans le coup? Disposent-ils d'une bombe atomique? Faudra-t-il creuser des abris, stocker des conserves?

Nous sommes sidérés quand Lee Harvey Oswald tombe sous les balles de Jack Ruby. Sous nos yeux. En

direct et en gros plan. Deux coups de feu. En plein cœur.
Le chapeau de Ruby, ses bagues, son ventre énorme. Le
cri d'Oswald, sa grimace, la stupeur des gardes du corps.
Ma mère et moi, assis au bout du sofa, les yeux exorbités,
attendons avec angoisse la réplique de mon père. Dans
notre famille, une mort ne peut rester longtemps inexpliquée. Il nous faut une raison, une cause, un mobile pour
que la vie puisse calmement reprendre son cours, sinon...
Sinon je ne sais pas : mon père a toujours une explication,
toujours. Ce jour-là, cependant, il met du temps à réagir.
Ce n'est qu'à la troisième reprise qu'il retire enfin sa pipe :

— Je ne comprends pas, vraiment, je ne comprends
pas... Le Texas... Les armes à feu...

Il continue à bredouiller puis s'enferme dans son
silence, nous laissant en porte-à-faux. Quelque chose vient
de se briser.

***

Je tenais jusque-là de mon père que la mort n'était pas
une question qui relevait de la philosophie, de la religion
ou de la biologie, mais plutôt des mathématiques, et plus
précisément des calculs de probabilités. Quand j'étais
fatigué de regarder mon train électrique tourner en rond,
j'allais parfois le rejoindre dans le bureau qu'il avait
aménagé dans le sous-sol, à côté de la salle de jeux. Il
levait les yeux de ses formulaires d'assurance, allumait sa
pipe et m'expliquait que l'espérance de vie des hommes
était de soixante-douze ans et celle des femmes de
soixante-dix-sept. Quand certains de ses clients dépas-
saient ce seuil fatidique, cadeau du ciel ou inexplicable
sursis, les formulaires étaient vite remplis, la famille
touchait de quoi payer les funérailles, cela ne valait même
pas la peine d'en parler : ce qui était normal ne méritait
aucun commentaire. Ne l'intéressaient que les autres, ceux
qui n'étaient pas supposés mourir.

— Te rends-tu compte que si un père de famille de trente ans meurt dans un accident, il a droit au double de la prime ? Et même au triple s'il a eu la chance de mourir dans un aéronef affecté à une ligne commerciale normale ? C'est cela, les probabilités.

J'enregistrais tout ce qu'il disait et retournais m'amuser avec mon train électrique, organisant de magnifiques catastrophes ferroviaires et tentant de calculer, à l'aide de la grosse calculatrice de mon père, les sommes versées aux centaines de fidèles qui assistaient tranquillement à la messe quand le train avait percuté l'église de plastique. Je me livrais aussi à d'autres calculs en imaginant, par exemple, que certaines victimes devenaient aveugles, d'autres perdaient l'usage d'une main ou de quelques doigts, et d'autres encore viraient fous, mais ces calculs me troublaient : au nom de quelle logique la perte d'une main et d'un œil serait-elle équivalente à la perte des deux yeux ? Pourquoi une main valait-elle plus cher que la somme des doigts ? Existait-il une assurance contre la folie ? Je préférais nettement les morts, c'était beaucoup plus simple. Mon père aussi, je pense.

Pour ma mère, les choses étaient un peu moins claires. En tant qu'infirmière, elle considérait les décès de ses patients comme autant d'échecs, de ces petits échecs qui s'accumulent et donnent du poids à la vie. Mais il était tout de même symptomatique qu'elle ait toujours travaillé à la salle d'urgence. Elle avait parfois changé de poste, tenant le coup pendant deux mois aux soins intensifs, une semaine à la salle d'opération, quelques jours à la pouponnière, mais toujours elle avait demandé de retourner à la salle d'urgence. Une vocation, oui, le terme n'est pas abusif.

Chaque soir, après le dessert, mon père allumait sa pipe, s'installait dans sa berceuse et racontait à ma mère les petits événements de la journée.

— M. Groulx est mort. Il avait soixante-dix-sept ans.

— C'est tout ?

— C'est tout. Une journée tranquille. Et toi ?

Ma mère ne parlait jamais de conflits avec sa directrice, de salaire ou de syndicalisme, mais avait-elle soigné un beau cas qu'elle nous le racontait par le menu détail.

— Ce matin, on nous a amené un ouvrier de la construction. Il chargeait des blocs de ciment dans un camion, mais le chauffeur est parti trop vite. Les deux jambes écrasées, plus une bonne partie du bassin...

— Est-ce qu'il va s'en tirer ? demandait mon père.

— Je ne pense pas, il a perdu tellement de sang.

— Quel âge avait-il ?

— Vingt-deux ans.

Ma mère était visiblement troublée. Mon père tirait quelques bouffées, puis rendait son verdict :

— Le gouvernement devrait exiger qu'on invente un mécanisme qui empêcherait les camions de démarrer tant que le chargement n'est pas terminé. On éviterait bien des accidents.

Avant même d'avoir la moindre idée du fonctionnement des institutions politiques, je tenais le gouvernement pour responsable de la plupart des accidents. Parlait-on d'un suicide que mon père s'emportait aussitôt, lui d'ordinaire si calme : « Et dire qu'avec tout l'argent qu'on paie en impôts, personne n'a encore pensé à installer des clôtures grillagées sur les trottoirs du pont Jacques-Cartier ! C'est un vrai scandale ! » Un de ses clients avait-il été victime d'un accident de la route qu'il se lançait dans un long éditorial pour dénoncer l'importation de petites automobiles européennes, si fragiles en cas d'impact. Tant d'argent et tant d'imprévoyance, voilà qui dépassait l'entendement.

Chaque fois, comme par enchantement, le front de ma mère redevenait lisse, ses épaules s'abaissaient, débarrassées d'un fardeau, et elle se préparait à laver la vaisselle. Aussitôt sa pipe terminée, mon père venait essuyer. J'ai toujours associé la fumée de la pipe aux mauvaises nouvelles et la cérémonie de la vaisselle à l'apaisement.

J'ai cinq, sept, dix ans, peu importe. Le rituel est toujours le même. J'écoute distraitement ces conversations, occupé à faire mes devoirs sur la table de la cuisine ou encore à simuler des accidents avec mes petites autos.

Mes parents n'ont aucune réticence à parler de la mort en ma présence. Pensent-ils que je suis trop jeune pour comprendre ? Croient-ils au contraire parfaire ainsi mon éducation ? Un peu des deux, j'imagine, bien que je sois plutôt enclin à pencher pour une troisième hypothèse, beaucoup plus simple : auraient-ils voulu l'éviter qu'ils en auraient été incapables, aucun autre sujet ne semblant digne de leur intérêt.

Après le double assassinat de Kennedy et d'Oswald, cependant, ils semblaient saisis d'une soudaine pudeur qui me laissait perplexe. Pas la moindre discussion, la moindre explication, alors que les choses commençaient enfin à devenir intéressantes ?

***

En sortant de la salle de bains, tout juste avant d'aller me coucher, je m'imagine dans la peau d'Oswald. Deux gardes du corps me tiennent les bras et j'avance, calmement, à travers la foule. Jack Ruby surgit soudainement, venu d'on ne sait où, et tire. Je m'écroule au milieu du passage, les deux mains sur le cœur, la bouche ouverte ; un filet de sang coule sur le linoléum.

Dans ma chambre, je recommence le même manège. Je suis Oswald. Je crie, je grimace, je tombe sur le sol, au milieu de la foule, entouré de caméras. J'ai horriblement chaud quand la balle pénètre dans ma cage thoracique. Délicieuse sensation.

Pendant des jours et des jours, je répéterai le même scénario, d'abord dans ma chambre, me regardant dans le miroir pour perfectionner ma grimace, ensuite dans la cour d'école où, par équipes de quatre, nous organisons des concours d'imitations. Avec Pierre-Paul et Jacques jouant les gardes du corps et le gros Marcel personnifiant Jack Ruby, nous sommes imbattables.

Longtemps après que les autres se sont lassés de ce jeu, je continue, seul dans ma chambre, à imiter la grimace d'Oswald. Je suis jaloux de cette mort aussi spectaculaire qu'inexpliquée, de cette célébrité instantanée, jaloux d'Oswald bien plus que de Kennedy, qui avait un peu couru après les coups, il faut bien l'admettre.

Toute ma vie, toute mon expérience, tous mes souvenirs prennent enfin un sens. À treize ans, j'ai la nette impression qu'on vient de m'installer un noyau.

CHAPITRE

2

Le facteur n'apporte généralement aux courtiers en assurances que des liasses de prose indigeste qu'ils doivent bien s'efforcer de comprendre, puisque c'est précisément pour cela qu'on les paie. Dans l'amas de tristes lettres que recevait mon père, un envoi venait cependant rompre la routine et illuminer sa vie. Je n'allais pas encore à l'école que je savais déchiffrer, sur la grande enveloppe blanche en provenance du Connecticut, l'aigle chauve, symbole de la mutuelle de Hartford. J'apportais aussitôt la précieuse enveloppe à mon père qui, toutes affaires cessantes, s'enfermait dans son bureau. Armé de sa calculatrice, il entreprenait aussitôt de répondre à l'interminable questionnaire qui lui permettrait, après de nombreux dédales, de calculer le nombre d'années qu'il lui restait encore à vivre.

Il s'agissait essentiellement d'additionner ou de soustraire des années à l'espérance de vie moyenne d'un Nord-Américain normal, à l'aide d'indices savamment pondérés. Pour peu que vous ayez répondu honnêtement à toutes les questions et que vous n'ayez pas commis d'erreur de calcul, vous connaissiez la durée exacte de votre sursis, au mois près. Un enseignant du cours primaire qui habitait une ville de moins de cinquante mille habitants et qui se rendait à pied à son travail, s'il était en plus non-fumeur et marié, pouvait raisonnablement espérer devenir centenaire. Les citadins célibataires automobilistes et fumeurs avaient au contraire intérêt à tout ignorer de ce questionnaire et à occuper leurs temps libres à faire des mots croisés.

Plusieurs compagnies d'assurances mettaient à la disposition de leurs courtiers ce genre de questionnaire. On pouvait les remplir pour s'amuser, un peu comme ces tests de personnalité qu'on trouve dans les magazines féminins, mais seul le questionnaire de la mutuelle de Hartford pouvait, semblait-il, être qualifié de scientifique. Son origine américaine, la longueur du document et les aberrants calculs auxquels il fallait se livrer avaient quelque chose de réconfortant, j'imagine. Mon père restait enfermé pendant des heures et ne ressortait de son bureau que lorsque, triomphant, il avait obtenu le résultat escompté. Il nous annonçait alors, satisfait, que nous n'avions pas à nous inquiéter de notre avenir puisqu'il vivrait sans l'ombre d'un doute jusqu'à l'âge vénérable de soixante-dix-neuf ans et demi.

Il s'en réjouissait pendant quelques jours, puis sa certitude commençait à s'effriter. Il se demandait, par exemple, s'il avait eu raison de ne pas tenir compte de son habitude de fumer la pipe. Les scientifiques qui avaient conçu le questionnaire voulaient qu'on soustraie cinq ans à l'espérance de vie d'un fumeur, mais ils voulaient parler, de toute évidence, de la cigarette, dont on aspire la fumée, plutôt que de la pipe qui n'est qu'un agréable et inoffensif passe-temps… Il redescendait alors à son bureau et, après avoir longuement tergiversé, coupait la poire en deux en soustrayant deux ans et demi à son espérance de vie. Soixante-dix-sept ans, c'était tout de même un score respectable.

Quelques jours encore et une autre question venait le tarauder : l'indice qu'il avait calculé pour tenir compte de son hérédité était-il aussi juste qu'il l'aurait souhaité ? Son père était mort à soixante-douze ans et sa mère à quatre-vingt-un ans, ce qui lui avait valu un excellent facteur de pondération, mais son grand-père paternel était mort, accidentellement, à quarante-quatre ans. S'il avait survécu, peut-être aurait-il été atteint d'un cancer ? Comment estimer cette probabilité ?

Par déformation professionnelle, sans doute, ma mère ne semblait accorder aucune valeur à ces calculs. Elle écoutait les propos de mon père comme s'il s'agissait d'une lubie un peu rasante, à la longue, mais parfaitement inoffensive, tout en ne manquant pas d'ajouter son grain de sel, de temps à autre : à quoi bon toutes ces mathématiques, puisque tu peux aussi bien mourir d'un accident d'automobile ? Mon père avait évidemment réponse à tout : il conduisait prudemment et son automobile, méticuleusement entretenue, était chaussée, en hiver, de quatre pneus à neige munis de crampons. On ne pouvait pas exclure tout à fait la possibilité d'un accident, il y a tellement de fous sur nos routes, mais de là à ce qu'il soit mortel... Non, vraiment, toutes les probabilités indiquaient qu'il mourrait à soixante-dix-sept ans, dans son lit.

Peu de temps après la mort d'Oswald, il avait encore recommencé ses calculs pour en arriver, encore une fois, au même résultat : il mourrait à soixante-dix-sept ans, quoi qu'il arrive.

Plus il se répétait le chiffre, plus il était convaincu de la justesse de son pronostic, si bien que ma mère et moi avions fini par le croire. Il était mathématiquement impossible qu'il en soit autrement.

J'ignore si ses calculs l'avaient vraiment rassuré, mais je me souviens fort bien d'avoir éprouvé, pour la première fois, un vague sentiment de pitié envers mon père : quelle avait été l'espérance de vie d'Oswald, la veille de sa mort ? Et si la mort était la seule certitude absolue, ne valait-il pas mieux mourir comme lui, jeune peut-être, mais en pleine gloire ?

***

Il arrivait parfois, particulièrement en été, que les clients de mon père et les patients de ma mère s'entêtent platement à survivre. En panne de sujet de conversation, mon père, se laissant chatouiller l'esprit par un vieux souvenir, nous racontait alors une de ces histoires dont il avait le secret.

— Est-ce que je vous ai déjà parlé de ce qui est arrivé à cette famille qui priait, par un soir d'orage ?...

— Je ne pense pas, non...

— Comment s'appelaient-ils, déjà ? Lachance ? Laplante ? Mon père s'en souviendrait sûrement... Ils habitaient la vieille maison grise, près du cimetière...

Après avoir ainsi, en deux ou trois phrases, établi la vraisemblance de son récit, il nous présentait la famille, agenouillée dans la cuisine. Le père, la mère, les trois fils et les trois filles étaient tous gratifiés d'un nom, d'un trait de caractère, d'une particularité qui les marquait à jamais. Il nous décrivait ensuite l'orage, un des pires que le village ait connu, avec des éclairs si puissants qu'on se serait cru en plein jour, un tonnerre si bruyant qu'il fallait se boucher les oreilles de crainte de devenir sourd, et une odeur de soufre qui s'engouffrait dans vos narines et vous empêchait presque de respirer.

J'imaginais aussitôt la petite maison grise, perdue sous les cascades d'éclairs qui illuminaient le cimetière... Qu'allait-il donc se passer, cette fois-ci, dans le village natal de mon père, qui avait été le théâtre de tant d'histoires plus macabres les unes que les autres ? Quelqu'un mourrait, évidemment, mais qui ? La mère, si pieuse ? Le fils qui avait mon âge et, par un étrange hasard, un prénom si proche du mien ?

Ayant évalué la qualité de notre silence, il savait combien de temps encore il pouvait nous faire languir.

« Mon Dieu, protégez nos vaches », disait le père. « Mon Dieu, protégez nos vaches », répétait en chœur la famille. « Mon Dieu, protégez nos poules », disait encore le père, et la famille de répéter. Ma mère et moi devions être captivés puisque le Seigneur avait ainsi été sommé de protéger non seulement tous les animaux, que le père avait nommés un à un, mais aussi les bâtiments, la maison, puis les maisons de ses proches voisins, même ceux qu'il détestait, et enfin l'église et l'école du village.

La famille avait si longtemps prié que l'orage s'était calmé. On n'entendait plus que de vagues grondements, au loin, et le ciel commençait à se dégager. Le père, croyant tous les risques dissipés, avait chargé son fils aîné d'aller au poulailler s'assurer que rien de fâcheux n'y était arrivé. Sitôt la porte ouverte, une délicieuse bouffée d'air frais, chargé d'ozone, était entrée dans la pièce surchauffée. Mais à peine le fils avait-il franchi le seuil que la foudre tombait sur lui, le tuant net, là, devant tout le monde, *comme si la foudre l'avait attendu*. (Mon père arrivait à parler en italiques, oui.)

Et la famille, honteuse, avait repensé à la prière : ils avaient demandé au Seigneur de protéger les animaux, les bâtiments et la maison, *mais ils avaient oublié de mentionner les enfants*.

Une esquisse de sourire, un silence qui s'étire, quelques bouffées de pipe et le regard qui se perd dans les volutes de fumée, voilà comment mon père terminait invariablement ses histoires. S'il ressentait le besoin d'y ajouter une conclusion, elle tenait en une seule phrase, la plupart du temps banale : «Une bien curieuse histoire, quand on y pense.» Ses récits avaient toujours une étrange saveur philosophique, mais c'eût été lui faire une grande offense que de lui demander d'en tirer une quelconque leçon. Si une histoire peut se résumer en une morale, à quoi bon la raconter ?

CHAPITRE

3

Seuls ceux qui n'écrivent jamais peuvent prétendre maîtriser l'orthographe et la grammaire. Certains réussissent, à force de travail, à atteindre un niveau convenable ; d'autres n'y arrivent jamais, et d'autres enfin sont dotés d'une mémoire visuelle qui, fonctionnant un peu à la manière des ordinateurs, compare méthodiquement les mots à un stock préétabli, éliminant une à une les orthographes fautives pour ne retenir que la bonne. Tel était mon cas. Mes lectures m'avaient fourni un stock considérable de mots et de tournures, mon cerveau était chimiquement bien constitué pour y puiser. Une question de chance, sans plus. Pendant tout mon cours primaire, j'avais d'excellents résultats en français. Je n'avais pour cela aucun mérite et ne songeais pas à en tirer orgueil.

Je n'avais aucun mérite non plus à aimer les cours d'histoire, qui fournissaient ample matière à mon imagination. (Quelle était la probabilité, pour un habitant de la Nouvelle-France, de recevoir au visage le baril de poudre qu'il avait lancé par-dessus la palissade, et dont la trajectoire avait été malencontreusement interrompue par une branche d'arbre ? Comment les compagnies d'assurances de l'époque estimaient-elles un tel risque ?) Les chiffres me donnaient plus de mal, mais une motivation furieuse compensait l'absence de talent, l'arithmétique n'étant, après tout, qu'une introduction aux calculs de probabilités. Seule la religion, enseignée de façon trop mièvre, m'ennuyait mais, là encore, j'obtenais d'excellents résultats.

Je n'avais, je le répète, aucun mérite. J'ajouterais même que c'est presque malgré moi que je terminais invariablement parmi les premiers de ma classe. Sans doute mes camarades le sentaient-ils, et c'est peut-être là ce qui explique l'étrange popularité dont je jouissais alors et qui reste encore, après tant d'années, un grand mystère. Dans la cour de récréation, en rentrant de l'école, et même en plein cœur des vacances d'été, j'étais toujours entouré d'amis. Pas plus que les résultats scolaires, je ne les avais cherchés.

En plus de ma condition de premier de classe, je souffrais de nombreux handicaps. Issu d'une famille plus riche que la moyenne et fils unique, je possédais à moi seul plus de jouets que tous mes camarades, et on ne se fait pas beaucoup d'amis en excitant l'envie. Ajoutons à cela que j'étais relativement timide et que je n'avais aucun sens de l'humour.

Et pourtant, c'est autour de moi qu'ils s'agglutinaient pendant les récréations, délaissant balles et ballons pour venir m'écouter raconter des histoires d'horreur. Mes parents me fournissaient la matière brute, il ne me restait plus qu'à l'organiser de façon à satisfaire le goût profond pour la morbidité que partagent tous les enfants. Crimes, noyades, mutilations, suicides, cadavres, putréfaction, rien ne manquait à mon répertoire.

J'aimais bien raconter, je l'avoue, et je n'hésitais jamais à combiner deux ou trois anecdotes pour faire plus croustillant, quitte à en rajouter au besoin, allant même, dans mes meilleurs moments, jusqu'à ménager mes effets de telle sorte que la chute de mon récit soit parfaitement synchronisée avec la cloche annonçant la fin de la récréation.

Je découvrais, entre autres techniques de narration, les vertus des coïncidences troublantes. Quand je n'avais pour toute matière qu'un banal accident de la route et la noyade d'un enfant, il me suffisait, pour lier la sauce, de faire mourir l'enfant au moment même où l'automobile de son père percutait le mur de béton, à l'autre bout de la ville. Ou, mieux encore, de faire en sorte que le père apprenne la nouvelle du décès de son enfant à la radio, au moment même où il s'approchait d'un virage dangereux. J'abusais souvent du procédé, tant et si bien qu'il m'arrivait d'organiser de véritables carambolages de coïncidences : rien n'empêchait en effet d'imaginer que l'automobile qui arrivait en sens inverse ait été celle de la mère, qui écoutait elle aussi la radio, et qui conduisait sa petite fille leucémique à l'hôpital.

Je découvrais aussi avec soulagement que, pour peu que j'aie eu l'habileté de saupoudrer mon récit de quelques-uns de ces détails qui font vrai, personne ne se souciait le moindrement de la vraisemblance de mes scénarios.

J'apprenais surtout, avec un peu d'inquiétude, à vivre avec la solitude si particulière de celui qui parle.

***

Je devais sans doute aussi une partie de ma popularité aux jeux que j'inventais parfois, quand j'étais en panne de récits. Le plus fécond en variantes de toutes sortes était sans contredit le jeu de la sentinelle ennemie. À tour de rôle, chacun devait se promener de long en large sur la butte de neige, au fond de la cour de récréation. L'un de nous imitait alors un coup de feu et la sentinelle devait aussitôt feindre d'être atteinte mortellement par la balle, s'écrouler, puis débouler jusqu'à nos pieds. Un jury, déterminé au hasard, évaluait alors la performance de la sentinelle selon un système fort sophistiqué. On comptait cinq points pour la vitesse de réaction, cinq autres points pour la première chute, dix pour l'habileté à débouler de façon vraisemblable, et dix encore pour l'allure finale du cadavre. Ces jeux avaient tellement de succès que nous passions souvent nos samedis à nous entraîner, soit en regardant des films de guerre à la télé, soit encore devant nos miroirs : il n'est pas facile d'avoir les yeux révulsés et, qui plus est, de les maintenir ainsi jusqu'à ce que le jury ait rendu son verdict.

L'assassinat de Lee Harvey Oswald avait été l'ultime variante de ce jeu. Pierre-Paul et Jacques étaient mes gardes du corps, Marcel avançait vers moi, pointant un index meurtrier, et j'imitais à la perfection la grimace d'Oswald.

L'automne suivant, nous entrions au collège. Nos jeux allaient devenir beaucoup plus sérieux.

***

Les amoureux ne se lassent jamais de se rappeler leur première rencontre, se surprenant chaque fois du nombre incroyable de hasards qui les ont menés l'un à l'autre. Le procédé est infaillible : pour peu que l'on remonte dans le temps, ne serait-ce que d'une heure ou d'une journée, le nombre des hasards croît nécessairement de façon géométrique, si bien que le vertige est assuré, de même que la façon de le guérir. Il est surprenant toutefois que les amis ne se livrent que très rarement à cet innocent petit jeu. Pourquoi faudrait-il que l'amour relève invariablement du miracle et l'amitié de la plus plate banalité ?

Pierre-Paul et Jacques étaient mes voisins. Leurs parents avaient acheté leur maison en même temps que les miens, et pour les mêmes raisons : un *bungalow* entouré de gazon, un cabanon, au fond de la cour, pour ranger tondeuse et bicyclettes, un saule pleureur et des plates-bandes, le bonheur tranquille, la sécurité, l'éden, le rêve des années cinquante, qui a fait la fortune des proprié-taires terriens, des constructeurs et des sociologues. Ceux-ci ne réussiront pourtant jamais à m'expliquer pourquoi nos parents ont choisi cette banlieue-là plutôt qu'une autre, cette rue-là plutôt qu'une autre.

Il est sans doute normal que Pierre-Paul et Jacques soient devenus mes compagnons de jeu, puis mes camarades d'école primaire, et enfin mes amis. À cet âge-là, on discrimine peu. Ils étaient mes gardes du corps quand j'étais Oswald, les larrons quand j'imitais le Christ en croix, les copilotes quand j'étais kamikaze.

Le passage à l'école secondaire constitue la première grande occasion de faire le tri parmi ses amis. Rangés les balles, ballons et jeux de Monopoly, rangés aussi les camarades qui n'étaient, somme toute, que les accessoires de ces jeux. Le hasard a cependant voulu que, parmi une centaine d'élèves, Pierre-Paul, Jacques et moi ayons été les seuls à être admis au cours classique. Sans se consulter, nos parents nous avaient inscrits au même collège. Il n'y en avait qu'un seul dans la région, c'est vrai, mais ce collège comptait tout de même quatre classes d'Éléments latins et, coïncidence troublante, nous nous sommes retrouvés dans le même groupe. On a déjà vu plus grand miracle, j'en conviens, mais je tiens à préciser qu'un tel événement n'avait qu'une chance sur seize de se produire. Les hasards sont sans doute suspects, mais j'avais appris depuis longtemps à m'incliner bien bas devant les probabilités.

Les vieilles boiseries, l'odeur de renfermé, les éléphants d'Hannibal, les fourches caudines, le combat des Horaces et des Curiaces, la Chanson de Roland, *La ballade des pendus*, les guerres puniques, Néron, Attila… Tout ce que j'apprenais venait évidemment confirmer mes intuitions à propos de la vie et de la mort : pour ceux qui aspiraient à la gloire, il n'y avait, en gros, que trois méthodes. La première consistait à prendre le pouvoir et à en profiter pour tuer le plus grand nombre possible de victimes innocentes, en ne lésinant pas sur les raffinements de cruauté. On pouvait alors mourir tranquillement dans son lit, certains que l'histoire ne nous oublierait pas. Ceux qui avaient un tempérament plus masochiste pouvaient préférer le rôle de victime, ce qui n'allait pas sans difficulté : il fallait d'abord mener une vie exemplaire et souhaiter que nos ennemis fassent preuve d'imagination au moment de nous tuer, quitte à provoquer le destin en se promenant en décapotable à Dallas ou en prêchant la bonne parole dans un pays où les occupants sont amateurs de crucifixions. Il y avait enfin la méthode Oswald : mener une existence médiocre, poser un geste bref et spectaculaire, et mourir avant d'avoir eu le temps de s'expliquer. J'attendais de mes amis qu'ils m'aident à trouver ma voie.

CHAPITRE

4

Mon père occupe toujours son bureau, au sous-sol, mais la salle de jeux a été réaménagée. Le train électrique, l'équipement de hockey et les jeux de table accumulent la poussière au fond d'une armoire et, dans ce que nous appelons désormais la grande salle, tout a été redécoré. De lourds rideaux de velours rouge cachent les minuscules fenêtres. Les murs sont lambrissés de planches de pin noueux recouvertes d'une épaisse couche de vernis luisant. Au fond de la pièce, un foyer de tôle, encastré dans un mur de briques émaillées, d'un rouge éclatant. Les meubles sont neufs : un divan et un fauteuil de style colonial, recouverts d'un tissu imprimé à motifs de rouets ; deux tables d'appoint en bois vernis, qui soutiennent difficilement de gigantesques lampes à pied de céramique, surmontées d'abat-jour à franges ; une table à café, au centre de la pièce, sur laquelle est posé un immense cendrier qui pourrait recevoir plus de quarante cigarettes et dans lequel est enchâssé un briquet qui n'a jamais fonctionné et, enfin, un meuble stéréo dernier cri. Radio AM-FM et ondes courtes (personne n'a jamais réussi à les capter), tourne-disque, un seul bouton qui suffit à doser les graves et les aigus, un compartiment pour les disques, de gigantesques haut-parleurs, le tout dans un seul meuble bas qui recouvre presque tout un mur. C'est là que Jacques Brel nous apprend à détester les bourgeois, les croulants, les bigotes et les Flamandes, que Brassens nous convainc qu'il n'y a pas d'amour heureux et que Léo Ferré nous demande si ça vaut le coup de vivre sa vie.

Samedi soir. Mes parents sont au salon, à l'étage, et regardent le hockey. Nous préférons Léo Ferré. Entre les périodes, ma mère descend nous approvisionner en chips, biscuits et coca-cola. Notre estomac est un gouffre sans fond, notre appétit de comprendre le monde ne l'est pas moins.

Depuis que nous avons appris à décliner *rosa* et *templum*, nos connaissances et notre puissance de réflexion nous ont amenés à des années-lumière au-dessus de la masse de nos contemporains. Nous sommes d'une autre essence. Merci quand même pour les biscuits, Mme Kelly, vous pouvez disposer.

Nous nous attaquons d'abord à la question de Dieu. Il n'existe pas, la cause est entendue depuis longtemps, il ne vaut même pas la peine d'en discuter tellement c'est évident, mais nous argumentons quand même, pour le plaisir. Si Dieu est un être parfait, comment aurait-il pu créer un monde imparfait ? S'il a créé un monde imparfait, c'est qu'il est imparfait lui-même, donc il n'est pas Dieu, donc il n'a pas créé l'univers, et d'ailleurs rien ne se perd, rien ne se crée, CQFD.

Il est quand même renversant de constater que les églises sont toujours pleines et que, depuis des millénaires, les hommes ont pu croire à de telles bêtises. Une seule explication possible : les hommes, du moins l'immense majorité d'entre eux, sont tout simplement incapables de réfléchir. Il y a heureusement quelques exceptions : Jacques Brel et Léo Ferré, par exemple. Brassens est un cas plus complexe, sur lequel il nous est impossible de statuer pour le moment. Peut-être faut-il n'y voir que des figures de style, comme le soutient le grand frère de Pierre-Paul qui nous a prêté ses disques, n'empêche qu'il fait souvent référence à Dieu et au Paradis, à tel point que les professeurs de religion n'hésitent pas à nous faire écouter *L'Auvergnat*. Brassens n'est donc pas un pur. Et puis sa bonne humeur est quand même suspecte, non ? Il y a donc Léo Ferré et Jacques Brel, indéniablement. Peut-être aussi Jean-Paul Sartre et Albert Camus, ajoute Pierre-Paul, dont le frère aîné a beaucoup lu. De peur d'avoir l'air idiots, Jacques et moi les acceptons d'emblée dans la confrérie. À cet aréopage, il faut maintenant ajouter trois recrues : Jacques, Pierre-Paul et moi. Cela s'arrose, et mérite certainement une autre bouteille grand format de coca-cola.

La question de Dieu étant réglée, recueillons-nous un moment en écoutant Léo Ferré nous parler d'un quartier où il y a des vitrines remplies de présences féminines qu'on veut se payer quand on est soûls, mais voilà que tout au bout de la rue est arrivé un limonaire avec un vieil air du tonnerre à vous faire chialer tant et plus, si bien que tous les gars de la bande se sont perdus, comme à Ostende et comme partout.

Rompus à l'analyse de texte, nous commençons par régler la question du vocabulaire, nous interrogeant longuement sur la nature de ce mystérieux limonaire.

— C'est un symbole, déclare Pierre-Paul, péremptoire.

— Oui, mais de quoi ? demande Jacques, le plus rationnel de nous trois.

— Je ne sais pas, répond Pierre-Paul. Je vais en parler à mon frère.

Aucun n'ose avouer qu'il ignore totalement le sens même du mot limonaire, aussi la conversation tourne-t-elle court. Mieux vaut entrer dans le vif du sujet : existe-t-il à Montréal des vitrines remplies de présences féminines, faut-il nécessairement être soûl pour vouloir se les payer et, en l'occurrence, combien cela coûte-t-il ?

Jacques, notre expert pour tout ce qui concerne les femmes, nous explique que de tels endroits existent en Hollande. Les prostituées attendent, dans des vitrines, offertes aux regards des passants. Ceux-ci font leur choix, entrent, la fille tire le rideau...

Pour ma part, je n'ai qu'une bien vague idée de ce qui peut se passer une fois les rideaux tirés. N'ayant jamais eu de sœur, j'ignore même presque tout de la morphologie du corps féminin. Rien ne m'excite plus qu'un décolleté, et on m'aurait dit que les prostituées se contentaient de découvrir totalement leurs seins, que le client avait le droit de les toucher et à l'extrême limite de les téter que je n'en aurais pas été surpris outre mesure. J'aurais même été prêt à payer cher pour vivre une telle expérience. Quant à ce que les femmes avaient entre les jambes, qui devait en toute logique ressembler à un négatif de ce que nous possédions, ce que j'imaginais était tellement ridicule que je n'ose pas en parler.

Pierre-Paul et Jacques en savaient-ils plus que moi? Si j'en juge par la prudence extrême avec laquelle ils s'engageaient sur ce terrain, je dirais que non. Tout au plus avaient-ils déjà amorcé la période des interminables baisers, peut-être même avaient-ils touché des seins et avaient-ils au moins une idée de la consistance de ces mystérieux organes. Chaque fois qu'ils abordaient ce délicat sujet, je me réfugiais dans un silence prudent qui n'excluait cependant ni les airs mystérieux ni les sourires complices. Il n'en fallait pas plus pour que mes amis croient fermement que j'étais celui qui, des trois, avait la plus vaste expérience.

— Il n'y a peut-être pas de vitrines à Montréal, mais les bordels existent certainement, Jean-Pierre Ferland en parle dans une de ses chansons, déclare Pierre-Paul. Combien avez-vous d'argent en banque? Moi, j'ai soixante dollars.

— Moi quarante-cinq, avoue Jacques.

J'ai hésité quelques instants avant de répondre. Ne voulant pas les froisser en leur dévoilant que je possédais déjà plus de quatre cents dollars, j'ai fini par confesser que je disposais d'un peu plus de cent, que j'étais même prêt à partager avec Jacques en cas de besoin.

— Bien, dit Pierre-Paul. Il ne reste plus qu'à trouver un endroit. Jacques devrait s'en charger.

— Pourquoi moi ?

— Parce que c'est moi qui ai eu l'idée et que Jean-François t'avance l'argent. C'est bien la moindre des choses que tu fasses ta part. Et puis tu as l'air plus vieux que nous, tu passes ton temps à t'en vanter.

Nullement troublé par la logique sans faille de ces arguments, Jacques s'obstine à refuser l'importante mission. Incapables de nous entendre, nous finissons par régler la question en jouant au poker : le premier qui épuiserait son stock de vingt cure-dents aurait la tâche de trouver le lieu de notre dépucelage et de s'informer des tarifs en vigueur. Juré craché ? Juré craché. Pas question de se défiler.

La partie de cartes, une des plus belles qu'il m'ait été donné de jouer, se termine à minuit. Jacques a perdu. J'en profite pour me mettre en paix avec ma conscience en lui faisant un aveu : oui, j'ai triché.

Pour célébrer l'événement et consoler Jacques, je demande à ma mère de faire livrer une pizza extra-large, de nous préparer un plein percolateur de café, puis de nous laisser tranquilles : mes amis et moi venons à peine d'entamer une importante discussion et nous avons tant de questions à régler que nous passerons la nuit blanche.

***

Mes parents sont couchés, la pizza est engouffrée et nous en sommes à notre troisième tasse de café quand l'heure vient d'aborder enfin LA question : oui ou non, est-ce que ça vaut le coup de vivre sa vie ?

Posons d'abord quelques évidences : tous les adultes, sauf rarissimes exceptions, sont condamnés à devenir des bourgeois. Or, les bourgeois sont des cons qui ne pensent qu'à assassiner les Juifs, les Noirs et les présidents. Ceux qui nous gouvernent se goinfrent pendant que les enfants des pays sous-développés crèvent de faim, tandis que les autres, enfermés dans leur triste routine, sont incapables de penser. Prenons nos parents, par exemple. Mon père vend des assurances. Les gens paient toute leur vie le droit de devenir riche quand ils seront morts. Y a-t-il quelque chose de plus absurde que l'assurance-vie ?

Le père de Jacques est comptable dans une banque. Toute la journée, il reste assis dans un bureau à faire des additions idiotes pour des patrons idiots et le soir, en rentrant chez lui, il est tellement abruti qu'il ne sait rien faire d'autre que de laver son auto. Un cas désespéré.

Le père de Pierre-Paul travaille dans une usine d'appareils électriques. Les réfrigérateurs défilent devant lui, et il installe des portes. Dix, cent, mille, des millions de portes, toutes pareilles. Et quand il rentre à la maison, il engueule sa femme et ses enfants puis se précipite sur le réfrigérateur. Les seules conversations qu'il a sont celles qu'il tient avec ses bouteilles de bière. Absurde.

Le pire, c'est qu'ils considèrent que tout cela est normal. Il est normal de voter aux élections pour des candidats totalement soumis aux intérêts des Anglais, normal de boire de la bière et de la payer avec un dollar à l'effigie de la reine d'Angleterre, normal d'aller à la messe, de se faire tuer à la guerre, de changer d'automobile chaque année, de suivre la mode. Normal de travailler, de se marier, de faire des enfants, de les enfermer dans des banlieues débiles et dans des écoles complètement dépassées. Normal enfin de mourir, malgré l'assurance-vie. Absurde.

— Le problème, c'est que nous vivons sous la dictature de la norme.

Je suis assez fier de ma formule, je l'avoue. Je ne pensais pas cependant qu'elle allait nous mener si loin.

— Tu as parfaitement raison, dit Pierre-Paul. Il faut renverser cette dictature.

— D'accord, dit Jacques. Mais comment ?

La question méritait d'être posée, on en conviendra. Pour nous donner le temps d'y réfléchir, j'allume un feu dans le foyer, puis je propose d'écouter en silence un disque de jazz que Pierre-Paul a emprunté dans la discothèque de son frère.

Nous sommes là, silencieux, à essayer de réfléchir pendant l'interminable solo de batterie de *Take Five*. Le feu crépite dans la cheminée, les croûtes de pizza traînent sur la table, le percolateur est vide. Un rayon de soleil essaie timidement de se frayer un chemin au travers des rideaux de velours, je me lève pour bien les refermer. Le disque est depuis longtemps terminé et aucun de nous n'a osé parler. Une telle nuit ne peut se terminer en cul-de-sac. À défaut de mots, j'aurai recours au geste.

Dans le débarras à côté de la grande salle, ma mère a installé sa machine à coudre. J'y trouve tout ce dont j'ai besoin : un morceau de tissu et une aiguille. Nous posons par terre la boîte de pizza, puis nous nous agenouillons autour de la table à café. En promettant solennellement de consacrer l'essentiel de nos énergies à renverser la dictature de la norme, nous nous piquons à tour de rôle le bout de l'index et mélangeons notre sang dans une soucoupe : à bas la dictature de la norme ! Jamais plus nous n'agirons de façon normale.

Tout avait été dit, nous pouvions enfin aller dormir.

***

Le samedi suivant, Pierre-Paul et Jacques étaient allés acheter quelques livres à la librairie Tranquille. Pierre-Paul en était revenu avec les œuvres complètes de Rimbaud et quelques romans de François Mauriac. Impressionné par le personnage de Jean-Paul Sartre, Jacques avait choisi *La Nausée*, *La P... respectueuse* et *Huis clos*.

Si je n'avais pas accompagné mes amis, c'est d'abord parce que je préférais dormir, ensuite parce que je voulais réfléchir par moi-même au meilleur moyen d'abolir la dictature de la norme. Pouvait-on imaginer un geste spectaculaire, à la manière d'Oswald, qui convaincrait enfin l'humanité de l'absurdité de la vie? Un suicide, peut-être? N'était-ce pas là la seule réponse logique à un monde aussi absurde? Mais si la vie était absurde, un suicide inutile n'était-il pas doublement absurde? Il fallait donc penser à un suicide inoubliable, théâtral, symbolique, un suicide qui n'ébranlerait pas seulement la routine de ma famille, mais aussi celle de l'univers.

J'avais beau y réfléchir, je me butais toujours aux mêmes problèmes: à part ma famille et quelques amis, qui donc se préoccuperait de la mort d'un adolescent qui n'avait encore rien accompli? Et comment évaluer la portée de mon geste, quand je ne serais plus là?

Sans doute pouvais-je m'accorder un délai de réflexion: il était impensable, après tout, de mourir sans avoir connu au moins une relation sexuelle complète. Peut-être cela donne-t-il un sens à la vie, allez savoir.

CHAPITRE

5

Jamais on ne s'ennuie autant qu'à quinze ans. Trop vieux pour jouer, trop jeune pour avoir la moindre responsabilité. Pas de facture à payer, d'automobile à faire réparer, de rendez-vous d'affaires, de réunion importante, toutes ces petites platitudes qui donnent l'illusion que le temps peut se découper en petites tranches bien nettes qu'on peut ranger proprement dans un agenda. Le temps est devant soi, immense, immobile, gluant. Et les vacances de Noël qui n'en finissent pas, Jacques qui n'a pas encore réussi à remplir sa mission... Je profite du sursis qui m'a été accordé pour changer mon décor.

Je n'ai aucun mal à convaincre mes parents que mon nouveau statut d'adolescent me donne le droit de quitter ma chambre d'enfant pour enfin m'installer au sous-sol, dans une pièce que je pourrai décorer à mon goût. Il n'y a qu'à monter à l'étage la machine à coudre et les accessoires de couture. Pour le reste, je m'en charge. Je libère la minuscule fenêtre de ses rideaux de velours rouge, remplacés par un drapeau du Québec, et je repeins le plafond et deux des murs en noir. Impossible, malheureusement, de peindre les murs recouverts de planches de pin. Peu importe, je les couvrirai de photos découpées dans des magazines. Quand je m'étends sur mon lit, je regarde des Cadillac et des Buick, des présidents et des rois, des avions et des chars d'assaut, et, surtout, des dizaines, des centaines de femmes. Elles ont été engagées pour vanter les mérites du mascara, du shampooing, du parfum ou des bas de nylon ? Je les détourne de leur usage mercantile au profit de mes rêves. Pierre-Paul, qui m'assiste dans mon collage, m'assure que nous faisons là une œuvre surréaliste. Je ne sais pas très bien ce que ça veut dire, mais j'adore le mot.

Rien, dans cette chambre, ne sera conventionnel. Ma mère voulait m'acheter une bibliothèque chez Eaton, mais je réussis à la persuader de n'en rien faire. Je me procure plutôt une douzaine de caisses d'oranges qui accueilleront mes quelques livres, mes disques, une bouteille de vin transformée en lampe et les vieux chandeliers trouvés dans la cave du presbytère, à l'époque où j'étais enfant de chœur. Le curé me les avait donnés, mais je préfère dire à mes amis que je les ai volés.

Il est quand même dommage que je doive encore ranger mes vêtements dans un meuble aussi conventionnel qu'une commode, et dormir dans un lit bêtement rectangulaire. Quand j'en parle à Pierre-Paul, il me répond qu'il a discuté de ces choses avec Jacques, et qu'ils ont convenu qu'il fallait tout de même apprendre à vivre avec ce que Sartre appelle les contingences.

Je n'ose pas lui répondre, de peur de passer pour un imbécile, mais aussitôt après son départ, je vérifie dans mon dictionnaire. Au sens philosophique du terme, est contingent tout ce qui n'est pas essentiel. J'y réfléchis quelques instants : si jamais je continue à vivre, je n'aurai donc pas à lutter contre toutes les manifestations de la dictature de la norme ? Je me sens aussitôt soulagé d'un lourd fardeau.

La réaction de mes parents, à qui je n'ai montré mon œuvre qu'une fois celle-ci terminée, est moins philosophique.

— Tu ne trouves pas que ça fait un peu sombre ? demande mon père.

— En tout cas, c'est original, ça... décrète ma mère.

J'aurais évidemment apprécié une réaction plus percutante, mais je ne pouvais pas en demander tant à mes parents. Je me suis donc contenté de leur profonde perplexité. C'est ce qu'ils pouvaient m'offrir de mieux.

***

Vendredi soir, sept heures. L'heure H. Coin Saint-Laurent et Lagauchetière, les deux pieds dans la neige, Pierre-Paul et moi attendons Jacques.

— Tu es bien certain qu'il nous a dit de le rejoindre ici?

— Tout à fait certain, oui. Il ne devrait pas tarder...

— Tu as ton argent?

— Oui.

— Tu es nerveux, toi?

— Pas du tout. Et toi?

— Pas du tout, non.

Jacques arrive finalement à sept heures huit minutes. Nous sommes complètement gelés, mais nous ne sommes pas pressés de franchir la porte qui se dresse devant nous.

— Comment as-tu fait pour trouver l'adresse? demande Pierre-Paul.

— J'ai demandé à un chauffeur de taxi.

— Comment c'est, à l'intérieur?

— Ça ressemble à une maison normale. Il y a une dame qui nous accueille, on paie, et puis on va dans les chambres...

— Combien de chambres?

— Trois ou quatre, je ne sais pas.

— Et les filles, elles ont l'air de quoi?

— Assez jeunes, vingt ans, peut-être, c'est difficile à dire.

— Savent-elles qu'on est mineurs?

— On n'est pas obligés de leur dire.

— Elles sont habillées comment?

— Bon, on ne va quand même pas passer la nuit ici. Vous venez?

— Vas-y, on te suit.

Jacques sonne. Un bruit électrique nous fait aussitôt sursauter.

— C'est au troisième, dit Jacques. Suivez-moi.

Marchant sur la pointe des pieds, comme si nous pénétrions dans un sanctuaire, nous montons lentement, très lentement. À mi-chemin du premier palier, j'arrête la procession : je ne suis pas tout à fait certain d'avoir mis l'argent dans mon portefeuille, je voudrais vérifier... Bon, ça va, on peut continuer.

— Vous êtes bien certains ? demande Jacques.

— Tout à fait, répond Pierre-Paul. On continue.

C'est pourtant Pierre-Paul qui nous fera nous arrêter une fois de plus, au premier palier.

— Qu'est-ce qui se passe, encore ? Tu as peur ? demande Jacques.

— Non, non... Mais je suis en train de me demander si nous ne sommes pas en train de faire quelque chose d'affreusement normal...

— Tu as raison, dit Jacques, c'est ce que je me demande, moi aussi...

— Écoutez, si nous allions quelque part, pour en discuter ?

Autant nous avions pris notre temps pour atteindre le premier palier, autant nous descendons rapidement, très rapidement. Nous marchons dans la rue Saint-Laurent très vite, sans parler, et ce n'est qu'à l'approche de Sherbrooke que nous ralentissons le pas. Pierre-Paul prend alors les commandes et nous entraîne vers un bar qu'il connaît. Une toute petite boîte, en face du Holiday Inn.

Jacques entre le premier, comme d'habitude. Avec ses six pieds et sa forte barbe, il fait vraiment beaucoup plus vieux que son âge et il est rare qu'on lui demande ses papiers. Pierre-Paul le suit. Bien que tout petit, Pierre-Paul sait compenser les pouces manquants moitié par ses hauts talons, moitié par son orgueil. De plus, il porte des

lunettes et possède un extrait de naissance falsifié. Quant
à moi, je relève mon col et j'essaie de me confondre avec
les murs, puis avec ma chaise. Si ma taille, tout à fait
moyenne, peut abuser, mon visage d'enfant me trahit
toujours. Quand le serveur vient prendre la commande, je
fais semblant d'attacher mes lacets.

Sur la table, un pichet de sangria et trois verres. Le
vin sucré se boit trop facilement et je n'ai pas l'habitude
de l'alcool. La salle est minuscule et enfumée, la chaleur
écrasante. Dans un coin, un guitariste joue du flamenco
pendant qu'une danseuse, qui ne dispose pour tout par-
quet que d'un espace grand comme une caisse de bière,
nous mitraille les oreilles de rafales de castagnettes et de
coups de talon. Sur les murs, des affiches de Grenade,
Tolède, Madrid. À la table d'à côté, quelques barbus
échangent mystérieusement de l'argent contre de petits
morceaux de papier d'aluminium. Un peu plus loin, deux
intellectuels désabusés discutent du dernier film de
Godard. À les entendre, il semble qu'il soit complètement
dépassé, ce qui ne va pas sans me troubler, moi qui l'ai vu
deux fois et qui n'y ai rien compris.

— Regardez à gauche, nous dit Pierre-Paul, juste à
côté du bar.

Nous regardons, discrètement. Quatre jeunes hommes.
Deux d'entre eux portent des chemises à carreaux, mais
leurs épaules sont bien trop étroites et leurs lunettes trop
épaisses pour qu'on puisse raisonnablement croire qu'ils
sont bûcherons. Pierre-Paul se penche vers nous,
mystérieux :

— FLQ. Mon frère les connaît.

Ils sont là, je pourrais me lever et les toucher. J'ai en
face de moi les auteurs des graffiti qui recouvrent les
murs de la ville, les destructeurs de monuments et de
boîtes aux lettres qui font trembler les Anglais. Pierre-
Paul et Jacques, visiblement impressionnés, s'essaient
aussitôt à parler d'exploitation et d'aliénation. Je n'arrive

pas toujours à les suivre. L'alcool, la fumée de Gitanes qui empeste la pièce et le bruit infernal des castagnettes y sont sans doute pour quelque chose. Tentant enfin de m'insérer dans la conversation, je me questionne sur l'utilité de s'attaquer à des boîtes aux lettres. Il s'agit évidemment d'un symbole, mais de quoi, au juste ? C'est là une question qui ne se pose pas, j'imagine. Jacques lève les yeux au ciel, Pierre-Paul soupire, mais ils ne daignent même pas me répondre.

Je me résigne à terminer le pichet de sangria et à en commander un autre. L'argent que j'ai retiré de la caisse populaire aura au moins servi à quelque chose.

***

Une heure du matin. Je rentre chez moi, à moitié soûl. Mes parents m'attendent. Ils voudraient prendre un air sévère, mais ils sont trop inquiets pour en être capables.

— Où est-ce que tu étais ?

— Je préparais la révolution. Vous ne pouvez pas comprendre.

Sans leur laisser le temps de répondre, je descends dans ma chambre, j'allume une chandelle et j'écoute les chansons interdites de Léo Ferré tout en contemplant, un peu terrifié, l'immense horizon qui vient de s'ouvrir devant moi. La Révolution... Devenir un intellectuel, un esprit-phare qui perce la nuit de l'ignorance pour révéler enfin la vraie nature des choses, faire sauter des bombes, et puis mourir, enfin... Mais une petite flamme de chandelle, dans un sous-sol de *bungalow*, peut-elle vraiment consumer le monde entier ?

CHAPITRE

6

J'ai toujours eu un faible pour ma cousine Carole.
Quand j'étais enfant, mes parents faisaient souvent appel
à ses services pour venir me garder. Mon père avait-il à se
déplacer pour rencontrer des clients qu'elle rappliquait
aussitôt avec ses provisions de *scrap-books* et ses bouteilles de vernis à ongles. Nous nous installions à la
grande table de la cuisine et elle me demandait de tourner
les pages pendant qu'elle appliquait son vernis. J'apprenais ainsi à connaître John Kennedy, Paul Anka, Perry
Como, Elvis Presley. J'apprenais surtout que rien n'était
plus important pour une jeune fille que d'avoir de longs
ongles pointus et de passer des heures à les lustrer. Un
ongle brisé était un drame dont elle mettait des semaines à
se remettre. Sa mère lui avait-elle acheté une nouvelle
blouse, un sac à main ou une paire de chaussures qu'elle
devait impérativement acheter deux ou trois nouvelles
fioles de vernis. Elle alignait alors ses bouteilles sur la
table et cherchait la nuance exacte de rouge ou de mauve
qui conviendrait le mieux. Elle hésitait longuement entre
deux teintes de rouge vif qui me semblaient parfaitement
identiques puis, enfin décidée, elle dévissait le bouchon et
toute la cuisine embaumait d'une délicieuse odeur âcre.
Elle appliquait tout doucement le précieux liquide et
c'était merveille de voir le petit pinceau glisser doucement, dessinant de petites rainures qui disparaissaient
aussitôt pour ne laisser qu'une surface parfaitement
luisante. Quand elle en avait terminé avec un ongle, elle
soufflait légèrement, à peine une légère brise, puis elle

admirait son travail. Il lui arrivait parfois de ne pas être satisfaite et de devoir recommencer. On devinait alors qu'elle souffrait de quelque contrariété. Mais son art avait atteint un tel sommet qu'elle réussissait presque toujours des ongles parfaits, sans la moindre trace de raccord. Un grand sourire illuminait alors son visage. Elle était heureuse.

Je n'ai jamais su pourquoi elle avait quitté l'école si tôt. Il me semble que de vagues problèmes de santé l'avaient empêchée de terminer son cours primaire. Elle aurait pu reprendre ses études, mais sa mère en avait décidé autrement : elle avait besoin d'aide pour élever ses nombreux enfants, Carole resterait donc à la maison. Il serait toujours temps d'en faire une coiffeuse.

Comme elle habitait tout près, mes parents avaient profité de l'aubaine et en avaient fait ma gardienne attitrée. Carole aimait bien venir chez moi, je pense. On lui demandait de veiller à ce qu'il ne m'arrive rien de fâcheux, et j'étais un enfant paisible. Elle avait donc tout le loisir de se livrer à ses deux passions, les ongles et les *scrap-books*, ce qui ne l'empêchait nullement de s'occuper de moi avec beaucoup d'attention et de me témoigner parfois de généreuses preuves d'affection. J'aimais croire que le petit salaire qu'elle touchait de mes parents n'en était pas le seul motif.

Depuis que j'avais entrepris mon cours classique, tout cela faisait partie du passé, mais notre affection réciproque ne pouvait pas avoir totalement disparu. Carole avait presque vingt ans, et moi quinze. Bien que considérable, l'écart n'était plus infranchissable. Je n'étais plus un enfant mais un homme normalement constitué. Je savais par ailleurs que Carole, qui travaillait maintenant dans un salon de coiffure, avait eu un nombre considérable de petits amis. Je la voyais souvent se promener avec l'un ou l'autre de ces grands imbéciles vêtus de cuir, qui mâchaient de la gomme et tentaient d'imiter Elvis

Presley. Ils se tenaient par la main et s'embrassaient longuement et j'étais dégoûté de voir les doigts de Carole se glisser dans la masse graisseuse de leurs cheveux, écœuré de leurs tripotages et carrément jaloux de leurs langoureux échanges de salive. Si elle accordait si facilement ses faveurs à tous ces inconnus, était-il inconcevable qu'elle me permette, une seule fois, une seule petite fois ?...

Le tout était de savoir s'y prendre.

***

Jeudi soir, neuf heures moins cinq. Par la vitrine embuée du salon de coiffure, j'aperçois Carole, occupée à balayer le plancher pendant que la patronne fait les comptes. Je regarde une dernière fois à gauche, puis à droite, aucun concurrent ne se pointe à l'horizon. Je pourrais peut-être entrer, mais la présence de la patronne m'intimide. Je préfère attendre en faisant les cent pas, histoire de passer le temps tout en me réchauffant. Si jamais un sosie d'Elvis se présente, je rentre à la maison, ni vu ni connu.

Neuf heures. La patronne est penchée sur ses livres de comptes, Carole époussette les séchoirs à cheveux, ces immenses coquilles turquoise qui évoquent des casques d'astronautes, et moi, je commence à geler.

Neuf heures cinq. La patronne referme enfin ses livres, bâille, s'étire, puis se dirige vers l'arrière-boutique. Carole en profite pour se regarder dans le miroir. Deux ou trois coups de peigne, un jet de fixatif, un sourire adressé à son image, un coup d'œil sur ses ongles, un soupir. Je suis intimidé, comme si j'assistais à un rituel millénaire et secret. La patronne revient, Carole se lève, s'approche du portemanteau. Le moment est venu de marcher vite jusqu'au coin de la rue, puis de revenir tranquillement, de façon à arriver pile au moment où elle sortira.

— Jean-François ! Qu'est-ce que tu fais ici ?

— Je suis venu te voir. J'ai quelque chose d'important à te dire...

— Quoi ?

— Je ne peux pas te parler ici, c'est compliqué...

— Tu veux qu'on aille prendre un café au restaurant ? Préfères-tu venir chez moi ?

— Je voudrais te parler seul à seule.

— Alors allons chez moi. J'ai une chambre à moi, maintenant. Après tout, je paie une pension, c'est normal, non ? Ma mère ne veut pas que je reçoive de garçons, mais toi, c'est différent.

Je devrais être choqué de l'entendre prononcer le mot normal sans la moindre trace d'ironie, mais d'elle, j'accepte tout, y compris ses cheveux teints. Et puis cette allusion au fait que je pourrais représenter un certain danger aux yeux de ses parents me réjouit. Je la suis en buvant la moindre de ses paroles. Elle me parle de sa patronne, de son petit salaire, de son indépendance et de sa nouvelle chambre, et je me sens déjà tout chaud en dedans, malgré le froid qui pince.

Quand nous arrivons enfin chez elle, elle m'entraîne directement dans sa chambre. Je suis soulagé de n'avoir à parler ni à l'oncle, ni à la tante, ni aux cousins-cousines, tous braqués sur le téléviseur, mais je suis inquiet que tout se passe si vite. Elle me montre le bureau de contreplaqué que son père lui a fabriqué, le grand miroir entouré d'ampoules, les grands espaces de rangements pour ses *scrap-books*. Elle me demande si je veux les voir. Je dis oui, bien sûr, pour gagner du temps tout en m'approchant d'elle jusqu'à la toucher, comme avant...

Les Kennedy, encore et toujours : « Quel bel amour ils avaient ces deux-là, pauvre Jackie, comme elle doit être triste... Tu aimes les Beatles ? Moi, c'est Paul que je préfère. Quoique John n'est pas mal non plus, il a un "petit genre". Tu veux que je te fasse jouer un disque ?

Est-ce que tu sais danser ? Non ? Sérieusement, à ton âge ? Je vais te montrer. »

Elle me prend par la main et essaie de me montrer deux ou trois pas qui semblent faciles, mais je n'y arrive pas. Un slow, peut-être ? John Lennon chante *Girl* tandis que je l'enlace maladroitement. Ses seins brûlent ma poitrine, je respire son parfum... Se pourrait-il qu'elle ait deviné mes intentions, qu'elle essaie de me faciliter la tâche ?

— J'ai bien peur que tu n'y arriveras jamais, mon pauvre Jean-François. Pourquoi es-tu si raide ?

— Je ne sais pas. Personne ne m'avait encore dit que j'étais raide.

Elle m'invite à m'asseoir sur son lit tandis qu'elle s'installe à son bureau, en face du miroir. Lentement elle enlève son maquillage à l'aide de petits tampons d'ouate. Mon regard se promène de son visage au miroir, où je vois en double les douces caresses circulaires. Et puis son dos, son cou, ses cheveux... J'ai vu cent fois cette scène dans des films : le couple rentre d'une soirée mondaine, madame se prépare pour la nuit, devant sa psyché. Je caresse le couvre-lit, espérant qu'elle comprendra, qu'elle se précipitera sur moi, qu'elle arrachera mes vêtements...

— Alors, qu'est-ce que tu as de si important à me dire ? Tu peux y aller, j'en ai encore pour un moment.

Nos regards se croisent furtivement dans le miroir. Une de ses joues est encore rouge, l'autre horriblement pâle. Allons-y doucement.

— J'ai beaucoup réfléchi, depuis quelque temps, vraiment beaucoup, j'ai réfléchi à des choses profondes, tu comprends ?

— Quel genre de choses ?

— Dieu, la vie, tout ça. J'ai lu beaucoup aussi, des livres difficiles, je dirais même philosophiques.

— Et puis ?

— Et puis j'en suis venu à la conclusion que la vie est absurde. Alors voilà, j'ai décidé de me suicider.

Elle se tourne vers moi, horrifiée.

— Te suicider, toi ? Si jeune ? Et puis tu as la chance d'étudier, tu peux faire une carrière, devenir riche...

— Justement, je n'en ai pas envie. La vie est plus absurde encore quand on a des privilèges. Ma décision est irrévocable. Le problème, c'est que je ne veux pas que mon suicide soit inutile. Je veux une mort spectaculaire, qui donnera au monde l'occasion de prendre conscience de l'absurdité totale de la vie, tu comprends ?

Visiblement, elle ne comprend pas. Elle reste là, bouche bée, un peu ridicule avec son visage à moitié démaquillé. Je ne m'attendais pas à produire un tel effet, mais je poursuis quand même. Au point où j'en suis...

— Alors voilà, tu as devant toi un condamné à mort, Carole, un condamné à mort venu te demander une dernière faveur...Tu ne me demandes pas laquelle ?

— ... Laquelle ?

— C'est que je suis encore puceau, tu comprends, et je ne veux pas mourir avant d'avoir fait l'amour. J'ai pensé que, toi et moi... Une seule fois, ce serait pour me rendre service... Avant de me suicider, il faut absolument que je sache ce que c'est, tu comprends, et je veux que ce soit toi, voilà.

Elle ne dit rien. Elle me regarde longuement tandis que, incapable de supporter son regard, je fixe le couvre-lit. Mon cœur bat à tout rompre. J'attends. Au bout d'un long moment, je lève timidement les yeux. Elle a repris sa place devant le miroir où, calmement, elle entreprend de démaquiller l'autre moitié de son visage. L'attente est insupportable.

Elle jette un dernier tampon dans la corbeille, approche sa chaise du lit, et elle me dit : «Écoute, Jean-François, il faut que tu saches que je ne suis pas une fille comme ça», et puis elle me parle d'amour, du Grand

Amour, celui qu'on rencontre dans les romans et dans les magazines. Un jour, elle en est absolument certaine, un grand jeune homme arrivera dans sa vie. Qu'il soit beau ou non, peu importe, du moment qu'il aura les paupières un peu tombantes, comme Kennedy. Cet homme-là, elle l'attendra aussi longtemps qu'il le faudra et gardera pour lui ce qu'elle appelle mystérieusement « l'essentiel »

Ensuite elle me regarde et me dit que moi aussi, je connaîtrai le Grand Amour, qu'il ne faut pas que j'en doute un seul instant, bien sûr je ne sais pas danser, mais je ne suis pas laid, j'ai un « petit genre », je parle bien, c'est important pour plaire aux filles, et puis je serai tellement instruit, tellement riche, je pourrais même devenir médecin... Il faut attendre, et profiter de ce que la vie nous offre, et croire que le Bon Dieu nous aime même si c'est difficile parfois. Elle pose sa main sur la mienne, me répète qu'elle m'aime bien et moi j'ai envie de pleurer, pas tant parce qu'elle refuse mes avances, mais parce que j'ai tellement honte : au fond de ma poche, roulés en liasse, j'avais apporté cinquante dollars, au cas où.

CHAPITRE

7

Il existe certaines automobiles pour lesquelles le fabricant devrait recommander, dans le manuel du propriétaire, de ne pas manger trop lourdement avant d'y voyager. Leur suspension est si douce qu'on ne ressent aucun des cahots de la route, mais elles sont affligées en revanche d'un perpétuel roulis capable de venir à bout des cœurs les plus solidement amarrés. Le conducteur, fermement accroché au volant, peut arriver à survivre. La situation est plus difficile pour le passager avant, mais au moins celui-ci a-t-il le privilège de pouvoir regarder la route. Pour le passager arrière, la situation est intenable, particulièrement en hiver, lorsque le chauffage est au maximum, que les vitres sont hermétiquement fermées et que, pour couronner le tout, mon père vient d'allumer une pipe. Je suis là, assis sur la banquette arrière, le front collé sur la vitre pour profiter de sa fraîcheur, et j'ai le cœur qui ballotte. On me conduit au pensionnat.

Impossible d'en vouloir à Carole. Elle a tout pris au sérieux et s'est inquiétée au point d'en parler à ses parents, qui se sont empressés d'appeler les miens. La révolution, passe toujours, mais le suicide, c'était trop. Désemparés, ils avaient décidé de m'inscrire dans un pensionnat, au beau milieu de l'année scolaire.

Devant nous, au-delà de l'interminable capot qui recouvre le moteur huit cylindres, parfaitement silencieux, de la Chrysler, j'aperçois des champs enneigés, des clôtures, des granges grises. Derrière l'immense coffre dans lequel dorment mes valises, j'imagine ma banlieue tranquille, ma chambre, mes amis.

— Tu comprends, essaie de m'expliquer ma mère, nous ne savons plus quoi faire... C'est difficile pour toi, je le sais, mais c'est aussi difficile pour nous, je t'assure... Peut-être qu'une bonne école te fera du bien, un peu de recul... Quand tu reviendras, l'été prochain, tu auras sûrement repris goût à la vie...

C'est pour mon bien, je sais. Vous m'emmenez dans un merveilleux collège bien doté d'installations sportives, jouissant d'une excellente réputation et ça vous coûte les yeux de la tête. Je reste de glace. Vous n'arrivez pas à me comprendre bien que vous ayez tout essayé ? Cet aveu me ravit, mais je n'en montre rien. Personne ne vous a appris à être parents, tout cela est peut-être votre faute, vous êtes décontenancés, dépassés, déchirés. L'espace d'un instant, vous réussissez à m'émouvoir et j'ai presque envie de vous rassurer : je suis un être tellement complexe, voyez-vous, que je n'arrive pas à me comprendre moi-même, c'est dire que vous n'y arriverez jamais. Vous échangez quelques regards inquiets, vous haussez les épaules, puis vous contemplez la route. J'aime le pouvoir que me donne le silence, et jamais je n'aurais osé leur dire ce que je ressentais vraiment : pas la moindre trace de colère, non, mais un profond et inavouable sentiment de reconnaissance.

***

La veille, j'avais informé Pierre-Paul et Jacques de mon départ : mes parents ont décidé de m'envoyer au pensionnat, impossible de m'y opposer, tel est mon destin. Nous nous étions réunis une dernière fois dans ma chambre noire, toutes lampes éteintes, et nous avions écouté Léo Ferré à la lueur des chandelles. Mes amis avaient tant bien que mal essayé de me consoler : je n'en

avais après tout que pour quelques mois, je reviendrais
aux prochaines vacances, nous pourrions toujours nous
écrire, mais il leur avait été difficile de compatir alors
qu'ils étaient si visiblement jaloux de mon sort. Il
m'avait été tout aussi difficile d'avoir l'air abattu, aussi
la cérémonie avait-elle été brève. Nous avions écouté une
dernière fois *Comme à Ostende*, puis nous nous étions
serré la main. En témoignage de mon amitié, je leur avais
laissé mes disques, désormais inutiles.

***

La route défile lentement devant nous, mes parents
ne disent rien, et je me cantonne toujours dans mon
silence têtu, le front contre la vitre. J'en profite pour
peaufiner mes scénarios préférés.

La scène se passe au Forum de Montréal, au septième
match des séries finales de la coupe Stanley. Nous
sommes au début de la troisième période, le score est nul,
la tension à son comble. Soudainement, j'apparais sur la
patinoire, un revolver à la main, et je tiens une hôtesse en
otage. Le revolver est braqué sur sa tempe, personne n'ose
intervenir. Nous marchons lentement jusqu'au centre de la
patinoire, laissant ainsi le temps aux spectateurs et aux
commentateurs de bien goûter le côté dramatique de la
situation. Le silence est total. La tension monte encore
quelques instants, puis, calmement, je place le revolver
dans ma bouche. La reprise au ralenti montrera ma chute,
la face contre la glace, la mare de sang qui s'étend...

Dans la foule, après un instant de stupeur, c'est la
panique, l'hystérie. Dans les foyers, des millions de télé-
spectateurs estomaqués ont les yeux rivés sur leur écran.
Jamais plus ils n'arriveront à s'intéresser à un match de
hockey.

Je suis à Paris, un dimanche après-midi de mai. Un
hélicoptère tournoie au-dessus de la tour Eiffel. Quand le

pilote a réussi à immobiliser son appareil à l'endroit voulu, je saute dans le vide. Après une longue chute qui m'a permis de prendre de la vitesse, je m'empale sur la pointe de la tour. Des gouttes de sang dégoulinent sur le métal rouillé, certaines tombent même sur la tête des visiteurs, au palier.

Mais les spectateurs de la partie de hockey, les lecteurs des quotidiens, tous ceux qui auront été témoins de mon suicide spectaculaire aux informations télévisées seront-ils enfin conscients de l'absurdité fondamentale de l'existence ? Mon acte héroïque aura-t-il changé le cours de la vie ? Que se passera-t-il quand les préposés auront nettoyé la grande flaque de sang ? Les joueurs oseront-ils poursuivre le match ou bien le reprendre le lendemain, après avoir observé une minute de silence ? Et que se passera-t-il lorsqu'on aura réussi, après de longs efforts, à enlever mon cadavre de la tour Eiffel ? Et d'ailleurs est-elle suffisamment pointue ?

Bien sûr je fais la manchette des journaux, bien sûr j'ai créé une commotion, mais la semaine suivante, sinon le lendemain, mon geste aura été oublié et l'édifice de la routine n'aura guère été ébranlé. Pas même une fissure dans le béton de la normalité. Plus j'y réfléchis, plus je me dis que c'est là que le bât blesse.

Il y a évidemment moyen de modifier un peu le scénario pour maximiser l'effet. On peut imaginer, par exemple, que ces gestes spectaculaires surviennent immédiatement après que j'ai réussi à assassiner une personnalité d'envergure internationale : De Gaulle, le pape ou un quelconque Kennedy. En plus de faire la manchette des journaux, j'aurais droit à des mentions dans les livres d'histoire, donnant ainsi de la pérennité à mon geste. Mais la vie est-elle moins absurde depuis l'assassinat de Jules César ? Et si on se souvient encore de Brutus, retiendra-t-on encore longtemps le nom d'Oswald ? Je ne suis pas un conspirateur, ou alors je conspire pour la vérité. Je ne suis pas un agent de l'ennemi, mais un agent de la philosophie. Et je ne suis pas non plus un fou, je suis au contraire le seul être véritablement lucide sur cette planète. Il faudrait que ça se sache.

Pour qu'il ait la moindre chance d'ébranler l'édifice de l'absurdité, mon suicide doit absolument être accompagné d'un communiqué qui explique mon geste. Plus qu'un communiqué, un texte final, essentiel, définitif, percutant, un texte-obus, dans lequel chaque mot serait l'équivalent d'Hiroshima.

Le destin a voulu qu'on m'isole de la société ? Parfait, c'est tout ce dont j'avais besoin pour me consacrer à mon œuvre.

**

Une discussion entre mes parents me sort de ma torpeur. Ils ont aperçu une colonne de fumée à l'horizon. Un incendie, un accident ? Mon père accélère. Je voudrais bien continuer à jouer la carte de l'indifférence, mais je ne peux m'empêcher de regarder en avant, moi aussi, et même de m'asseoir sur le bout de la banquette pour ne rien rater du spectacle. Jamais mon père n'a roulé si vite.

Plus nous avançons, plus nous éliminons l'hypothèse du vulgaire incendie de grange. La colonne de fumée est trop noire, elle monte trop haut dans le ciel. Un camion citerne, sans doute.

— Est-ce que tu ne devrais pas ralentir, demande ma mère, la route est peut-être glissante.

— Tu sais bien que j'ai des pneus à crampons, répond mon père. Et puis je sais conduire, quand même.

C'est plus fort que moi, je regarde le compteur : de cent milles à l'heure, il descend doucement jusqu'à quatre-vingt-dix, puis se stabilise à quatre-vingt. Incapable d'admettre son erreur, mon père a préféré décélérer tout doucement, dans l'espoir que ma mère ne remarque rien.

Et celle-ci, en bonne épouse, a fait semblant de ne rien remarquer.

Quelques minutes plus tard, nous arrivons sur les lieux du sinistre, comme disent les journalistes. Un camion brûle. Un camion-remorque, pas même un camion-citerne. La caisse achève de se consumer, il n'en reste plus qu'une structure carbonisée. Les policiers se contentent de faire circuler les automobilistes. Passez votre chemin, il n'y a rien à voir. Rien à voir, en effet, sinon un homme abattu, le chauffeur sans doute, qui regarde brûler le camion. Les bras ballants, il fait non de la tête mais ne peut s'empêcher de rester les yeux rivés sur l'incendie, comme s'il voulait laisser aux flammes le temps de bien s'imprimer dans ses pupilles. Mon père voudrait bien rester quelques instants de plus, mais un policier lui intime l'ordre de rouler. Au loin, nous entendons les sirènes des pompiers.

Nous repartons lentement. Vingt, cinquante, soixante-dix milles à l'heure, vitesse de croisière.

— Heureusement qu'il n'y a pas eu de victime, déclare mon père. (Quelque chose dans sa voix trahit quand même sa déception.) N'empêche que cela ne serait pas arrivé si on inspectait plus souvent le contenu des camions. C'est incroyable ce qu'on transporte là-dedans...

Stimulés par cet événement, nous passons le reste du voyage à discuter incendies, accidents et maladies. Ma mère nous fait une description fort intéressante d'un de ses patients, atteint de gangrène gazeuse. Sans m'en apercevoir, je me suis mêlé au débat, posant même quelques questions sur cette spectaculaire maladie. Il faut bien que je l'admette, maintenant que nous arrivons au terme de notre voyage : mes parents vont me manquer, ne serait-ce qu'en leur qualité d'experts.

CHAPITRE

8

Le collège était situé à une centaine de milles de ma banlieue. Je n'en dirai pas le nom, non plus que je ne nommerai la petite ville ennuyeuse dont il est la fierté. J'ai mes raisons. Qu'on sache seulement qu'il était perdu dans la forêt et qu'on y accédait par un long chemin de terre. Briques rouges, vieilles vignes, planchers de bois vernis, fenêtres minuscules, tourelles. À l'exception des crucifix suspendus au-dessus de chacune des portes, tout y était victorien, le personnel y compris.

Les parents qui envoient leurs enfants dans de telles institutions répondent à deux types de motivation. Il y a d'abord ceux qui sont déjà passés par là. Ils sont devenus médecins, juges, hommes d'affaires, ils en sont fiers et veulent que ça se sache. Incapables d'imaginer pour leur progéniture une éducation différente de celle qu'ils ont reçue, ils cherchent à se reproduire jusque dans leurs vieilles idées. Les vieux murs, les vieux professeurs, les vieux manuels les rassurent. Ils ont beau répéter à tout vent qu'ils se sacrifient pour offrir à leur enfant la meilleure éducation possible, tout le monde sait qu'ils ne font qu'étaler leur profonde autosatisfaction.

Les autres se sont reproduits sans trop y penser. Quelques années plus tard, le bébé s'est transformé en adolescent paresseux, délinquant, indiscipliné. Dépassés par les événements, se sentant vaguement coupables d'être de mauvais parents, ils l'enferment, tout simplement, en espérant que les frais de scolarité aideront à mieux faire passer leur culpabilité.

À ces deux types de parents correspondent évidemment deux catégories d'élèves. Les premiers marchent sur les traces de leur père et réussissent de brillantes études. Les autres résistent, chacun à sa manière. Les plus courageux accumulent les échecs et défient ouvertement les professeurs, cherchant ainsi à se faire expulser, mais c'est là courir un grand risque : il arrive souvent qu'on les oblige plutôt à redoubler une année. Le système finit toujours par les briser. Il vaut mieux, tout compte fait, choisir la voie de la résistance passive, autrement appelée médiocrité. La note de passage, mais pas plus, telle est leur devise, que je fais aussitôt mienne.

Latin, géométrie, français, nous n'avons pas un moment libre. Nous mangeons dans un grand réfectoire où il faut toujours garder le silence. Le soir, promenade digestive, études dirigées, bibliothèque. En guise d'activités parascolaires, nous pouvons soit nous inscrire dans la chorale et faire des heures de vocalise, soit nous ruiner les lèvres à jouer de la trompette pour la fanfare de l'école, soit encore livrer nos jeunes corps au sadisme des entraîneurs sportifs. J'ai choisi le sport. À bien y penser, le terme est vraiment abusif. Il s'agit plutôt d'entraînement à la douleur et à l'humiliation. Gymnastique, marathon, cheval allemand, barres parallèles, le sifflet de l'entraîneur, les insultes...

Le soir, nous dormons dans nos lits de métal, au matelas dur comme une planche. Le moindre mouvement provoque d'horribles grincements et le dortoir est surveillé en permanence. Il faut une infinie patience et une très riche imagination pour réussir à se soulager.

Mais j'en ai trop dit déjà sur cette école, moi qui m'étais pourtant juré de ne pas en parler. J'ai tellement détesté ces premiers mois de pensionnat que j'en oubliais de planifier ma mort.

***

Six mois de pensionnat ont fait de moi un zombi, un drogué de l'effort, et je ne sais même plus goûter mon ennui. Je suis très déçu de retrouver ma chambre noire, aux vacances d'été. Déçu aussi de ces trop longues vacances sans histoire. Les journées sont interminables et mes disques me semblent ennuyeux maintenant que je peux les écouter à satiété. Faute de mieux, je lis les livres que mes amis me prêtent : *L'Espoir*, *L'Étranger*, *La Nausée*, *Le Mur*. J'arrive parfois à m'intéresser au sort d'un personnage, mais c'est de peine et de misère que je les termine. Quand j'en discute avec Pierre-Paul et Jacques, j'ai l'impression de n'avoir rien compris. À tout prendre, je préfère de loin *Les Trois Mousquetaires*. L'action ne manque pas et on tue dans la bonne humeur.

À la dernière semaine de vacances, il se produit enfin un événement qui bouleverse ma vie.

Vendredi soir. Une boîte à chansons, au sous-sol d'une église. Pierre-Paul et Jacques sont accompagnés de leur petite amie, et quelqu'un a eu la charité d'inviter une âme esseulée, au cas où. Mes amis, que j'ai pressés de questions par la suite, m'ont juré n'y avoir été pour rien. Impossible d'interroger leurs petites amies du moment, avec lesquelles ils ont vite rompu. Il est quand même frustrant de n'avoir jamais pu mettre le doigt sur le moment précis où quelqu'un, quelque part, a eu l'idée d'emmêler le fil de nos destins.

Elle est là, c'est tout ce qui importe. Au début de la soirée, nous n'échangeons que des regards furtifs, attentifs que nous sommes à l'étrange spectacle qui se déroule devant nous. Aussitôt les lumières éteintes, deux porteurs ont amené un corbillard sur la scène. Un pianiste joue la marche funèbre de Chopin tandis que le chanteur ouvre lentement le couvercle. Vêtements noirs, visage cadavérique, éclairage verdâtre, l'effet est réussi. Il s'approche du micro et chante *Monsieur William*, une vieille chanson de Léo Ferré dans laquelle il est question d'un fonctionnaire qui a manqué de tenue et s'est fait trancher la gorge. Nous applaudissons à tout rompre et, pour bien nous mettre dans l'ambiance, nous éteignons les lampions qui décorent chaque table.

La suite du spectacle n'est malheureusement pas à la hauteur. Les éclairages verdâtres finissent par lasser, d'autant que le chanteur s'essaie à des chansons d'amour aussi mièvres les unes que les autres. Il est tout de même dommage que le répertoire francophone offre si peu de chansons macabres.

À l'entracte, nous discutons de choses et d'autres tout en fumant les Gitanes que Pierre-Paul a volées à son frère. Comme mes amis se croient obligés de tripoter leur compagne, je dois parler avec l'inconnue. Autant l'admettre, ce n'est pas le coup de foudre. Elle a de longs cheveux noirs, étrangement raides (j'apprendrai plus tard qu'elle les repasse chaque soir pour les défriser), un visage quelconque, et elle est vêtue d'un jean et d'un chandail tellement ample qu'il est impossible de savoir si elle a de la poitrine. Mon attention est vite attirée par une bague, un jonc plutôt, qu'elle porte à l'annulaire de la main droite. La chose est difficile à ignorer tant elle est immense. À première vue, on le dirait fait de bois, mais un bois vraiment très dur et très luisant. Je remarque aussi que les deux autres filles portent le même type de jonc. Une secte secrète ? L'idée n'est pas si folle : à bien y regarder, on distingue de drôles de signes...

— Tu aimes mon jonc ?
— Il est bizarre.
— Tu veux voir comment je les fais ?
— Oui.
— Tu aimes le spectacle ?
— Pas tellement, non.
— Alors viens chez moi.

Sans même me donner le temps d'y réfléchir, elle se lève. Je voudrais prévenir mes amis, mais ils sont bien trop occupés pour s'intéresser à moi. Je la rattrape comme elle sort de la boîte à chansons et nous marchons en silence. La distance qui nous sépare de sa maison n'est heureusement pas bien grande, deux ou trois coins de rue à peine. Pas un mot, pas la moindre esquisse de sourire. Quelques instants plus tard, nous sommes chez elle. Sa chambre est au sous-sol d'un *bungalow* en tous points semblable au mien, ce qui n'a rien d'étonnant, étant donné le quartier où nous nous trouvons.

Les murs sont peints en noir. Tous les murs. Çà et là, posés directement sur le sol, des disques, des livres, des chandelles qu'elle allume aussitôt. Dans un coin, sous la fenêtre, un établi. Étau, poinçons, scie à métal et quantité d'autres outils qu'on ne s'attend pas à trouver dans la chambre d'une jeune fille.

Elle m'explique que son père, boucher de son métier, lui fournit gratuitement la matière première dont elle a besoin. Un os de jambon de grosseur convenable, découpé en rondelles, peut donner une bonne douzaine de joncs, qu'il faut ensuite limer, sécher au four et vernir. À un dollar la pièce, deux quand ils sont gravés, l'activité est rentable.

— Et c'est quoi, ces symboles ?

— Des signes cabalistiques. Je suis un peu sorcière, vois-tu...

Pas la moindre trace d'ironie dans sa voix. Je ne peux m'empêcher d'amorcer un mouvement de recul, et même de ressentir un courant froid me traverser le dos quand elle me regarde droit dans les yeux.

— C'est surprenant, je sais, mais c'est la vérité. Nous, les sorcières, savons reconnaître certaines personnes... disons spéciales.

Ne sachant sur quel pied danser, je décide de rester en terrain neutre.

— Tu voudrais m'en vendre un ?

— Non. Je te le donne. Celui-ci, tiens. Il porte le signe de la mort.

Elle prend ma main, m'enfile le jonc. Nous sommes debout, face à face. Ses yeux noirs, en prise directe sur l'intérieur, laissent voir son noyau de douleur. J'essaie de parler pour dissiper le malaise.

— Il faut que je te dise...

— Tu retournes au pensionnat, je sais. Tu auras au moins un souvenir. Et puis tu aimes écrire, non ?

CHAPITRE

9

Il ne m'en faut pas plus pour que mes temps morts au pensionnat se mettent à grouiller de vie, pour que mes cours de latin, d'histoire et de géographie ne soient plus que prétextes à rêveries. J'éprouve un intense plaisir à détourner les bavardages des professeurs et les ennuyeux manuels pour les transformer en une mine de matière première, un magma de mots à la disposition de mon imagination. J'emprunte les éléphants d'Hannibal pour chercher ma sorcière dans les rues de Carthage, j'escalade le mont Athos pour l'appeler de mon olifant, je traverse à la nage le Pont-Euxin, je me damne pour aller la rejoindre sur les rives du Styx. À la bibliothèque du collège, je dévore tous les livres de sorcellerie. Judicieusement choisis par la direction pour éloigner nos jeunes âmes de ces superstitions, ils s'emploient à les ridiculiser plutôt qu'à en faire la promotion, mais rien n'empêche que certains passages sont palpitants. J'y apprends, par exemple, que l'empereur Julien ordonnait que l'on condamne les magiciens à un curieux supplice : on déchirait leurs côtes à l'aide de longs ongles de fer. Sous le seul règne d'Auguste, on avait livré aux flammes plus de deux mille grimoires. L'Église avait ensuite pris la relève. Pendant seize siècles, aucun concile qui ne se soit élevé contre les sorciers et les sorcières, les condamnant aux pires supplices. Pendant les périodes d'étude, j'expédie vite mes devoirs et je remplis de nombreuses fiches de tous les mots nouveaux dont je me délecte : succube, incube, mandragore, nécromancie...

La moitié de la semaine est occupée à attendre les lettres de ma sorcière, l'autre à y répondre. Jamais je n'ai soutenu correspondance aussi suivie. Au bout d'un an, nous avons échangé plus de quarante lettres et certaines d'entre elles font plus de vingt pages. Je n'en sais guère plus toutefois sur la véritable nature de ma correspondante.

L'enveloppe est bleutée, l'adresse écrite à l'encre violette et le timbre, à l'effigie de la reine d'Angleterre, collé à l'envers. D'autres que moi en auraient conclu au symbole politique, mais je préférais y voir le signe d'une réflexion beaucoup plus profonde.

Je déchire l'enveloppe, déplie lentement les feuillets et résiste à une lecture trop rapide. Il faut d'abord apprécier la calligraphie. Hautes et élégantes, ses lettres ont un je ne sais quoi de gothique. Les mots sont bien séparés mais elle semble tout ignorer de la ponctuation et rien ne ressemble, de près ou de loin, à de banales phrases. Les mots, en apparence décousus, se succèdent sans logique apparente, comme suspendus dans l'espace. Des lacs entre lesquels il faudrait souffrir un long portage. Quand on s'acharne à se laisser aller, on découvre plutôt des îles sur lesquelles on peut à son gré se reposer. Il s'en dégage une impression de grande cohérence, voire même de sérénité.

Outre son nom et son adresse, je ne sais rien de ma sorcière. J'entends par là rien de ce que les gens entendent par le mot savoir. Elle ne parle jamais de sa famille et m'a demandé de ne jamais lui poser de questions à ce sujet : un père, une mère, cela se réduit après tout à quelques secondes de biologie. Pourquoi en ferait-on un drame et passerait-on le reste de sa vie à l'expliquer ? La famille n'est qu'un intermédiaire, il faut l'accepter et se dépêcher de l'oublier. J'aime beaucoup cette idée.

Est-elle réellement sorcière ou bien veut-elle simplement « se donner un genre », comme aurait dit ma cousine Carole ? Je n'en sais rien. La question ne m'intéresse guère, à vrai dire, tant je suis troublé par un mystère bien plus grand encore : elle s'intéresse à moi. Il m'est difficile d'être à la hauteur de ses lettres. Chaque fois que je m'essaie à la poésie, je ne réussis qu'à remplir la corbeille à papiers d'ébauches maladroites. Contrairement à la sienne, ma calligraphie est petite, irrégulière, sans aucune élégance. Cherchant à compenser par le volume ce qu'elle obtient par l'intensité, je raconte de longues histoires très noires qui se terminent invariablement très mal. Je ne recule devant aucun procédé pour que mon écriture semble intelligente et j'abuse pour cela des points de suspension, des ellipses et des rapprochements saugrenus. Je me paie aussi de longues digressions. Plus le sujet semble éloigné du précédent, plus j'utilise pour l'introduire la formule «à propos». Tout cela est évidemment très mauvais, mais j'y retrouve une partie du plaisir que je ressentais lorsque je racontais des histoires macabres à mes compagnons de classe, dans la cour d'école.

Je me souviens d'une sorte de conte fantastique que je lui avais un jour envoyé. Il était intitulé *Le Moissonneur fou*.

Cela se passait dans un petit village isolé d'Europe centrale, au Moyen-Âge. Les diables ayant besoin, pour leur sabbat, de cadavres de bébés non baptisés, ils s'étaient métamorphosés en succubes ou en incubes pour séduire tous les habitants du village. Chaque nuit de pleine lune, ils les attiraient dans un champ, où ils leur accordaient leurs faveurs. Quand les paysans étaient bien endormis, le moissonneur fou faisait son œuvre. Armé d'une longue faux, il coupait tous les pieds. La lame était si bien affilée que les blessures se cicatrisaient aussitôt et les villageois, au réveil, n'avaient plus que des moignons bien nets. Comme ils avaient perdu, en même temps que leurs pieds, la mémoire de leurs pieds (la lame de la faux avait pour cela été enduite de suc de mandragore, qui, comme chacun le sait, a cette curieuse propriété), ils continuaient à vaquer à leurs occupations.

Le mois suivant, les diables séduisaient une nouvelle fois les villageois et le moissonneur fou continuait son œuvre. D'un mois à l'autre, les habitants perdaient de fines tranches de jambes, puis de genoux et de cuisses. Chaque fois, ils perdaient aussi la mémoire de leurs membres, mais ils s'ingéniaient à continuer à travailler, adaptant leurs outils à leur nouvelle taille et inventant de nouvelles selles pour leurs chevaux, qu'ils avaient bien du mal à monter.

Quand il ne leur restait plus la moindre trace de cuisses, ils pouvaient encore marcher sur leurs mains, aussi le moissonneur avait-il entrepris de sectionner chacun des doigts, puis de couper ce qui restait des mains, et ainsi de suite jusqu'aux coudes.

Ainsi amputés, les paysans ne pouvaient plus travailler et les diables avaient enfin atteint leur but. Ne sachant comment occuper leurs journées, les villageois copulaient à qui mieux mieux. Chaque année, ils donnaient naissance à des bébés qui étaient parfaitement normaux, avec des mains, des doigts, des cuisses, des genoux, des jambes et des pieds. Persuadés d'avoir donné naissance à des monstres, les parents tuaient aussitôt leurs enfants sans les avoir baptisés. Les diables allaient récupérer les cadavres au cimetière et, à leur sabbat, se régalaient de leur chair fraîche.

Dommage que tout cela ait été détruit. Peut-être n'ai-je rien fait d'autre, depuis ce temps, que de recommencer cette histoire.

Chaque semaine, j'écrivais aussi une lettre à mes parents. L'activité était obligatoire. Je ne critiquais jamais l'enseignement que je recevais, préférant y aller de façon plus astucieuse : d'une lettre à l'autre, je commettais un nombre toujours plus grand de fautes d'orthographe.

***

Quand je rentrais à la maison, aux vacances de Noël ou de Pâques, j'allais visiter ma sorcière. Nous nous enfermions dans sa chambre et nous parlions de tout et de rien, mais jamais de nos parents, encore moins de nos sentiments. Je l'aidais parfois à fabriquer ses joncs, sciant pour elle les os de jambon tandis qu'elle en gravait d'autres. Il nous arrivait aussi de rester silencieux pendant des heures. Nous choisissions chacun un livre ancien dans sa bibliothèque et nous nous installions confortablement, elle sur son lit et moi par terre, adossé à un coussin. Parfois, la porte s'ouvrait brusquement et son père faisait irruption. Elle ne daignait même pas lever les yeux de son livre pour lui demander ce qu'il voulait. Le père grognait un peu, puis refermait la porte.

Je n'ai jamais échangé plus de deux mots avec ses parents. J'en garde le souvenir de gens tout à fait normaux. Le père était un boucher bedonnant, téléphile et grand amateur de bière. Sa mère était ronde et silencieuse et je ne l'ai jamais vue autrement qu'en bigoudis. Confondant intention et résultat, je croyais qu'il s'agissait là de sa coiffure habituelle. Ma sorcière avait aussi deux jeunes frères, tirailleurs et sportifs, dont j'ai oublié le prénom.

Parfois elle venait chez moi, dans ma chambre noire. Nous y faisions du dessin à l'encre de Chine. Elle commençait par dessiner ce qui lui passait par la tête, par exemple une échelle. Elle me tendait ensuite la plume et je transformais l'échelle en édifice. L'édifice devenait à son tour manche de guitare dont les cordes se muaient en serpents qui, à leur tour, se transformaient en chevelure de déesse. Quand je dessinais des seins à ma déesse, elle en faisait des montagnes d'où je faisais descendre de minuscules skieurs. Impossible de leur faire atteindre leur but cependant : y arrivaient-ils qu'elle dessinait aussitôt un téléphérique.

Jamais nous ne nous étions touchés autrement que du bout des doigts et encore était-ce par accident, en échangeant la plume. Tous mes dessins, comme d'ailleurs toutes mes lettres, regorgeaient d'allusions qu'elle s'entêtait à esquiver. J'imaginais souvent que j'interrompais le dessin et que je la prenais dans mes bras ; je l'amenais à mon lit, la déshabillais lentement, découvrant enfin ce qu'elle cachait sous son lourd chandail...

Cent fois je m'étais exhorté à le faire, cent fois j'en étais revenu au dessin. Un jour, n'y tenant plus, je lui avais posé directement la question :

— Les sorcières sont-elles des femmes normales ?

— Oui, avait-elle murmuré de sa voix rauque en baissant les yeux.

Je m'étais donc approché d'elle, j'avais pris ses mains dans les miennes, mon cœur battait à tout rompre.

— Tout à fait normales, oui, avait-elle alors ajouté, à une seule exception près.

— Laquelle ?

— Elles ont tout leur temps. Rien ne presse.

**

Mes parents n'étaient pas de ceux qui auraient ouvert la porte de ma chambre pour nous surprendre en flagrant délit. Ils avaient sans doute lu dans un manuel de psychologie populaire qu'ils devaient respecter mon autonomie, ou quelque bêtise de ce genre. N'empêche que la situation les intriguait beaucoup. Pour mieux connaître ma « petite amie », ils l'avaient invitée un soir à manger à la maison. Mal leur en prit : nous n'avions pas soufflé mot du repas. Aussitôt le dessert terminé, nous nous étions réfugiés dans ma chambre, où nous avions continué nos dessins.

Quand elle était rentrée chez elle, vers minuit, mes parents étaient encore au salon et faisaient semblant de regarder la télévision.

— Elle n'est pas très souriante, ton amie, avait dit mon père.

— Moi, je l'aime bien, avait répliqué ma mère : elle a l'air sérieuse. Mais pourquoi est-elle toujours habillée en noir ? Ce n'est pas tellement de son âge, je trouve. Et puis son chandail est beaucoup trop long pour elle.

Il me semble avoir répliqué qu'ils ne connaissaient pas grand-chose à l'existentialisme et que les sorcières n'avaient jamais été reconnues pour la qualité de leur garde-robe. Une fois de plus, j'avais réussi à provoquer un de ces échanges de regards que je connaissais si bien : « Dis quelque chose », implorait ma mère. « Qu'est-ce que tu veux que je dise ? » répliquait mon père en haussant les épaules. Mon but étant atteint, j'aurais pu aller me coucher. Mais ce soir-là, j'étais resté avec eux plus longtemps pour bavarder. Comme cela ne m'était pas arrivé depuis des siècles, ils en avaient été bien étonnés. Nous avions parlé du film qui se terminait, de quelques accidents dont avaient été victimes les clients de mon père et de la nouvelle automobile qu'il pensait acheter. Avant d'aller me coucher, j'avais laissé tomber, nonchalant :

— Au fait, je ne veux plus aller au pensionnat. Ça coûte cher pour rien. Il me semble qu'il serait plus normal que je retourne à l'école publique.

**

Dès le lendemain, je me précipite chez ma sorcière pour l'informer de la bonne nouvelle. Fini le pensionnat, finies les lettres, nous pourrons nous voir aussi souvent et aussi longtemps que nous voudrons... Si je ne m'étais pas retenu, je crois que je l'aurais demandée en mariage sur-le-champ.

Je ne m'attendais pas à ce qu'elle me saute dans les bras, ni à ce qu'elle déborde de joie. Une esquisse de sourire, un éclair de complicité dans son regard auraient suffi pour que je fonde de bonheur.

Elle m'a simplement regardé droit dans les yeux, impassible :

— C'est quand même un peu dommage, non ?

DEUXIÈME PARTIE

CHE

C H A P I T R E

10

Nos professeurs, nos parents et les journaux nous avaient répété à satiété que rien ne serait plus extraordinaire que l'Exposition universelle de 1967, où nous aurions de multiples occasions d'apprendre tout en nous divertissant, d'enrichir notre culture et de nous ouvrir sur le monde. Je dois admettre qu'ils n'avaient pas tout à fait tort, pour autant évidemment que l'on considère comme enrichissant de faire la queue pendant deux heures sous un soleil de plomb à la porte du pavillon de la Pologne pour avoir le privilège insigne d'y contempler de magnifiques photos noir et blanc des derniers modèles de tracteurs et d'attendre encore une heure devant la salle de projection où nous nous extasierions devant un diaporama utilisant, merveille de la technologie moderne, non pas un seul, mais bien trois projecteurs fonctionnant simultanément pour nous montrer les mêmes tracteurs traçant les sillons du progrès. Ensuite, ébahi et comblé, le visiteur ferait encore la queue pour qu'un commis blasé veuille bien estampiller son passeport, après quoi il courrait vite à un autre pavillon où on lui montrerait tellement de diapositives que, pour le reste de ses jours, il ne pourrait plus voir un projecteur sans se découvrir des envies assassines.

Les amateurs de culture garderont également en mémoire la magnifique performance de Maureen Forrester qui avait réussi, nous laissant tous pantois d'admiration, à chanter *V'là l'bon vent* sans avaler un seul papillon de nuit, de même que ce sommet inégalé d'échanges interculturels qui nous attendait à la brasserie bavaroise où d'invraisemblables teutons bedonnants, vêtus de ridicules culottes courtes à larges bretelles et coiffés d'un chapeau à plume, jouaient du tuba pendant que les spectateurs dansaient la polka en s'abreuvant de bière.

Par bonheur, je n'avais pas le temps de visiter les pavillons, occupé que j'étais à préparer des milliers de hot-dogs dans un stand de la Ronde. Coiffé d'une résille, je passais mes journées à placer des saucisses d'une couleur inquiétante sur un gril, les aromatisant au passage de quelques gouttes de sueur, à les retirer pour les fourrer dans un pain qui, ayant passé la journée dans une étuve, dégoulinait d'humidité, et à badigeonner le tout d'une épaisse couche de moutarde pour dissimuler le goût de la saucisse que les clients iraient vomir dans le premier manège venu. Mon premier emploi d'été, obtenu grâce à un oncle qui avait de bons contacts dans la pègre.

Rien de tel qu'un petit salaire pour apprendre la valeur de l'argent, disait mon père. Il avait raison. Depuis l'Expo 67, l'argent a toujours eu pour moi l'odeur de la saucisse, cette odeur qui imprégnait mes vêtements, mes mains et mes cheveux, ces saucisses dont je rêvais chaque nuit et qui viennent encore régulièrement hanter mes cauchemars, ces saucisses qui m'ont fait détester à jamais le capitalisme.

Rendons quand même justice à l'Expo 67 de nous avoir appris quantité de mots nouveaux que tout un chacun se faisait fort de glisser dans les conversations : géodésique, kaléidoscope, thématique, monorail, beffroi et tronqué (comme dans pyramide tronquée). À l'exception du beffroi, je n'avais eu aucun plaisir à les apprendre et ne les utilisais jamais. D'abord parce qu'ils étaient laids, ensuite parce qu'ils étaient usés dès leur naissance.

N'eût été de Jocelyne, je n'aurais jamais tenu le coup tout un été.

***

Jocelyne travaillait comme vendeuse de tickets et passait ses journées sous une cloche de plastique, en face de mon stand. Quand notre travail nous laissait quelques instants de répit – il fallait pour cela que le temps soit vraiment exécrable – j'allais la retrouver pour bavarder. En tant qu'employée de l'organisation de l'exposition, et non d'un vulgaire concessionnaire, elle avait droit, privilège inestimable, à une clé donnant accès à une douche.

Chaque soir, mon quart de travail terminé, j'allais lui emprunter sa clé, me douchais pendant une heure, puis j'allais l'attendre sur un banc public, lisant en l'attendant un livre d'Edgar Poe ou de Boris Vian. Elle venait m'y rejoindre et nous quittions vite ces lieux de supplice pour nous diriger vers l'un des secrets les mieux gardés de l'Expo 67, l'île Sainte-Hélène. Je ne parle évidemment pas ici de la nouvelle partie de l'île, remblayée et couverte de pavillons préfabriqués, mais de l'ancienne, miraculeusement laissée intacte.

Il y avait là des arbres et de l'herbe, une brise fraîche qui venait du fleuve, des sentiers secrets menant aux berges et, çà et là, des orchestres improvisés jouant les derniers airs de Dylan, de Donovan ou des Beatles. Pas le moindre pavillon, pas de kiosques, pas de visiteurs, pas même d'adultes, à l'exception de quelques policiers discrets et tolérants qui faisaient parfois des rondes à cheval. Jocelyne et moi allions écouter les musiciens, chantant avec eux *Norwegian Wood, Blowin'in the Wind* ou *Hurdy Gurdy Man*, puis nous allions marcher au bord de l'eau, nous assoyant parfois sous un arbre pour contempler les lumières de Montréal et pour y entendre un bien curieux concert : de la ville nous parvenait en sourdine la rumeur de la circulation, du fleuve le clapotis des vagues et de l'île, emportés par le vent, des accords de guitare et des airs de flûte. Jamais je ne m'étais senti aussi près du paradis terrestre.

Jocelyne avait dix-huit ans. J'en avais seize, mais je savais mentir. De peur de me trahir, toutefois, j'évitais de me compromettre et me contentais le plus souvent de l'écouter me parler de toutes les idées à la mode qui n'avaient jamais jusque-là attiré mon attention. Je pensais, par exemple, que les Beatles étaient bien sympathiques, mais que leur association avec le Maharishi Mahesh Yogi n'avait pas été, disons, un des moments les plus glorieux de leur carrière. Jocelyne m'expliquait doucement qu'aucune révolution ne serait possible sans d'abord changer notre esprit pour en extirper toute forme de violence, qu'il fallait pour cela accéder à un degré supérieur de conscience, et que la cithare et la méditation étaient d'excellents moyens pour y parvenir. Les Beatles avaient peut-être commis des erreurs, mais au moins avaient-ils cherché de nouvelles voies et nous indiquaient-ils la route à suivre : *All You Need Is Love*.

La première fois qu'elle s'est mise nue, comme ça, tout bonnement, au beau milieu d'une conversation, j'en ai été tellement surpris que je n'ai pas eu le temps de réfléchir, ce à quoi je dois sans doute ma performance relativement honnête dans les circonstances.

Chaque soir, nous retournions sur notre île enchantée, où nous nous livrions au même exercice. Étendus côte à côte, nous admirions ensuite les arbres vus d'en bas, le temps de retrouver notre souffle, puis nous reprenions notre conversation. Selon elle, j'aurais dû sentir, au moment de l'orgasme, mon esprit fusionner avec l'univers. Je n'éprouvais malheureusement rien de tel. Si j'avais eu une once de franchise, je lui aurais avoué ce que je pensais vraiment, à savoir que l'exercice était très agréable pour le corps autant que pour l'esprit, en plus de se révéler un formidable carburant pour l'ego. S'il ne me réconciliait pas totalement avec la vie, il me la

faisait voir avec un peu plus de bienveillance. Mais de là
à atteindre un niveau supérieur de conscience... Peut-être
aussi manquais-je d'entraînement?

Pendant tout le mois de juillet, je m'y appliquai avec
conviction, soir après soir. Nous passions souvent la nuit
sur l'île, ayant raté le dernier métro. Quand je rentrais
dormir quelques heures chez moi, le lendemain matin, je
racontais à mes parents que mon patron m'avait demandé
de faire des heures supplémentaires. Mon ardeur au
travail et mon sens du devoir les impressionnaient
beaucoup.

Je m'étais vite habitué à Jocelyne. Je m'étais fait à
ses odeurs, à sa peau, à sa mystique. Je me laissais
emporter par ses paroles, imaginant des bourgeons de
paix et d'amour qui éclataient partout dans le monde, de
l'Inde à la Californie, de Katmandou à Montréal, où
fleurissait enfin le printemps de l'humanité. Des milliers
d'élus, ayant atteint un niveau supérieur de conscience,
libéreraient une telle quantité d'énergie psychique que le
monde serait enfin libéré du joug de la normalité...
Quelques semaines de plus, et on m'aurait peut-être vu
m'inscrire à un cours de méditation transcendantale, mais
notre histoire s'est heureusement mal terminée.

Autour d'un feu de camp, un groupe de musiciens
improvisé interprétait quelques succès des Beatles. Dans
la discussion qui avait suivi, j'avais avoué candidement
que les ballades de Paul McCartney, mièvres et sucrées,
m'ennuyaient profondément et que seules quelques
chansons de John Lennon, plus acides et désespérées,
trouvaient grâce à mes yeux. Je préférais de loin les
Rolling Stones, d'abord parce qu'ils étaient laids, ensuite
parce qu'ils s'amusaient à sortir de leur limousine pour
pisser sur les murs de garages ou à mettre le feu dans les
hôtels, et surtout parce qu'ils avaient composé
Satisfaction, ce texte incompréhensible pour nos parents
mais qui nous parlait si bien du vide de nos vies, cette

chanson que ne reprendrait jamais Frank Sinatra, que l'on pouvait fort bien imaginer par ailleurs susurrer *Yesterday*.

J'avais parlé longtemps, il me semble, et peut-être m'étais-je laissé emporter par le feu de la discussion au point d'en oublier Jocelyne, qui s'était levée au beau milieu des débats et qui était rentrée chez elle sans me prévenir.

Quand j'étais allée la retrouver à son kiosque, le lendemain, elle n'avait pas voulu m'adresser la parole. Le soir, à la fin de mon quart de travail, j'étais allé l'attendre, espérant pouvoir recoller les morceaux, mais elle ne voulait pas m'accompagner sur l'île Sainte-Hélène.

Nous avons marché ensemble jusque sur le quai de l'Expo-Express, et c'est là, parmi les badauds joyeux écrasés sous leurs toutous en peluche, qu'elle a enfin consenti à me donner une explication : elle avait découvert ma vraie nature.

***

Si j'ai eu, pendant une courte période de ma vie, quelque sympathie pour le mouvement hippie, elle était bel et bien terminée à la fin de l'été 1967. Je n'attendais plus rien de ce mouvement de paix et d'amour, non plus que de ces belles filles aux grands yeux vides qui se mettaient à pleurer aussitôt qu'on avançait n'être pas tout à fait convaincu que l'amour sauverait le monde.

CHAPITRE

11

Mes grands-parents paternels vivaient dans une vieille maison de bois, à cent milles de la ville et à des siècles de la vie. Leur maison était immense, mais la plupart des pièces étaient depuis longtemps condamnées. Ils s'étaient installés en permanence dans leur grande cuisine, décorée d'images du Sacré-Cœur et de roseaux tressés, où ils semblaient n'avoir d'autre activité que de se livrer à l'équivalent conjugal d'une guerre chimique : grand-père avait toujours fumé la pipe et grand-mère, qui ne l'avait jamais accepté, dépensait des fortunes en bombes aérosol au parfum de lilas. À la fin de l'été 1967, grand-mère remporte l'ultime bataille, son mari étant décédé des suites d'une maladie qui, étant donné son âge avancé, ne présente aucun intérêt. Je vis une expérience que j'espérais secrètement depuis longtemps : un homme est mort, un homme qui m'a pris dans ses bras quand j'étais enfant et m'a fait sauter sur ses genoux, un homme dont je connais la voix, les odeurs, l'histoire. Ce n'est plus du cinéma, de la télévision ou de la littérature, mais la vraie vie.

Assis à l'arrière de la grosse Chrysler, en route vers le salon funéraire, je n'écoute rien de ce que racontent mes parents (une mort normale, se contente de répéter mon père). Muré dans mon silence, je suis attentif à mes émotions, tentant de déceler la moindre variation d'intensité, persuadé que l'une d'entre elles éclatera soudainement et éclairera enfin, comme un feu d'artifice révèle la foule, le sens de la vie. Je sors déçu de cette séance d'introspection. Pas l'ombre d'un émotion nouvelle, pas de changement spectaculaire dans mes valeurs, pas même un soupçon d'idée.

Pas la moindre vibration non plus au salon funéraire. Bien que sensible au décor et impressionné par l'immobilité du cadavre, je ne me découvre, en faisant semblant de prier pour son âme, aucune sensation nouvelle.

Au cimetière – un magnifique endroit pourtant, bien garni en saules et en peupliers –, j'attends encore une illumination. Prières, fausses larmes, pelletée de terre, rien que du banal.

***

La semaine suivante, mon père doit se rendre une fois de plus chez grand-mère, que ses enfants ont réussi à parquer dans un hospice. Il faut donc l'aider à déménager et retaper la vieille maison avant de la mettre en vente. Oncles, tantes, cousins et cousines, tous sont conviés à cette corvée. À la grande surprise de mes parents qui, persuadés que je refuserais, m'en ont à peine parlé, j'insiste pour y participer. Le désœuvrement y est sans doute pour quelque chose, mais je préfère penser que je laisse ainsi une dernière chance à la mort de me livrer un message.

Une intuition me pousse à ne pas me joindre aux hommes, pour la plupart affectés au déménagement, et à m'occuper plutôt du ménage. La maison, avec ses coins inexplorés et ses vestiges du passé, m'intrigue bien plus que la cage à poule dans laquelle on enfermera grand-mère. À l'étage, les tantes époussettent, trient et jettent. Les vieux vêtements encore utilisables et les couvre-lits de flanelle imprégnés de naphtaline sont rangés dans des boîtes pour être offerts aux pauvres, le reste ira aux ordures. Je transporte les sacs verts au fond de la cour, où je dresse une pyramide. Parfois, en rentrant dans une chambre pour y prendre un nouveau chargement, je surprends les tantes en flagrant délit de nostalgie. Assises sur un lit, comme des petites filles, elles examinent une dernière fois les robes de première communion, les poupées de chiffon, les vieilles photos, et me semblent bien plus troublées qu'elles ne l'étaient au salon funéraire ou à l'église, comme si ces objets étaient encore imprégnés d'une parcelle de l'esprit de leur père. Peut-être devrait-on réviser les rites funéraires ? Les corbillards iraient seuls au cimetière tandis que le cortège funèbre suivrait le camion de la société Saint-Vincent-de-Paul ou celui du service d'enlèvement des ordures.

On m'envoie ensuite à la cave, que j'aurai le mandat de nettoyer. Une pièce immense, sans divisions, éclairée par une seule ampoule nue. Le plafond est bas, le plancher en terre battue. Il y a bien quelques caisses de bouteilles vides, une cage à perruches, un fauteuil éventré et de vieilles boîtes à tabac rouillées, mais l'endroit n'a rien d'un capharnaüm. Il est même relativement propre, sans trop de toiles d'araignées, et l'air y est frais. On dirait plutôt, curieusement, une cathédrale basse. Je m'y sens bien.

Le travail ne prendra que quelques minutes. Plutôt que de m'y mettre immédiatement, je décide de m'asseoir dans le vieux fauteuil, le temps de griller une cigarette et de goûter le merveilleux silence qui m'entoure. J'aperçois alors, tout au fond de la cave, des centaines de boîtes de carton. Rangées en parfait ordre, elles recouvrent complètement le mur, du plancher jusqu'au plafond, se confondant si bien avec lui qu'elles n'avaient pas attiré mon attention.

Je m'approche, à la fois intrigué et découragé devant ce surplus de travail inattendu. Je retire une boîte pour découvrir non pas le mur, mais une deuxième rangée de boîtes, qui en cache à son tour une troisième. Et moi qui croyais m'être trouvé un petit boulot tranquille...

Chacune des boîtes est fermée hermétiquement et scellée d'une épaisse couche de ruban adhésif. Je réussis à en ouvrir une, non sans peine, pour y découvrir une pile de journaux jaunis. J'ouvre une autre boîte, puis une autre encore : rien que des vieux journaux, une collection complète de *La Presse*, du printemps 1912 à l'été 1967.

Maurice Richard, Sarto Fournier, Pie XII, Babe Ruth, Hitler, Mussolini, Howie Morenz, Churchill, Mae West, Eisenhower, Staline, le monstre du Loch Ness, ils sont tous là, perdus parmi les milliers d'inconnus qui ont eu leur heure de gloire, les mots croisés, les petites annonces, les publicités de Studebaker. Jour après jour, la température, les cotes de la bourse, le classement des équipes de la ligue nationale de hockey, et jusqu'à l'horoscope : toute la vie de mon grand-père, enfermée à jamais dans des boîtes de carton.

Le temps s'arrête.

***

Quand mon père vient me rejoindre, il me trouve étendu sur le sol de terre battue, directement sous l'ampoule. Je lis un article, daté de 1945, traitant des camps de concentration.

— Qu'est-ce que tu fais là, toi ?

— ... Je lisais un peu avant de me mettre au travail.

— Tu sais quelle heure il est ?

J'avais passé quatre heures étendu sur la terre battue. Dans le brouhaha général, tout le monde m'avait oublié.

Je me relève, un peu honteux, balaie de la main mon chandail, tandis que mon père contemple la muraille de boîtes, consterné. « Une habitude idiote, il ne pouvait même pas les relire. Bon, qu'est-ce qu'on fait avec ça ? »

Un oncle, judicieusement inspiré par sa paresse, propose de tout laisser là : peut-être ces boîtes servent-elles de mur de soutènement, on ne sait jamais... Sa suggestion ne sera malheureusement pas retenue et nous décidons finalement de les brûler dans la cour.

Dans une poubelle métallique percée de trous, tel un grand prêtre officiant à l'autodafé des informations surannées, je livre aux flammes les vieux papiers et j'ai l'impression de détruire une à une chacune des journées de la vie de mon grand-père, de le tuer une fois de plus, de commettre un sacrilège.

***

Si je n'ai rien appris de la mort de mon grand-père, je me souviens encore de l'excitation qui m'avait gagné à la lecture de ces vieux journaux. Les Boers, le massacre des Arméniens, les catastrophes aériennes, la guerre de l'opium, Dresde, Hiroshima, Stalingrad, la Corée, notre époque n'était pas en reste de sang, de bombes, de guerres et de révolutions. Il était mathématiquement impossible que je ne vive pas, moi aussi, de grands événements tragiques. Je m'étais réconcilié avec mon siècle.

***

Aussitôt rentré à la maison, j'ai enlevé toutes les publicités d'automobiles et les photos de mannequins qui décoraient encore mes murs pour les remplacer par une seule affiche en noir et blanc que j'avais achetée, pour deux dollars, dans un grand magasin du centre-ville. Quelques taches suffisaient à faire ressortir l'essentiel : la barbe mal taillée, les cheveux longs, le béret décoré d'une étoile et le regard, qui contemple un lointain horizon. Un fantôme perdu dans une nuit blanche. Un fantôme qui avait vécu dans le même siècle que moi, sur le même continent, et qui avait pourtant réussi à faire la révolution. Une poignée d'hommes déterminés, il n'en faut pas plus pour écraser la bourgeoisie, libérer le peuple, créer l'homme nouveau.

Un fantôme qui n'avait pas pu se résigner, une fois la révolution achevée, à accepter la présidence de la Banque Nationale. Refusant toute concession au confort et à l'argent, le Che avait enfourché de nouveau sa rossinante pour aller répandre la bonne parole en Algérie, au Congo, en Égypte et jusqu'en Chine. Ensuite, lassé des belles paroles, il avait repris sa mitrailleuse et porté la révolution en Bolivie, où il avait vécu sa Passion, ne nous laissant, pour que jamais nous ne puissions l'oublier, que ce saint suaire reproduit à des milliers d'exemplaires. David, Spartacus, Don Quichotte et le Christ réunis. Peut-on imaginer plus belle combinaison de héros ?

CHAPITRE

12

Nous avons dix-sept ans à l'automne 1968 et il nous arrive encore souvent de nous réunir dans l'un ou l'autre sous-sol de *bungalow* pour écouter le dernier disque des Stones ou de Léo Ferré, boire de la bière et fumer des Gitanes avant de regarder les informations télévisées et de régler le sort du monde.

Les yeux rivés sur notre écran de télé, nous avons ainsi assisté, en spectateurs enthousiastes, aux manifetations des étudiants français qui avaient édifié des montagnes de pavés, se procurant ainsi des munitions pour défigurer les CRS tout en libérant les plages. L'Ordre Établi avait gagné la première manche, mais les jeunes du monde entier avaient pris la relève : aux États-Unis, les conscrits brûlaient leurs cartes de mobilisation et allaient foutre le bordel au congrès du parti démocrate ; au Japon, les étudiants s'armaient de casques et de boucliers pour affronter les policiers dans de spectaculaires combats qui évoquaient à la fois les manœuvres des armées romaines et la lutte Sumo ; en Tchécoslovaquie, ils défiaient les chars russes, une fleur à la main.

Le Che est peut-être mort, mais partout on multiplie les Viêt-nams. Et nous regardons le bouillonnement du monde à la télévision, dans notre petite banlieue d'Amérique du Nord, comme si nous n'étions que de vulgaires spectateurs d'une partie de hockey.

Pierre-Paul, qui caresse sans cesse, comme s'il voulait en accentuer la pointe, la courte barbe qu'il vient tout juste de laisser pousser, déborde de rage. Si les rues de Montréal avaient été recouvertes de pavés plutôt que d'asphalte, il en aurait sûrement fait des provisions. Dans un discours où se trouvent réunis, pêle-mêle, Tupamaros, Black Panthers, Viêt-congs, Jean-Paul Sartre, Herbert Marcuse, Jimi Hendrix et Jane Fonda, il cherche à nous convaincre de l'imminence de la Révolution mondiale. Seul le Québec manque à l'appel : qu'attendons-nous pour agir ?

— Agir comment ? Faire sauter des boîtes aux lettres ? Casser des vitres ?

Jacques se montre parfois un peu méprisant quand il nous fait la leçon du haut de ses six pieds. Depuis qu'il porte de petites lunettes de métal style John Lennon voulant imiter Trotsky, il se croit obligé, en bon intellectuel détaché de ses émotions, de se montrer glacial. À chaque bouffée de cigarette, il plisse simultanément les lèvres et les yeux, comme si la fumée était la précieuse métaphore de ses idées. À l'en croire, les Québécois sont trop aliénés pour suivre le mouvement, un mouvement par ailleurs trop spontané, trop anarchique, pour réussir. Pierre-Paul a beau lui jeter l'anathème, il s'entête à répéter que sans une organisation solide, la Révolution sera écrasée et que la Vraie Révolution, scientifiquement planifiée, sera de ce fait retardée.

Pierre-Paul est furieux. La bataille vient à peine de commencer que déjà les veines de son cou se tendent à en péter : la révolution se fera-t-elle dans la rue, à coups de pierres et de bâtons, ou bien dans une bibliothèque, à compiler des équations ? Habitué à les entendre se traiter de lâche et d'indécrottable romantique, je me tiens prudemment à l'écart, comme un spectateur au tournoi de Wimbledon, suivant le match avec tant d'attention que j'en attrape des torticolis.

Des trois, je suis celui qui porte les cheveux les plus longs, de longs cheveux droits qui me tombent sur les épaules. Je cultive aussi un début de barbe derrière laquelle je me cache en attendant que la conversation s'essouffle, en profitant alors pour lancer une pointe cynique ou encore quelque propos sibyllin qui échappent à tout le monde y compris à moi-même. Ce procédé me répugne un peu, mais il est très efficace. Pierre-Paul et Jacques sont en effet si orgueilleux qu'ils n'oseraient jamais me demander d'expliquer le sens de mes remarques, avouant du même coup ne pas les avoir saisies. Le cynisme m'apporte de vives satisfactions et j'apprécie que mes amis me laissent lui donner libre cours. À l'exception de ma sorcière, je n'avais encore rencontré aucune fille qui l'appréciait.

Ce jour-là, cependant, je mets mon pessimisme en veilleuse et me range fermement dans le camp de Pierre-Paul. Organisée scientifiquement, la révolution me semble perdre beaucoup de son charme. Je m'informe donc sur les procédés de fabrication des cocktails Molotov et dénonce avec fougue nos ennemis, de Renaude Lapointe à Rémi Paul, tout en ne manquant pas d'accrocher au passage ces imbéciles de Beatles qui chantent, dans *Revolution*, qu'il faut changer son esprit avant de changer le monde *chou bi dou all right*. La planète craque de partout et nous allons rester là, bras ballants, à manger des chips dans un sous-sol de *bungalow* ou encore à lire je ne sais trop quel traité de révolution scientifique? Qu'attendons-nous pour aller rejoindre les jeunes du monde entier, dans la rue?

— D'accord, finit par admettre Jacques, il faut faire quelque chose, mais quoi, au juste?

Personne ne lui répond. Nous sommes là, assis devant le téléviseur, désarmés, impuissants. Trois amoureux transis sous un lampadaire, n'ayant à offrir à leur bien-aimée, en guise de bouquet de fleurs, que leurs cheveux longs, leurs barbes mal taillées et leur colère. Pourquoi la révolution qui embrase le monde semble-t-elle toujours s'arrêter, pour d'obscures raisons, à la frontière du Québec? Est-ce pour mieux se faire désirer qu'elle tarde tant à se présenter enfin à son rendez-vous? N'a-t-elle pas de cœur? Restera-t-elle toujours insensible à nos avances?

Pour conquérir son cœur, nous n'avions besoin ni de bombes ni d'équations. Il suffisait de lever la main.

***

Octobre 1968. Le gymnase surchauffé d'un ancien collège classique, transformé en toute hâte en collège public. Les moines ont été congédiés l'année précédente et il suffit maintenant de lever la main, tous ensemble, pour en expulser les directeurs et les professeurs récalcitrants et réinventer enfin la vie.

Y avait-il un motif exact, une revendication à satisfaire ? J'avoue n'en avoir gardé aucun souvenir. Quelqu'un, sur l'estrade, avait proposé une grève générale illimitée, assortie d'une occupation immédiate des locaux. Mille mains s'étaient levées. La révolution pouvait commencer. La vraie révolution, oui. Totale, intégrale, folle, frénétique, même si elle était confinée, pour le moment, à un seul édifice.

Dans le hall d'entrée, une étudiante s'attaque au buste en bronze d'un quelconque chanoine et lui greffe de magnifiques oreilles de plâtre, le transformant en un délirant Mickey Mouse. D'autres étudiants, inspirés par son geste, peignent des fresques psychédéliques sur les murs des bureaux de la direction. À l'auditorium, un ancien professeur de latin et de philosophie, coiffé d'un invraisemblable chapeau d'enchanteur Merlin décoré d'ampoules électriques, réussit l'exploit de jouer de la trompette tout en récitant des poèmes devant une foule en délire. Chaque jour, le gymnase accueille une assemblée générale permanente où nous votons encore et encore, pour le seul plaisir de lever nos mains bien haut dans le ciel, la poursuite de l'occupation.

Pierre-Paul, que je n'ai jamais vu aussi heureux qu'avec un micro en main, aurait vendu son âme au Capital pour que ces assemblées ne se terminent jamais.

Élu au comité central, il monte triomphalement les quelques marches qui le mènent à l'estrade, sous les cris d'encouragement, et nous livre, pour nous remercier, un discours qui nous fait frémir de bonheur. Che Guevara n'est pas mort, il est là, poing tendu... As-tu jamais vécu plus beau moment, Pierre-Paul ?

Jacques, enfermé dans le local de l'imprimerie, rédige d'interminables tracts destinés à la classe ouvrière tout entière. (Les tracts ne se sont jamais rendus à destination, bien sûr. Qui aurait voulu quitter le collège occupé pour aller distribuer des papiers dans les tristes usines du quartier ? Si les ouvriers veulent une révolution, qu'ils se la fassent eux-mêmes. Mais peu importe, Jacques, peu importe : as-tu jamais été aussi heureux que ces jours-là, planté devant cette bonne vieille Gestetner, cette merveilleuse machine qui multipliait ta prose ?)

J'ai mon heure de grâce, moi aussi. Une nuit de pleine lune, sur le toit de l'édifice. Emmitouflé dans un sac de couchage, pour me protéger du vent d'automne, je surveille la rue Sherbrooke, presque déserte, à l'affût du moindre mouvement suspect, espérant voir enfin arriver des centaines de camions à bestiaux chargés de toutes les escouades anti-émeute du pays. J'imagine les policiers sortant de leurs camions, armés de casques et de matraques, et avançant lentement, en formation, décidés à nous débusquer, sans se douter que Suzanne, au même moment, remplit d'essence des bouteilles de bière.

Tout est là, à nos pieds : le bidon d'essence, l'entonnoir, les bouteilles vides, les vieilles guenilles avec lesquelles nous fabriquerons les mèches, les allumettes. Au moment précis où nous apercevrons la lueur des lampadaires dans leur visière...

En attendant, nous utilisons nos allumettes pour allumer les délicieuses cigarettes que Suzanne roule patiemment, de ses doigts gelés, tandis que je lui parle de la révolution : les usines ferment, une à une, les journalistes nous imitent en occupant les journaux et la radio, le monde entier comprend enfin que l'heure est venue, que la révolution est en marche, il restera bien quelques petits détails à régler ensuite mais on s'en fout, Suzanne, on s'en fout, il sera toujours temps d'improviser, la révolution est là, imminente, ça y est, nous tenons le coup depuis trois jours maintenant et personne n'ose encore nous déloger, et puis est-ce que je t'ai déjà dit que tu ressemblais à ma sorcière?

C'est vrai qu'elle ressemble à ma sorcière. De longs cheveux noirs, un visage étroit agrémenté de hautes pommettes qui lui donnent un air de Montagnaise, des yeux qui laissent voir son désespoir et la voix rauque d'avoir beaucoup fumé bien autre chose que du tabac... Pour mieux nous protéger de la pluie froide, nous unissons nos sacs de couchage.

Une fille parfumée à l'essence, au soufre et aux herbes exotiques. Le toit de goudron et de gravier sur lequel nous nous blessons. La nuit, tout autour. Non, je n'ai jamais connu mieux.

**

Ils avaient laissé durer l'aventure un peu plus d'une semaine avant de venir nous déloger. En plein jour, les salauds. Ils n'avaient même pas de casques ni de matraques. Ils étaient entrés par la grande porte, nous avaient expulsés, et c'est tout.

La révolution n'a pas de cœur, non. C'est une pute à la jupe fendue qui se fait attendre pendant des siècles et qui vous plante là, au moment où vous commenciez à être excité. Une pute à la jupe fendue, et perverse au point de vous laisser voir tous ses appâts, pour que jamais plus vous ne puissiez les oublier.

**

Une semaine plus tard, le collège rouvrait ses portes. Tous ceux qui désiraient reprendre leur session devaient signer un formulaire par lequel ils s'engageaient à se consacrer à leurs études et à garder la paix. Pierre-Paul, indigné, avait refusé. Inspiré par la beauté du geste, j'en avais fait autant.

Jacques, non sans s'être longuement justifié en invoquant qu'il fallait tirer la leçon théorique de notre échec, avait signé. Cette trahison allait créer un froid qui durerait longtemps.

***

De nouveau confinés à notre sous-sol de *bungalow*, Pierre-Paul et moi nous sentons bien petits sous l'affiche du Che, dont le regard se perd encore dans le ciel, comme s'il avait honte de l'abaisser sur nous, et plus petits encore lorsque nous nous demandons si la mort du Che a eu d'autre utilité, tout compte fait, que d'enrichir les imprimeurs. Non seulement le Système a-t-il réussi à écraser la Révolution, mais il a trouvé le moyen de la récupérer à son profit.

Le Che serait-il mort en vain et, constatation plus cruelle encore, avons-nous été stupidement bernés en achetant cette affiche ?

Incapables de nous dépêtrer du dilemme dans lequel nous nous sommes enfermés, mal à l'aise devant ce Che qui continue à regarder le ciel, nous décidons d'aller noyer notre embarras dans l'alcool.

***

Il faut compter une bonne heure d'autobus et de métro pour se rendre à la Hutte Suisse, rue Sherbrooke Ouest. Pourquoi se donner tant de mal pour se retrouver dans ce trou infect ? Les murs sont crasseux, le mobilier a de vagues allures western et les serveuses sont bêtes, mais la bière n'est pas chère, personne ne nous a jamais demandé de papiers d'identité et nous avons vécu là quelques-unes de nos plus belles dépressions.

Ce soir-là, Pierre-Paul porte l'alcool encore plus mal qu'à l'habitude. Il n'a pas encore terminé son premier verre qu'il me parle de son frère. Les bombes dans les boîtes aux lettres, les statues déboulonnées, les graffiti sur les murs, à quoi bon tout ça? Son frère est maintenant en prison, personne ne parle plus du FLQ et les Anglais nous exploitent encore. Le Système est toujours le plus fort.

Faut-il qu'il soit soûl pour que, quelques bières plus tard, piétinant son orgueil, il me confesse qu'il est encore puceau. Son aveu me renverse :

— Et Francine? Vous êtes sortis ensemble pendant un an, vous étiez inséparables... Elle ne voulait pas?

— Non, c'est moi qui refusais.

— Pourquoi?

— Parce qu'elle est trop petite.

— ... Qu'est-ce que ça change?

— Ça change qu'elle est trop petite, c'est tout. Je veux une grande femme, tu comprends? Une femme *normale*.

Se rendant soudainement compte de l'énormité de ce qu'il vient de dire, il fait cul sec et tente de se lever pour aller aux toilettes. À la première tentative, il est pris d'un vertige et retombe lourdement sur la banquette de bois. S'agrippant à la table, il réussit enfin à se redresser, ce qui me permet de constater une fois de plus un curieux phénomène : ses jambes sont si courtes qu'il semble rapetisser quand il se lève. À dix-sept ans, son cas est maintenant désespéré.

Quinze minutes plus tard, il n'est pas encore revenu. Je pars à sa recherche mais ne le trouve ni aux toilettes, ni au bar, ni à une autre table, ni même sous une table. Serait-il rentré sans me prévenir? Aurait-il été arrêté dans une descente ? Serait-il parti se jeter du haut du pont Jacques-Cartier ? Je le retrouve finalement dehors. À genoux dans la neige sale, vomissant sans retenue. J'ai toutes les peines du monde à le relever, puis à l'asseoir dans l'autobus. Pendant le trajet du retour, il me répète sans cesse la même phrase :

— Je l'aimais, moi, le Che, et sais-tu pourquoi ? Parce qu'il était petit. Je l'ai lu dans un livre. Il était petit. Un si petit homme qui a fait de si grandes choses...

CHAPITRE

13

Mon père n'est pas mécontent que j'abandonne les études. La proposition qu'il m'a faite le jour de mon seizième anniversaire tient toujours : il me trouvera un poste de commis dans une compagnie d'assurances puis, après un court stage d'un an ou deux, je deviendrai son associé. Il s'imagine déjà aménager le sous-sol pour y construire un deuxième bureau et peut-être même un troisième, au cas où nous aurions à engager une secrétaire. Pour m'inciter à accepter, il va jusqu'à me faire miroiter la possibilité d'acheter une deuxième automobile.

L'idée de prendre la route ne me déplaît pas, à condition cependant que ce soit pour traverser les États-Unis, comme Peter Fonda dans *Easy Rider*, plutôt que pour visiter des clients. Le stage dans une compagnie d'assurances, en revanche, ne me dit rien : pas question de me faire couper les cheveux.

N'ayant pas intérêt à briser le rêve de mon père, je le convainc de m'accorder un délai : en janvier, peut-être. D'ici là, je réfléchirai... Il n'en faut pas plus pour qu'il allume sa pipe, l'air satisfait, et qu'il aille classer ses papiers en chantonnant.

Ma mère est plus difficile à convaincre. Grande admiratrice de Perry Mason, elle aurait voulu que je devienne avocat et aurait certainement été déçue de me voir suivre les traces de mon père. Je lui avoue donc, sur le ton de la plus sincère confidence, que je veux devenir écrivain. Si je n'ai pas réussi, dans les trois mois, à écrire mon premier roman, je reprendrai les études, promis juré.

Bien que sceptique quant à mes chances de gagner ma vie avec ma plume, elle est si heureuse de partager avec moi un secret qu'elle accepte mon plan.

J'ai gagné sans trop de mal trois mois de liberté totale et j'ai la ferme intention d'en consacrer la plus grande partie à Suzanne.

***

Elle ressemble à ma sorcière, oui. Elle est aussi la première fille que je connais qui n'habite plus chez ses parents. Elle n'habite pas non plus un de ces taudis d'étudiant, avec un vieux frigo grossièrement repeint et décoré de fleurs et des coussins miteux posés directement sur le sol, mais un véritable appartement, au sommet d'un édifice qui domine le parc Lafontaine. La cuisinette est équipée de tous les appareils modernes, et tout semble neuf. Le mobilier du salon est neuf lui aussi et si homogène qu'il semble avoir été transposé directement de la vitrine du marchand à son logement. Tout cela a quelque chose d'étrangement artificiel, mais je suis si bien dans son immense lit où nous passons tous nos après-midi que je ne pose pas de questions.

Suzanne fait l'amour rageusement, comme pour assouvir une vengeance, puis elle sort du tiroir de sa table de chevet une boîte métallique qui contient, soigneusement emballés dans du papier d'aluminium pour ne pas mêler les saveurs, de jolis petits cubes de hasch. Telle une vieille dame boulimique devant une boîte de chocolats, elle hésite longuement entre deux nuances de brun ou de noir, deux textures, deux pays exotiques, discutant longuement de leurs vertus respectives, faisant ainsi durer son plaisir, jusqu'à ce que, n'y tenant plus, elle jette son dévolu sur un petit bloc noir sur lequel elle prélève méticuleusement, à l'aide d'une lame de rasoir, de petites portions qu'elle pose sur une assiette de porcelaine. Piqué

sur une épingle et allumé, chacun de ces morceaux
dégage un mince filet d'une riche fumée bleue qui s'élève
en ligne droite jusqu'à ce qu'il s'infléchisse soudainement
et pénètre dans une de nos pailles. Nous aspirons profondément et gardons la précieuse fumée dans nos poumons
jusqu'à en étouffer.

Quand l'effet commence à se dissiper, nous baissons
le volume de la radio et parlons de choses et d'autres.
Suzanne n'est guère intéressée par la situation politique
internationale, ni même par la révolution. Elle a participé
à l'occupation du collège pour s'amuser un peu, tout simplement, et en a profité pour abandonner ses études. Elle
ne travaille pas et ne cherche pas d'emploi, se contentant
de vivre en gaspillant le mieux possible le petit capital
que son père lui a laissé en mourant.

Le seul projet qui semble lui tenir à cœur est de
s'acheter une mitrailleuse et d'assassiner un bon nombre
de banquiers, d'hommes d'affaires et de politiciens.
Ensuite, elle rentrerait dans son appartement, tout bonnement, se préparerait un cocktail explosif de drogues,
puis se masturberait doucement. Au meilleur moment,
elle se tirerait une balle dans la bouche. Elle raconte tout
cela calmement, de sa belle voix rauque. Je suis un peu
froissé de ne pas y avoir de rôle, mais je pense que c'est là,
somme toute, un plan de carrière tout à fait respectable,
quoique un peu court.

Elle aime bien que je lui invente des histoires. Bien
installé dans son immense lit, calé contre des oreillers,
l'imagination stimulée par les relents de hasch, j'éprouve
une véritable jouissance à puiser dans ma mémoire pour
y découvrir, en même temps que les techniques de narration qui m'ont valu tant de succès dans la cour d'école,
tous les éléments dont j'ai besoin pour tresser de longs
récits baroques et macabres.

Tortures, martyres, inquisition, sorcellerie, magie
noire...

Ses réactions sont parfois bizarres. Alors que j'ai soigneusement ménagé mes effets pour que mon récit lui inspire une saine terreur, elle éclate soudainement de rire, un rire incontrôlable qui me donne des frissons. S'excusant de m'avoir interrompu, elle me presse de continuer. Je me console en me disant que mon histoire a quand même produit un effet, ce qui n'est pas rien, et je tente d'en reprendre le fil, un peu froissé tout de même.

Je disais donc qu'il était une fois un jeune homme qui vivait dans une ville anonyme, au nord d'un continent nouveau, dans un pays de glace. Il avait lu quantité de romans et de traités sur les fantômes, et toujours il ressortait frustré de ses lectures : pourquoi les fantômes habitaient-ils toujours de vieux manoirs victoriens, et pourquoi ces manoirs étaient-ils toujours situés en Angleterre, l'ancienne ou la nouvelle ? En toute logique, se disait-il, les fantômes ne devraient pas avoir de préférences architecturales, ni faire preuve de racisme en dédaignant les pays latins. Et s'il y avait un endroit où on avait quelque chance d'en rencontrer, ce n'était pas dans les vieilles maisons, où ils avaient trop de recoins pour se cacher, mais plutôt dans les cimetières, au petit matin, à l'heure où ils rejoignent leur corps.

Pour en avoir le cœur net, il avait décidé de passer la nuit au cimetière de la Côte-des-Neiges. Équipé d'un sac de couchage et d'un thermos de café, il avait établi ses quartiers devant la tombe fraîchement creusée d'un meurtrier. Indifférent aux chauves-souris qui venaient frôler sa tête, aux éclairs qui zébraient le ciel et aux étranges lueurs qui dansaient parfois au-dessus des tombes voisines, il gardait les yeux rivés sur la terre fraîchement retournée, attentif au moindre mouvement.

La nuit s'était écoulée sans le moindre incident. Le thermos de café était vide et le sac de couchage imbibé de rosée. Le soleil commençait à s'élever lentement au-dessus de l'horizon, réveillant les corneilles qui s'étaient mises à crier. Le jeune homme s'apprêtait à lever le camp, déçu, quand il vit soudain la terre remuer et un trou se creuser, non pas de l'intérieur, comme si quelqu'un cherchait à sortir de la tombe, mais de l'extérieur, comme si un fossoyeur invisible faisait son œuvre.

Fasciné, il observait cet étrange travail. Quand le trou eut atteint la dimension d'une balle de tennis, le jeune homme sentit un souffle sur sa nuque, puis il vit un petit tourbillon de feuilles mortes s'engouffrer dans le trou, qui se referma ensuite comme par magie.

Il resta quelques instants à son poste, parfaitement immobile, se demandant s'il n'avait pas été victime d'une hallucination.

Sur la tombe, plus rien ne bougeait. Le soleil était levé depuis longtemps maintenant, tous les oiseaux étaient réveillés et certains venaient même se poser sur la pierre tombale, le regardant avec un air de défi.

Le jeune homme voulut se frotter les yeux. Ce fut là son dernier geste.

Quelques heures plus tard, un employé du cimetière découvrait son cadavre. La tête, coupée à l'aide d'un objet extraordinairement tranchant, avait roulé un peu plus loin et les corneilles s'apprêtaient à lui dévorer les yeux.

Suzanne s'est endormie contre mon épaule et a raté la chute, mais je ne lui en veux pas. Je ne suis pas très fier de mon histoire, pâle copie du *Moissonneur fou*.

Suzanne, si petite et si fragile que j'en suis intimidé.

Elle dort, là, tranquille, la tête contre mon épaule, et j'ai peur.

***

Le matin, Suzanne aimait se lever tard et faire la grasse matinée. Se trouvant laide et bougonne, elle ne supportait aucune compagnie avant le début de l'après-midi. J'arrivais donc chez elle à une heure trente, puis je rentrais chez moi à cinq heures. Pour deux jeunes qui n'étudiaient ni ne travaillaient, l'horaire de nos rencontres était étonnamment strict.

Le soir, elle m'appelait parfois, vers sept heures, pour aller au cinéma ou traîner dans les bars mais, le plus souvent, elle préférait rester seule devant son écran de télé. Jamais nous n'avons mangé ensemble. Peut-être était-elle atteinte d'une étrange maladie qui l'obligeait à suivre une diète sévère lui interdisant tout aliment normal? Son frigo était d'ailleurs toujours vide, à l'exception de quelques bouteilles de bière, d'un peu de lait et de beurre.

Quand elle était atteinte d'une de ses crises de solitude, je me retrouvais désœuvré, inutile. Je m'enfermais dans ma chambre et j'essayais parfois d'écrire, mais j'avais bien du mal à retrouver le fil des histoires qui me venaient pourtant si facilement dans le lit de Suzanne. Je prenais quelques bouffées de hasch pour stimuler mon imagination et j'arrivais alors à noircir fébrilement quelques pages qui me semblaient géniales. Lorsque je me relisais pour retrouver l'inspiration, je ne voyais que des phrases nulles, désespérément banales ou encore, dans le meilleur des cas, incompréhensibles.

J'avais peut-être visé trop haut en prétendant écrire un roman. Les idées ne manquaient pourtant pas, j'en avais même une pléthore qui se bousculaient et semblaient prendre un malin plaisir à se contredire. Peut-être faut-il attendre d'être adulte, donc un peu amorti, pour réussir à se concentrer sur un seul sujet et perdre son temps à décrire des paysages pour remplir les vides? La poésie conviendrait peut-être mieux?

Je relisais Rimbaud, que j'essayais ensuite d'imiter. Je griffonnais quelques vers, puis je butais sur une rime et abandonnais tout. Dans mes meilleurs moments, j'arrivais à travailler ainsi pendant un maximum d'une heure. Je passais le reste de la soirée à écouter de la musique en attendant le lendemain. Quand je sortais de ma chambre, au moment des informations, ma mère me demandait parfois, discrètement, si mes efforts portaient fruit. Je répondais invariablement que j'avais des problèmes à dompter mon inspiration, mais que j'étudiais consciencieusement le dictionnaire.

CHAPITRE

14

Ma cousine Carole avait voulu que son mariage soit inoubliable. En ce qui me concerne, elle a parfaitement réussi.

Pendant la cérémonie, j'imaginais que le prêtre avait consommé une hostie imprégnée de LSD et qu'il avait revêtu, au lieu de sa triste soutane, une robe de satin noir décorée de paillettes d'or et de plumes d'autruche. Tandis que l'organiste jouait un blues langoureux, il soulevait un pan de sa robe pour nous faire admirer ses bas noirs à larges mailles et ses aguichantes jarretelles, puis se livrait à un interminable effeuillage, utilisant son étole pour se caresser les parties intimes, la faisant tournoyer ensuite autour de son doigt avant de la lancer dans l'assistance.

Le hasch que nous avions fumé avant de partir était particulièrement fort et Suzanne, à qui je décrivais en ces termes la cérémonie, riait à en pisser dans sa culotte. Elle ne s'était pas gênée d'ailleurs pour l'enlever en pleine église et la suspendre au crochet à chapeaux. J'avais réussi *in extremis* à l'empêcher de la donner à la quête.

Nous nous sommes ensuite retrouvés dans une salle de réception du boulevard Taschereau, décorée de rubans de papier crêpé et de ballons multicolores, à manger de la dinde sèche arrosée de vin sucré.

Tous les jeunes-aux-cheveux-longs avaient été réunis à une même table, loin de l'estrade. Un des cousins du marié nous avait distribué des morceaux de buvards imbibés d'une quelconque substance qui avait eu, entre autres effets, celui de nous couper l'appétit. Ne sachant trop comment nous occuper, nous avons entrepris de faire une pyramide de purée de pommes de terre et de petits pois, d'y planter fourchettes et couteaux, puis de tenter de flamber le tout au vin sucré. Nous avons ainsi poursuivi nos expériences jusqu'à ce qu'un oncle particulièrement costaud vienne nous suggérer d'aller prendre l'air. Nous avons attendu d'être sortis pour le traiter de fasciste.

Une pluie froide tombait sur le stationnement, comme à Ostende et comme partout. Nous en avons bu une partie, tête en l'air, puis le groupe s'est dispersé.

Je n'ai pas eu le temps d'adresser mes vœux à Carole. Si j'avais pu le faire, je ne me serais sans doute pas excusé, mais j'aurais plutôt essayé de lui expliquer qu'elle venait d'assister à une représentation d'un art nouveau, le théâtre d'intervention directe, destiné à faire éclater dans l'œuf toutes les manifestations de la morale bourgeoise. Je ne suis pas certain toutefois qu'elle aurait bien saisi le sens de ma démarche : il faut pour cela être *conscientisé*.

***

Nous sommes arrivés dans le lit de Suzanne juste à temps pour assister à la fin du monde. Sur le papier peint, les motifs à petites fleurs se transformaient en monstres grimaçants, les angelots de plâtre devenaient gargouilles, et les moindres fissures du plafond s'ouvraient pour nous révéler d'autres enfers. J'enviais Caïn qui, dans ses hallucinations, n'était poursuivi que par un œil.

Terrorisé, les yeux grands ouverts – ce que je voyais à l'intérieur de mes paupières était bien pire encore – je restais dans le lit, parfaitement immobile, le drap remonté jusqu'aux yeux, sursautant dès que Suzanne faisait le moindre mouvement. Je n'osais même pas tourner la tête vers elle, de crainte que, sous mon regard, elle ne se transforme en squelette. À peine pouvais-je ouvrir la bouche pour l'implorer de faire quelque chose.

Bien qu'aussi terrorisée que moi, elle a su réagir en me parlant d'abord des petits buvards, dont elle semblait bien connaître les effets. Il y avait quatre heures que nous les avions absorbés et nous étions donc parvenus au sommet de la montagne. Autant les sensations s'étaient intensifiées pendant la montée, autant elles reviendraient tranquillement à la normale pendant les quatre heures qui suivraient. Rien ne servait de vouloir précipiter la descente, le temps arrangerait les choses.

Suivant ses conseils, j'ai tenté de domestiquer les monstres et, à petits coups de fouet, de les faire rentrer un à un sous les fleurs du papier peint. Pour me faciliter la tâche, Suzanne a éteint la radio – CHOM était en plein festival Jimi Hendrix – et a mis un disque de Leonard Cohen, que j'ai écouté pour la première fois de ma vie sans protester, appréciant même ses indéniables vertus lénifiantes. Je lui en suis reconnaissant. Dans l'état où j'étais, il faut dire que j'aurais apprécié quiconque aurait réussi à ralentir le tempo, et j'aurais sans doute trouvé des qualités à Adamo.

J'essayais de me représenter ce que devait être la vie, la vraie, celle qui devait nécessairement continuer son cours normal, partout ailleurs que dans cet enfer. Pierre-Paul errait sans doute dans le labyrinthe de son asile de fous, où il avait réussi à se trouver un travail de brancardier. Jacques devait être dans sa chambre, au sous-sol de son *bungalow*, le nez enfoui dans un livre de mathématiques. Carole était sans doute partie en voyage de noces tandis que les propriétaires de la salle de réception étaient occupés à tenter de récupérer les ustensiles qui formaient l'armature de notre montagne de purée de pommes de terre. J'avais du mal à croire que tout cela se passait dans le même univers, le même espace-temps.

Du mal à admettre aussi qu'on ait sonné à la porte et que j'aie dû aller répondre, Suzanne étant sous la douche. Complètement nu sous le couvre-lit dont je m'étais drapé comme un empereur romain, j'avais ouvert pour me retrouver face à face avec ma sorcière. «Pardonnez-moi, je me suis sans doute trompée d'adresse», avait-elle dit avant de tourner les talons.

Suzanne m'a juré ne pas avoir entendu sonner mais comment l'aurait-elle pu, alors qu'elle était sous la douche? Est-ce que j'ai imaginé la sonnette, ai-je ouvert la porte du placard à balais?

Hallucination aussi, sans doute, ce qui est arrivé chez moi, quelques heures plus tard. L'effet du buvard était à ce moment-là théoriquement terminé, mais il faut toujours s'attendre à des rechutes.

J'étais enfermé dans ma chambre, essayant de dessiner, pour passer le temps. Le moindre trait, le moindre point suffisait pour qu'apparaisse, sur toute la feuille, le visage de ma sorcière.

Je pensais encore à elle quand mon père est entré dans ma chambre. De crainte qu'il n'aperçoive mes pupilles dilatées, je gardais les yeux rivés sur ma feuille de papier.

Il s'est assis sur le pied de mon lit et m'a dit, comme ça, tout bonnement, qu'il n'avait pas de conseil à me donner mais qu'il s'était toujours méfié, quant à lui, des filles trop belles. La vie leur est parfois tellement facile qu'elles oublient de se blinder. Elles flottent tout doucement, jusqu'à ce qu'arrive un coup dur, un vrai coup dur. C'est à ce moment-là qu'elles se brisent.

Je n'entendais plus rien, pas même les shlip shlip de sa pipe. Je me suis risqué à regarder derrière moi. Le lit était vide, la porte de ma chambre refermée. Mais l'odeur de la pipe était tenace.

CHAPITRE

15

Suzanne avait autrefois un ami qui travaillait comme serveur dans un grand hôtel et qui la prévenait chaque fois qu'il avait à servir un banquet de mariage. Elle s'infiltrait alors dans la noce et se soûlait à bon compte tout en faisant d'amples provisions de sandwichs. Quand elle était partie de chez sa mère pour venir habiter la ville, elle avait ainsi vécu pendant une année entière sans avoir à payer sa nourriture.

Elle me parlait souvent de cet épisode de sa vie et disait s'ennuyer non pas du saumon fumé dont elle faisait son ordinaire, mais plutôt des défis posés à ses talents de comédienne. À l'en croire, elle était devenue experte dans l'art de bien évaluer son public, départageant du premier coup d'œil les familles, les réseaux d'amis et les compagnons de travail. Ce dernier groupe étant le plus facile à manipuler, elle s'y joignait en se faisant passer pour une cousine, improvisant alors quelques souvenirs avant de tendre rapidement la perche à quelqu'un d'autre. Elle aurait pu s'en tenir longtemps à ce rôle de figurante discrète, mais elle aimait sentir les giclées d'adrénaline quand, risquant d'être découverte, elle sautait d'un mensonge à l'autre, sentant un moment le vide sous ses pieds avant de retrouver l'équilibre et de reprendre sa marche. Cousine, amie d'enfance, compagne de travail, sœur, amie intime, elle avait joué tous les rôles que son âge et son sexe lui permettaient, allant même jusqu'à se faire inviter, suprême triomphe, à la table d'honneur d'un mariage italien.

Je me sentais vaguement jaloux quand Suzanne me racontait ses exploits. Jaloux de cet ami avec lequel elle avait partagé sa vie pendant un an, mais aussi du cran dont elle avait fait preuve. Un peu las de passer mes après-midi au lit et ressentant le besoin de prouver quelque chose, je lui avais proposé de recommencer ce petit jeu en un autre lieu. Pourquoi pas un salon funéraire ?

L'idée avait tranquillement mariné. Il n'y aurait là ni vin ni sandwichs, mais une scène tout à fait convenable pour y jouer ses personnages.

Suzanne avait dit oui, d'accord, pourquoi pas, puis s'était levée pour aller mettre un disque. C'était, chez elle, ce qui se rapprochait le plus de l'enthousiasme.

***

Peu doué pour l'improvisation, je tenais à ce que nous choisissions nos victimes avec soin. Nous lisions pour cela les chroniques nécrologiques des journaux, à la recherche d'un bourgeois décédé dans la fleur de l'âge des suites d'une courte maladie et qui aurait laissé dans le deuil, outre ses descendants, dont nous apprendrions la liste par cœur, un commerce dont il était le propriétaire.

En attendant de trouver la victime idéale, nous répétions nos rôles. Nous nous approchions d'abord du cercueil, représenté pour la circonstance par le lit de Suzanne, et nous faisions semblant de prier, ce qui nous permettait de prendre le pouls de la salle. Nous allions ensuite serrer quelques mains, répandant d'un groupe à l'autre quelques gouttes de notre venin. Aux fils et aux filles du défunt, Suzanne racontait que nous étions *presque* de la même famille et que notre mère, qui viendrait bientôt nous rejoindre, serait ravie de rencontrer enfin ces enfants dont elle avait tant entendu parler tout au long de sa vie. Quand la victime était ainsi bien ferrée, je complétais le travail en évoquant l'existence d'un mystérieux testament holographe.

Nous nous déplacions alors vers la cuisine, qui représentait le fumoir, et nous nous imaginions entourés de descendants inquiets. Nous leur expliquions que nous en avions déjà trop dit et qu'il revenait à notre mère de démêler l'écheveau. Leur promettant de revenir bientôt avec elle, nous quittions ensuite les lieux, ravis d'avoir mis un peu d'animation dans une soirée qui, autrement, aurait risqué d'être fort ennuyeuse.

Ce n'étaient que de simples répétitions, rien de plus qu'une innocente comédie. Pourtant, Suzanne s'y révélait une extraordinaire comédienne. Il m'arrivait parfois, pendant de courts instants, de me prendre à son jeu à tel point point que je n'aurais pas été surpris de voir un cadavre apparaître sur son lit pour justifier ses larmes.

Pourrions-nous nous permettre, avant de partir pour une de nos expéditions, de fumer ce qu'il faut d'herbe pour nous exciter le verbe ? Je pensais que oui. La confusion des propos qui en résulterait, de même que nos yeux rougis, serviraient notre cause. Qui plus est, notre état nous permettrait de repérer plus facilement la veuve, toujours bourrée de Valium. Les drogués savent se reconnaître entre eux.

Au début de décembre, nous avions enfin trouvé la victime idéale. Le défunt avait été gérant de banque, Chevalier de Colomb, marguillier, commissaire d'école, conseiller municipal et député fédéral. Impossible de trouver plus bel amalgame de tout ce que nous haïssions.

La grande première aurait lieu mercredi soir. Nous étions prêts.

***

Mercredi soir, sept heures. Je suis assis au restaurant où nous avons rendez-vous pour ajuster nos montres.

Suzanne, habituellement ponctuelle, n'est pas encore là. Peut-être aurais-je dû téléphoner chez elle pour confirmer ? Elle voulait rester seule toute la journée, pour bien se préparer à son rôle.

Par la fenêtre du restaurant, je compte les visiteurs qui entrent au salon. La neige tombe doucement sur les Cadillac noires et les manteaux de vison. Un public en or. Je suis mort de trac.

Sept heures dix. Peut-être a-t-elle été retardée par la tempête ? Je me répète le scénario, auquel nous avons ajouté, à la dernière minute, un autre étage. J'entre d'abord au salon funéraire, seul, et je prépare le terrain en répandant quelques rumeurs perfides à propos du testament holographe. Dix minutes plus tard, Suzanne fait son entrée. Elle se dirige droit vers la dépouille, où elle simule une crise d'hystérie : « Mon amour, mon amour, pourquoi m'as-tu quittée, tu n'avais pas le droit... » Je me précipite vers elle et l'arrache du cercueil, l'enjoignant de me révéler son identité, lui criant que j'avais le droit de connaître les fréquentations de mon père. Se libérant alors de mon emprise, elle me gifle et quitte la salle, toujours aussi hystérique. Je me lance à sa poursuite, et nous nous retrouvons ici pour rigoler. Bon. Ça devrait produire son effet.

Sept heures vingt. Je commande un deuxième café, allume une autre cigarette. Peut-être s'est-elle dégonflée. J'espère qu'elle s'est dégonflée.

Sept heures trente. Un malentendu ? Et si elle m'attendait chez elle ou à un autre restaurant ? Autant en avoir le cœur net, je téléphone. Elle décroche, mais je n'entends rien d'autre qu'un faible râle.

Je me précipite à son appartement et la trouve étendue dans son lit, nue, les yeux rivés au plafond. Elle réagit à peine à ma présence. Sa voix éteinte, encore plus rauque, plus sèche que d'habitude, comme si elle avait été reproduite par un mauvais magnétophone. Un murmure, à peine perceptible. «Non, je ne suis pas folle.» C'est tout ce qu'elle réussit à dire. Non, je ne suis pas folle.

Sur sa table de chevet, un verre d'eau, deux ou trois comprimés, quelques morceaux de buvard. Je la secoue, doucement: «Qu'est-ce que tu as pris?» Aucune réaction. Dans ses yeux, la terreur. Non, je ne suis pas folle.

Je réussis à l'habiller, de peine et de misère. Elle ne fait rien pour m'aider. Je lui fais boire un peu d'eau, je la mets sur pied. Elle ne résiste pas.

Elle me suit, docile, jusqu'à l'ascenseur. J'ouvre la porte, l'entraîne dehors. L'air frais semble la revigorer un peu, ses joues se colorent à peine.

Ses petits souliers de toile, dans la neige. Son pas mécanique. Son poids sur mon bras. Non, je ne suis pas folle.

En traversant le parc Lafontaine, j'essaie encore de lui demander ce qu'elle a consommé, je l'avertis que je suis obligé de l'amener à l'hôpital, elle ne réagit pas.

La salle d'urgence de l'hôpital Notre-Dame. Sous l'éclairage au néon, ses joues pâles deviennent presque phosphorescentes. On l'étend sur une civière. L'infirmière me pose des questions: «Qu'est-ce qu'elle a pris?» «Je ne sais pas.» «Est-ce qu'elle se piquait?» «Je ne pense pas, non.» Quand je me retourne, la civière a disparu. Les portes battantes s'immobilisent.

Deux heures à regarder les ambulances s'arrêter devant la porte. Civières, masques à oxygène, jambes brisées. Les portes battantes qui se referment chaque fois, sans rien me laisser voir.

Un médecin vient me parler. Je lui répète tout ce que j'ai déjà dit à l'infirmière: non, je ne sais pas ce qu'elle a consommé, il y avait quelques comprimés sur sa table de chevet, des morceaux de buvard, un verre d'eau. Non, je ne peux pas contacter sa famille...

Il m'explique qu'on lui a fait un lavement mais qu'elle ne semble pas avoir recouvré ses esprits. Pour le moment, elle dort. Ils vont la garder deux semaines, en observation. Psychiatrie. Vous reviendrez demain.

— Est-ce que je peux la voir ?

— Non.

Inutile d'insister. À la façon qu'il a de me regarder, je devine qu'il résiste mal à l'envie de me faire un lavement.

Je sors de l'hôpital, je vais m'asseoir sur un banc du parc Lafontaine. Toutes les fenêtres de l'hôpital sont illuminées. La neige tombe encore, doucement. Comme à Ostende, peut-être.

***

Le lendemain, j'obtiens le droit d'aller lui parler. Service de l'urgence psychiatrique. Elle me regarde sans me voir, ne semble pas se souvenir de moi, me répète qu'elle n'est pas folle, puis me demande si je suis Jésus et si je l'aime encore. Je réponds oui, bien sûr.

***

Une semaine plus tard, elle a pris du poids et des couleurs, mais elle parle de ses parents qui viendront bientôt la chercher, de Jésus qui l'aime, d'un homme qui a la clé et à qui je devrai expliquer ce qui s'est passé. Je l'écoute en silence, convaincu qu'elle délire. Les murs blancs sont peut-être des nuages et les infirmières des anges. Elle s'imagine sans doute au ciel et s'inquiète de ne pas avoir encore rencontré saint Pierre, l'homme à la clé.

Mais elle ne délire pas. Ses parents viennent vraiment la chercher. Son père, un petit bonhomme grisonnant qui ressemble vaguement à Henri Richard, vêtu d'un manteau en vinyle trop grand pour lui, un manteau de pauvre, et sa mère, toute petite aussi, voûtée, ridée. Ils ont apporté dans une petite valise des vêtements pour Suzanne, de ridicules

vêtements de jeune fille sage, qu'elle enfile sans protester.
Quand elle quitte l'hôpital, elle égrène le chapelet que sa
mère lui a donné. Un souvenir de sa première communion,
précise-t-elle.

***

Je suis retourné à l'appartement de Suzanne pour
récupérer ce qui m'appartenait, quelques disques, des
livres... En fouillant dans ses tiroirs, j'ai trouvé, dissimulés sous une pile de tee-shirts, du rouge à lèvres et des.
sous-vêtements de pute. Jamais je ne l'avais vue porter
de telles horreurs.

C'est à ce moment-là que j'ai rencontré l'homme à la
clé. Un homme d'âge mûr, gros, prospère, le genre de
vieux porc qui peut tout se payer, y compris une jeune
fille qui agrémente son heure de lunch et ses voyages
d'affaires. Il n'a pas semblé étonné outre mesure de me
trouver là.

J'avais envie de le tuer, mais j'ai réussi à lui expliquer
la situation. Il a récupéré quelques objets qui semblaient
lui appartenir, m'a dit que je pouvais prendre le reste, puis
il est parti en m'assurant qu'il veillerait à payer le loyer,
comme il l'avait toujours fait.

Sur le coup, je ne l'ai pas reconnu. Je ne savais pas
encore à quel point la télévision grandit et grossit les gens.
Je l'avais pourtant vu quelquefois, aux informations, où on
parlait de lui comme d'un des plus importants personnages
de ce nouveau parti indépendantiste dans lequel les jeunes,
en particulier, avaient investi tous leurs espoirs.

***

Certains virus se cachent dans un coin secret du corps
et vivent là, sans se manifester, pendant des années,
attendant leur heure.

Les phrases ont aussi cette propriété. On les capte sans trop s'en apercevoir, au hasard d'une chanson entendue à la radio, d'un roman, d'une émission de télé. Elles se transforment en impulsion électrique ou en je ne sais quoi et vont se cacher dans un coin de la mémoire. Quand arrive leur heure, on a la troublante impression qu'elles n'ont été écrites que pour nous.

Je suis assis sur un banc du parc Lafontaine, en face de l'appartement de Suzanne. À mes pieds, dans un sac de plastique, les romans de Boris Vian que je lui avais prêtés mais qu'elle n'avait jamais lus, quelques disques aussi, Dylan, Ferré, Leonard Cohen. Celui-là ne m'appartenait pas, mais je me suis accordé le droit de l'emporter, en souvenir.

Suzanne est sans doute chez ses parents, maintenant, dans son petit village de Gaspésie. Elle m'a juré qu'elle m'écrirait, un jour, mais je sens qu'elle n'en fera rien. Je pense à ses yeux, ni gris ni verts, comme à Ostende et comme partout. Je pense à l'homme à la clé, à la politique, au pouvoir, et puis la phrase jaillit de ma mémoire et vient m'obséder. Un poème d'Aragon, chanté par Léo Ferré. *Quelque part ça commence à n'être plus du jeu.*

CHAPITRE

16

L'idée de me remplir la tête des trente-deux causes de la Première Guerre mondiale, de les recracher sur une feuille d'examen et de les oublier aussitôt me semblait être la pire des absurdités. À tout prendre, j'aurais préféré remplir des formulaires d'assurance pour mon père.

J'avais pourtant besoin de travailler. De travailler dur. Non pas pour gagner ma vie, mais pour l'oublier. Je rêvais de hauts fourneaux, de sacs de ciment à transporter sur mon dos, de tranchées à creuser, d'un travail si harassant qu'il m'aurait empêché de penser. Travailler, seulement travailler, et bientôt devenir un de ces hommes au visage buriné qui maîtrisent l'art de rouler une cigarette d'une seule main et crachent de la poussière d'acier pour marquer leur chemin. Rentrer chez moi, fourbu, avoir tout juste la force d'enlever mes bottes avant de m'écrouler sur mon lit, les bras en croix, et dormir si profondément que je n'aurais même pas l'énergie de rêver.

J'allais consciencieusement proposer mes services dans les vieilles usines qui longent le fleuve, mais je ne recevais jamais de réponse. Je ne savais pas encore que ces emplois sont l'apanage d'une mystérieuse aristocratie qui les protège jalousement. Pour en être, il faut avoir été initié dès la plus tendre enfance par un père qui transmet, souvent par osmose, les codes, les clés, les rites secrets. Les fils de courtiers, de professeurs ou de banquiers, qui n'ont jamais appris à blasphémer avec grâce, à siffler entre leurs doigts ou à décapsuler une bouteille de bière avec leurs dents y sont traités avec tout le mépris qu'ils méritent.

Faute de mieux, j'ai dû me résoudre à considérer une offre que Pierre-Paul m'avait souvent faite. Au début de janvier 1969, je me suis donc présenté au bureau du personnel de l'asile Saint-Jean-de-Dieu, j'ai rempli un formulaire, et dès le lendemain je commençais à y travailler.

J'en suis vite venu à aimer les bâtiments moyenâgeux de l'asile, l'atmosphère d'enfermement, l'horaire de nuit et le travail qu'on m'avait confié à l'entretien ménager. J'avais l'impression de purger une peine.

La partie la plus difficile de mon apprentissage avait consisté à trouver un rythme de travail qui me permettrait de consacrer toute une nuit à laver un corridor qui aurait pu l'être en moins de deux heures. Même en m'acharnant méticuleusement sur la moindre tache, je n'arrivais pas à travailler plus de quatre heures. Mes planchers étaient pourtant impeccables et plus d'une vieille employée m'avait assuré qu'on n'avait rien vu d'aussi pimpant depuis le départ des religieuses. Leurs compliments me comblaient d'aise, mais ne réglaient pas mon problème. Je ne supportais pas l'inactivité et n'avais aucune envie d'imiter mes collègues qui s'enfermaient des heures durant dans les toilettes pour y fumer cigarette sur cigarette tout en reluquant des magazines pornographiques.

Les bâtiments de l'asile étaient heureusement très vieux. Pour peu qu'on se donnât la peine de les explorer, on y découvrait quantité d'endroits où se cacher. La salle des archives, par exemple, où j'allais étirer mes pauses-café en lisant les grands cahiers que remplissaient les religieuses, et dans lesquels on pouvait lire de magnifiques histoires de cas. Je noircissais de notes mes calepins, puis, à la pause suivante, je m'enfermais dans le vieux château d'eau, où je composais de sinistres lettres de mon moulin.

Quand je rentrais chez moi, au petit matin, je me préparais un pot de café et j'allais dans ma chambre transcrire et peaufiner mes textes. Je ne dormais que deux ou trois heures, puis je retournais travailler à l'asile. J'y retrouvais avec plaisir les vertus hypnotiques de ma vadrouille. Son incessant va-et-vient se confondait bientôt avec le mouvement de l'écriture et je voyais bientôt apparaître, sur les rangées de tuiles luisantes, des mots et des phrases, comme des fresques dissimulées sous la chaux. Lorsque je m'enfermais ensuite dans mon château d'eau pour écrire, je reproduisais inconsciemment les mouvements du laveur de plancher, mon corps entier dansait avec mon stylo comme il l'avait fait avec ma vadrouille. Jamais, de toute ma vie, je n'avais tant écrit. Jamais, non plus, je n'avais tant eu à oublier.

J'éprouvais un grand plaisir à échafauder des débuts de romans que je me promettais de terminer plus tard. Que ce plus tard puisse ne jamais venir ne m'inquiétait pas le moins du monde : j'avais dix-huit ans. Aussitôt que je butais sur un obstacle, je me réfugiais dans un autre début d'histoire. Je me refusais toute rêvasserie et ne supportais pas que mon stylo demeure inactif.

J'avais ainsi travaillé longuement sur l'histoire d'un médecin fou, simple généraliste à l'asile, et qui nourrissait une sourde haine envers les psychiatres, qui le traitaient avec mépris. Aussitôt qu'un patient décédait, il allait à la morgue, découpait soigneusement le crâne et dérobait le cerveau. Il s'enfermait ensuite dans son laboratoire où il tentait, à l'aide d'un extracteur à jus sophistiqué, d'isoler chacune des substances responsables, selon lui, des maladies mentales. Son intention était au départ strictement scientifique. Bien plus que la guérison des patients, dont il ne se souciait guère, il cherchait à damer le pion à ses collègues psychiatres en détruisant, pierre par pierre, l'édifice freudien. Après quelques expériences malheureuses, il avait enfin réussi à créer une substance tellement concentrée qu'il aurait suffi d'en diluer une seule goutte dans les réservoirs d'eau potable d'une grande ville pour réduire aussitôt l'intelligence de ses habitants au strict minimum vital. Il comptait utiliser cette découverte pour se lancer en politique. Il se voyait premier ministre d'abord du Québec, puis du Canada, et enfin de l'humanité tout entière, qui n'aurait plus été qu'un vaste asile d'aliénés dont il aurait été le psychiatre en chef.

L'esquisse comptait une vingtaine de pages. J'avais amplement de matériel pour me lancer dans l'aventure, mais je butais sur le problème de la fin : devait-il réaliser totalement son rêve ou arrêter à mi-chemin ? Peut-être découvrait-il en effet que sa drogue, si elle avait des effets spectaculaires chez les individus, dont elle réduisait considérablement l'intelligence, ne changeait strictement rien au comportement de ces mêmes individus aussitôt qu'ils étaient réunis en groupe, qu'il n'avait trouvé, somme toute, qu'un substitut à la société ? Ayant fait cette découverte, devait-il se noyer dans un réservoir contaminé ?

Plutôt que de réfléchir à ce problème, j'avais abandonné mon projet pour me lancer dans un autre, puis un autre encore.

En moins de six mois, j'avais réussi à écrire deux esquisses de romans et plus d'une dizaines de nouvelles, qui n'étaient pas toutes mauvaises. Jamais je n'avais tant produit. Je ne supportais plus l'alcool, ni aucune drogue. Et l'idée de fréquenter une fille, ne serait-ce que pour passer le temps, ne me traversait même pas l'esprit. Après six mois de ce régime, j'étais presque parvenu à oublier Suzanne.

J'avais aussi réussi à accumuler un petit pécule qui me permettrait de mener à bien mon projet : au début de juin, Pierre-Paul et moi nous envolerions vers l'Europe, abandonnant pendant trois mois notre pays, royaume de l'insignifiance, pour aller nous abreuver aux fontaines de l'Intelligence.

Je comptais en profiter pour écrire encore une dizaine de nouvelles, en plus de tenir un journal de voyage. Au retour, fier d'avoir enfin produit quelque chose et mûri par mes aventures, j'irais enfin retrouver ma sorcière : mission accomplie.

CHAPITRE

17

28 mai 1969, quelque part dans le ciel. Un avion rempli à craquer de jeunes, la soute à bagages débordant de sacs à dos. Nous avons tous crié de joie quand il s'est enfin arraché au sol du Québec. Rien que pour cet instant, rien que pour savourer cette impression de laisser loin derrière moi le Montréal de Jean Drapeau, le Québec de Jean-Jacques Bertrand et le Canada de Pierre Elliott Trudeau, il valait la peine d'avoir passé six mois de ma vie à laver des corridors d'asile.

Notre itinéraire prévoit quelques jours à Paris, histoire de nous acclimater. Nous faisons ensuite du stop jusqu'à Aix-en-Provence, où le frère aîné de Pierre-Paul étudie la littérature et où nous profiterons donc d'un logement gratuit. Ensuite, on verra. Nous ne sommes pas des touristes, notre voyage n'est pas organisé.

***

31 mai. Paris. L'auberge de jeunesse semble avoir été réquisitionnée par les touristes américains. Pas d'autre choix cependant que d'y habiter : le tarif est de trois francs par jour, il faudrait compter au moins le triple dans un hôtel. Aussitôt notre dortoir réservé, Pierre-Paul m'entraîne sur le boulevard Saint-Michel. Les bourgeois ont remis en place les pavés, finie la plage. Dans les rues secondaires, cependant, quelques amas de pierres retiennent notre attention. Impossible de dire s'il s'agit de vestiges des grandes manifs de l'année dernière ou de

vulgaires travaux publics. Les vitrines des magasins ont été remises en place, les automobiles lilliputiennes circulent normalement, il y a foule dans les rues, mais une foule nerveuse et laborieuse, pressée d'aller travailler ou de dépenser. Les mœurs des autochtones diffèrent quelquefois des nôtres, mais tout est désespérément normal.

Pierre-Paul m'accuse de faire du tourisme parce que je veux visiter Notre-Dame, le Louvre, les Invalides. Si je l'écoutais, nous passerions nos journées dans les bars, à discuter politique. Trots, anars, maos, cocos, je m'y perds, je m'ennuie. Dès le deuxième jour, nous préférons nous séparer. Je visite le tombeau de Napoléon, le Louvre et l'Arc de triomphe tandis qu'il traîne dans les cafés. Nous nous retrouvons à l'auberge de jeunesse, très tard. La nuit tombée, nous allons voir les putes. Voir seulement.

Trois jours à me perdre dans les petites rues et à remplir mes calepins de petites impressions : le goût de caoutchouc de la bière, celui du café, si noir et si concentré qu'il suffirait d'y placer une mèche pour en faire une bombe, ces petites rues dans lesquelles on tourne en rond jusqu'à se retrouver en plein cœur d'un roman de Balzac, ces plaques, à chaque coin de rue, qui célèbrent de grands disparus ou d'obscurs héros de la Résistance, et le magnifique cimetière du Père Lachaise, où je surprends une jeune fille étendue les bras en croix sur la tombe d'Édith Piaf et qui m'assure que je n'ai qu'à l'imiter pour ressentir d'étranges vibrations.

Au dernier soir, je retrouve Pierre-Paul, surexcité : il est persuadé d'avoir vu Jean-Paul Sartre, au café des Deux Magots. Il a même pris une photo, incognito. Nous vérifierons à Montréal. Jean-Paul Sartre, merde ! Je suis horriblement jaloux.

***

3 juin, Aix-en-Provence. Trois jours d'auto-stop pour y arriver. Premier jour entièrement perdu. À peine trente

kilomètres. Nos sacs à dos sont trop gros, leurs automobiles trop petites. Une fois que nous nous sommes séparés, tout va mieux, d'autant que nous avons eu la bonne idée d'afficher un drapeau du Québec. Tout le monde veut savoir ce que je pense du Général de Gaulle. Curieusement, ils semblent avoir un peu honte.

Accueil chaleureux chez le frère de Pierre-Paul, qui me parle de son projet de doctorat : il compte rédiger une cinquantaine de pages de ce qui pourrait devenir un roman, pour ensuite le *déconstruire*. J'avoue ne rien comprendre aux quelques pages qu'il veut bien me faire lire. Il en est ravi. Je suis perplexe : pour faire accepter un manuscrit par un éditeur, faut-il y adjoindre une photocopie de son doctorat ?

Pierre-Paul et moi louons des vélosolex. Boucles à Arles, Nîmes, les Baux, le pont du Gard, Gordes, la Côte d'Azur, Marseille. Disputes avec Pierre-Paul, qui refuse de visiter les cimetières et ne se passionne pas pour les ruines romaines. Aussitôt terminé notre séjour en Provence, nous irons chacun de notre côté. Ça vaut mieux. À Arles, premier envoi de cartes postales. La première à ma sorcière, histoire de préparer le terrain en douceur. Je choisis une image d'un sarcophage paléochrétien et je griffonne au verso des propos volontairement obscurs. J'adresse la seconde, une banale photo des arènes, à mes parents. Ne sachant trop quoi leur dire, je recopie intégralement des passages du guide Michelin.

***

10 juin. Barcelone. Vingt-cinq cents pour dormir à l'auberge de jeunesse, quarante pour manger de la paella bien arrosée de vin. Avec mes trois dollars par jour, je suis riche. Les cigarettes sont dégueulasses. Personne ne veut parler de Franco. Beau cimetière, au bord de la mer. Je note avec soin l'histoire de l'architecte Gaudi : alors

qu'il reculait pour avoir une vue d'ensemble de la Sagrada Familia, il se fait écraser par un tramway.

Jeunes Espagnoles invisibles, inaccessibles, mais liaison avec Sandrine, rencontrée à l'auberge de jeunesse. Père français, mère vietnamienne. Après quelques ratés inquiétants, je retrouve mes moyens.

Sandrine n'aime pas l'Espagne et préfère l'Italie. Va pour l'Italie. Finies les longues heures d'attente au bord de la route. Vive le stop avec une fille.

***

25 juin. Rome. Avec Sandrine, visité Gênes, Milan et Venise. À Florence, elle doit me quitter pour rentrer chez ses parents, qui demeurent à Lille. Les adieux ne sont pas déchirants. J'avais du mal à supporter sa voix haut perchée et je n'avais pu m'habituer à son prénom.

De nouveau, l'attente interminable, au bord de la route. En attendant les autos, je construis de petites ruines romaines en empilant des cailloux. Voyagé un peu avec Bob, un Écossais qui a eu l'idée géniale de faire du stop vêtu d'un kilt. Grand succès auprès des homosexuels. Je n'ose pas lui demander s'il leur joue de la cornemuse.

Rome, enfin. Il pleut sur le camping des sept collines, ma tente prend l'eau, mais j'ai enfin visité les catacombes. Cinq étages de galeries superposées. Crânes et tibias à volonté. Deux mots à retenir : les *fossores*, qui étaient chargés de disposer les morts dans les *loculi*. Mon cahier s'enrichit d'une courte nouvelle. Les fossores font partie d'un ordre inférieur du clergé et les églises pourvoient à leur entretien. L'un d'eux, à l'esprit remarquablement cupide, se trouvait trop chichement rémunéré. Il remarque bientôt que les chrétiens insistent pour être logés le plus près possible des martyrs et qu'ils n'hésitent pas à payer pour cela une forte prime. Les martyrs n'étant identifiés que par une inscription sur la pierre, il n'aura aucun mal à les multiplier et à augmenter ainsi la valeur foncière de l'ensemble, qui deviendra bientôt le Manhattan de la mort.

***

Innsbruck, le 3 juillet. Une photo, en première page du journal : Brian Jones est mort dans sa piscine, ses longs cheveux blonds flottent en éventail. Un jeune Autrichien me traduit laborieusement l'article : le coroner, ne pouvant prouver ni le suicide ni le meurtre, avait déclaré qu'il était mort par malchance. Les Rolling Stones donneront-ils quand même le concert gratuit, prévu pour le 5 juillet, dans Hyde Park ?

Rolling Stones, concert gratuit ? Il n'en faut pas plus pour que je modifie mon itinéraire. Le soir même, je quitte Innsbruck. Je suis prêt à voyager jour et nuit, s'il le faut, pour arriver à temps à Londres. Traversée de l'Allemagne sans rien voir des camps de concentration (je reviendrai), puis la Hollande et la Manche.

5 juillet. Londres, Hyde Park. Pas la moindre trace de brouillard, temps magnifique. Il semble finalement que le concert aura lieu, malgré toutes les rumeurs contradictoires. J'ai une excellente place. Pour passer le temps, je fume de l'herbe, c'est la première fois depuis Suzanne, une herbe tellement bonne que je ne m'aperçois pas que le groupe de jeunes qui a bien voulu partager la précieuse substance avec moi, et avec lequel je ris et je discute philosophie, est composé exclusivement d'Allemands unilingues.

Mick Jagger n'a jamais été plus délicieusement décadent. Rouge à lèvres, blouse de soie toute en froufrous, pantalon à pattes d'éléphant, immense crucifix de bois sur la poitrine. Je ne savais pas cependant qu'il était si petit, ni aussi laid. Une gargouille dansante. Pendant qu'il chante une interminable version de *Sympathy for the Devil*, je regarde le gigantesque portrait de Brian Jones, en arrière-scène. Son petit visage de rat, perdu sous une masse de cheveux jaunes. Dans mon esprit enfumé, la photo du journal vient se superposer. Une araignée jaune, un soleil noyé dans une piscine. *I can't get no Satisfaction*. Il en est mort. Comme pour lui rendre hommage, les milliers de papillons blancs, libérés à la fin du spectacle, iront brûler leurs ailes sur les spots.

J'aime l'Angleterre.

***

20 juillet. Amsterdam. Depuis Londres, Barbara m'accompagne. Petite teutonne trapue à l'épaisse crinière blonde, elle baragouine quelques mots d'anglais scolaire que je pourrais réussir à comprendre s'ils n'étaient pas greffés sur une grammaire allemande. Mon anglais à moi vient d'une autre école, celle de Jungle Jim et de Ed Sullivan. Mais peu importe, elle trimbale dans son sac militaire une brique de hasch et un bloc à dessin, se révèle très habile pour dessiner des Che Guevara et des New York la nuit, et elle est complètement folle.

À l'auberge de jeunesse, nous sommes deux cents à regarder la télé quand Neil Armstrong, descendant lentement de sa boîte de tôle, pose un pied sur la Lune. Les trois quarts de l'assistance, composée d'Américains et autres imbéciles, applaudissent. Pas moi. J'aurais nettement préféré que la fusée explose en plein vol, qu'elle s'écrase sur la Lune, que les casques ne fonctionnent pas et que les astronautes meurent asphyxiés, que l'oxygène ait été remplacé par un gaz toxique, je ne sais trop. N'importe quoi plutôt que cette intolérable réussite.

Si au moins Armstrong s'était racheté avec une blague à la Woody Allen, style «jamais vu une aussi grosse pizza, je pars à la recherche des anchois» ou encore «je t'avais bien dit que je reviendrais, maman». Le petit pas pour l'homme a inspiré la phrase la plus décevante depuis le début de l'humanité.

Quelques jours plus tard, bain de minuit dans un canal. Nous sommes une bonne vingtaine, tous plus ou moins ivres. Des policiers en bateau viennent mettre fin au *party*. Commotion, le lendemain, quand nous nous apercevons qu'un jeune Américain manque à l'appel. Son sac à dos est encore sur le lit, son portefeuille et son passeport dans un tiroir, il n'en faut pas plus pour que les responsables de l'auberge appellent les policiers, qui draguent en vain le canal. Le noyé reviendra à l'auberge, à la fin de l'après-midi. Il avait tout bonnement rencontré une fille, chez qui il avait passé la nuit. Nous lui en voulons tous de n'être pas mort.

L'anecdote ne vaudrait pas d'être rapportée, à moins d'être correctement traitée, ce que je me suis empressé de faire en écrivant aussitôt une lettre à mes parents. Une véritable lettre, oui, l'espace réservé à l'écriture sur les cartes postales étant insuffisant pour raconter la noyade, dont nous avions tous été témoins, le dragage du canal et le cadavre boursouflé, suspendu par les pieds à une grue. Une longue lettre écrite d'un seul trait, fébrilement. La relisant avant de la poster, j'en éprouve un plaisir trouble : si j'avais réellement assisté à la scène, ma description n'aurait pas été aussi réaliste.

***

29 juillet. Ostende. Comme partout. Léo Ferré avait raison. J'envoie à ma sorcière une carte postale sur laquelle je biffe «Ostende», que je remplace par «nulle part». Je n'oublie pas, cette fois, de coller le timbre à l'envers.

***

4 août. Dilemme. Je tiens à visiter l'Allemagne, le mur et ce qui reste des camps de concentration, mais Barbara préférerait la Belgique et le nord de la France.

Elle m'assure que tous les camps ont été détruits, qu'il n'y a plus rien à voir. Je la crois. Je n'ai pas visité l'Allemagne, ses camps, son mur. Je le regrette.

***

20 août, quelque part au-dessus du Groenland. Retrouvé Pierre-Paul à Orly, deux heures avant le décollage. Le bilan touristique n'a occupé qu'une infime partie de la traversée, le reste étant consacré au compte rendu des découvertes érotiques, de part et d'autre nettement exagéré.

Tout compte fait, l'Europe m'a déçu. J'en garde encore l'image d'un vieux continent plein de murs, d'un gigantesque cimetière trop bien aménagé, de terres qui ne sont encore fertiles que parce qu'elles ont été engraissées des millions de cadavres de soldats inconnus, de paysans morts de la peste et de Juifs massacrés. Et je me souviens encore de ces nombreux Français qui m'avaient affirmé, le plus sérieusement du monde, que l'Amérique était violente.

Pierre-Paul aussi avait été un peu déçu par ces jeunes Français qui rêvaient de l'Amérique en écoutant Johnny Halliday et Eddy Mitchell. Pour l'intelligence, il faudrait chercher ailleurs. Plus à l'est, probablement.

CHAPITRE

18

Mon séjour à l'asile n'avait rien changé à ma conception du travail manuel, toujours auréolé de romantisme. Mais si cette auréole conservait tout son prestige sur la tête des autres, elle me semblait perdre singulièrement de son éclat aussitôt posée sur la mienne. J'avais donc décidé de la laisser à ceux qui savaient la porter avec grâce. En septembre, je reprenais le chemin de l'école.

Ma mère avait accueilli avec enthousiasme cette décision. Mon père, beaucoup moins, d'autant que je m'étais inscrit dans un programme d'études qui ne comprenait ni mathématiques, ni anglais, ni comptabilité, matières bien inutiles pour qui se destine à l'histoire. Il m'avait fait un long discours sur le peu de valeur d'un tel diplôme aux yeux des employeurs sérieux, mais je n'avais rien voulu entendre. Les notions de valeur d'un diplôme, d'employeur sérieux et de marché du travail étaient pour moi de pures horreurs qui n'avaient rien à voir avec mon désir de reprendre les études. Son point de vue était certainement empreint d'un sain réalisme, mais il se défendait d'autant plus mal qu'il était incapable d'exprimer les véritables motifs de sa déception : deux années de collège, ensuite l'université... il me voyait m'embarquer sur un grand bateau qui m'entraînerait bien loin de son rêve. Il avait quarante-cinq ans et jamais sans doute son bureau de courtier ne lui était apparu aussi petit.

Ce sont évidemment là de pures spéculations que je peux faire vingt ans plus tard. À l'époque, je ne ressentais rien de son désarroi. Il me semblait peut-être, tout au plus, que mon retour aux études accélérait son déclin.

***

Mon petit détour par l'asile et mon voyage en Europe allaient produire des dividendes inattendus. Un peu plus vieux que la moyenne des élèves du collège, qui n'avaient pour la plupart rien fait d'autre de leur vie que de rester les fesses collées sur les bancs d'école, et ayant donc gagné en assurance, je savais me démarquer de la masse anonyme en posant dès les premiers cours des questions qui n'attendaient pas de réponses, tant il était évident qu'elles n'avaient comme seule utilité que d'étaler mes connaissances. Ajoutons à cela que je savais écrire sans commettre trop de fautes des textes qui étaient agréablement saupoudrés de citations empruntées à Jean-Paul Sartre, à Karl Marx ou à Herbert Marcuse. Il n'en fallait pas plus pour que certains de mes professeurs, éblouis, m'offrent de ne plus assister à leurs cours et de consacrer plutôt mon temps à la rédaction d'un travail sur un sujet de mon choix.

Un tel privilège ne se refuse pas. Pendant que les analphabètes anonymes assistaient à leurs cours, je m'enfermais dans la bibliothèque pour rédiger une longue étude sur le rôle de la violence dans l'histoire, prenant comme exemples privilégiés l'holocauste et le massacre des Arméniens. Ce travail allait se révéler riche en enseignements divers. J'allais d'abord apprendre que la rédaction d'un seul travail pouvait me valoir d'excellentes notes non seulement en histoire, mais aussi en sociologie, en sciences politiques et en philosophie. Loin d'être une perte de temps, sa rédaction m'avait donc permis d'éviter des centaines d'heures de cours magistraux, ce qui représentait une substantielle économie d'ennui.

J'allais aussi apprendre à utiliser intelligemment les livres pourvus d'index, qui permettent de trouver à si bon compte matière à citations tout en gonflant agréablement les bibliographies, de même que la technique, fort utile tout au long de mes études universitaires, du recyclage d'introductions. Celle que j'avais rédigée pour ce travail consistait en un long exposé sur le matérialisme historique et le matérialisme dialectique. À peine modifiée pour les besoins de la cause, elle allait m'être utile jusqu'à la fin de mes études universitaires, ce qui allait me permettre, bénéfice parallèle non négligeable, de citer *Le Capital* dans toutes les bibliographies.

Si mon introduction les avait éblouis, aucun de mes professeurs, en revanche, n'avait commenté la partie centrale de mon travail, qui me semblait de loin la plus intéressante. J'y comparais, avec force descriptions, les méthodes d'extermination utilisées par les Nazis et par les Turcs. Leur silence ne m'avait guère surpris. Mon père m'avait souvent fait remarquer, quand nous allions voir des accidents et des incendies, que les gens instruits dédaignaient ce genre de spectacle. Ils ne peuvent pas supporter le morbide autrement que dans un journal, et encore faut-il que le fait divers y soit enrobé de considérations sociologiques pour qu'ils y accordent quelque intérêt. Je n'ai jamais compris cette attitude. Mais peut-être aussi mes professeurs n'avaient-ils pas lu ces passages, tout simplement.

Quoi qu'il en soit, j'avais appris en quelques mois le b-a ba de la vie d'un intellectuel. En recevant mon relevé de notes, à la fin de la première session, j'allais aussi apprendre à composer avec le curieux mélange de sentiments que procure la réussite en ces domaines. Après une première étape, relativement courte, où prédomine une légitime fierté, s'installe bientôt, tenace, la conviction profonde d'être un usurpateur sur le point d'être démasqué.

À dix-neuf ans, je n'en étais pas encore là. Je me contentais de penser que le métier d'intellectuel était étonnamment facile et qu'il me laissait beaucoup de temps libre pour lire des romans policiers, jeter de la poudre aux yeux des filles qui traînaient au café étudiant, et même me procurer un peu d'argent de poche en rédigeant, contre rémunération, des travaux de philosophie. La belle vie.

Peut-être fallait-il que je sois ainsi bouffi de confiance pour trouver enfin le courage d'aller retrouver ma sorcière.

***

Sous mon bras, mes esquisses de romans, mes nouvelles et mon journal de voyage. Tout en essayant d'en préserver le côté improvisé, je l'ai entièrement réécrit d'abord pour qu'il soit lisible, ensuite et surtout pour qu'il projette de moi l'image souhaitée, noire, sinistre et cynique, bref intelligente. Faute d'être impressionnée par le contenu, ma sorcière le sera sûrement par le chiffre : je trimbale sous mon bras tout près de trois cents pages d'écriture.

En sortant de chez moi, je suis fier comme un soldat rentrant du front avec une médaille de bravoure, ou plutôt comme un espion rapportant à sa base, après avoir affronté mille dangers, un renseignement crucial pour l'issue de la guerre. Trois cents pages d'écriture, trois mois d'aventure, je suis un homme, j'ai vécu.

Quelques rues plus loin, je me demande si je n'aurais pas été mieux avisé de trier mes textes et de ne garder que les meilleurs ou les plus obscurs, si tant est que l'un puisse aller sans l'autre. À mesure que mon pas ralentit, les métaphores rapetissent. Plutôt qu'un soldat ou un espion, me voici devenu un chien qui aurait longtemps couru pour ne rapporter qu'une stupide balle imbibée de bave.

Comment va-t-elle m'accueillir? A-t-elle seulement
reçu mes cartes postales? Peut-être aurais-je dû téléphoner pour annoncer ma visite? Ne suis-je pas parfaitement ridicule de me faire tant de soucis pour une fille
que je n'ai pas vue depuis si longtemps, que je n'ai jamais
embrassée, et qui n'était d'ailleurs même pas belle? Qu'a-
t-elle fait, pendant tout ce temps? Sans doute s'est-elle
contentée d'aller à l'école, de rapporter de beaux bulletins
à ses parents et d'aider sa mère à faire des ourlets aux
rideaux. Se souviendra-t-elle de moi? Peut-être n'est-elle
après tout qu'une stupide image qui s'est emmêlée dans le
filet de ma mémoire, pour rien, comme ça? Ou bien un
oursin collé à ma coque, que je devrai gratter à grands
coups de canif?

Je me traite d'imbécile et de minable petit caniche
sans trop de succès : j'ai beau m'adresser les pires injures,
je ne réussis pas à ralentir les battements de mon cœur.

Le quartier n'a pas changé. Les mêmes rues en crois-
sant bordées de *bungalows*, les mêmes entrées asphaltées,
les mêmes grosses autos, le même petit parc, en face de
chez elle, où il nous était si souvent arrivé de parler, des
heures durant, des Albigeois et des templiers.

Sa maison semble plus petite que dans mes rêves. La
haie de cèdres, le cabanon à outils, la table à pique-nique,
le barbecue à trois pattes dormant sous sa bâche de
plastique, rien n'a bougé. La porte d'aluminium, décorée
d'un flamant rose. Une grande respiration. Je sonne. J'ai
peur.

Le père vient me répondre. Il a les cheveux ébouriffés, les yeux bouffis, sa camisole a du mal à contenir sa
bedaine; son pantalon est déboutonné, la fermeture éclair
descendue. Il semble lui aussi plus petit que dans mon
souvenir, mais toujours aussi ventripotent. Il me regarde,
l'œil éteint. Peut-être a-t-il du mal à me reconnaître :
quatre ans, déjà.

— Votre fille est-elle à la maison?

Ses paupières se plissent, une pâle lueur passe enfin dans ses yeux et il me décoche un sourire sibyllin, très étonnant sur ce visage porcin. Il me rote ensuite quelque chose d'incompréhensible et s'écarte, tout en m'indiquant, d'un mouvement de tête, qu'il m'accorde la permission de descendre au sous-sol.

L'odeur, l'odeur de cette maison qui me prend au nez tandis que je descends l'escalier sur la pointe des pieds, attentif au moindre craquement des marches. J'arrête un instant dans la salle de jeux déserte. La même vieille télé, les mêmes meubles disparates. À l'étage, j'entends des pas, puis le bruit lourd du bonhomme qui s'effondre dans son sofa. Il regarde le match de baseball, jeu suffisamment lent pour son esprit. Mais elle, se peut-il qu'elle soit vraiment là, derrière cette porte, qu'elle n'ait rien fait d'autre que m'attendre ?

Tout se passe exactement comme dans les deux mille scénarios que j'ai élaborés depuis que j'ai décidé de revenir la voir. Si tout se poursuit comme prévu, je devrais frapper avec assurance à la porte de sa chambre. Au son de sa voix, je saurais qu'elle a reconnu les trois coups secs. J'entrerais alors, tout doucement, elle serait assise à son bureau, occupée à dessiner quelques enluminures à l'encre de Chine. Elle ne dirait rien et, d'un geste désarmant de naturel et chargé de multiples sens, me tendrait la plume pour que j'ajoute quelque chose à son dessin, comme si rien ne s'était passé. Je resterais avec elle tout l'après-midi puis, au moment de rentrer chez moi, je lui dirais, l'air détaché, que je lui ai apporté quelques manuscrits, au cas où elle serait intéressée.

Je frappe à la porte. Trois petits coups, espacés. Aucune réponse. Trois autres coups, plus secs cette fois. Toujours rien. De nouveau trois coups espacés, pour compléter le SOS. Le silence n'est troublé que par la description du baseball, à l'étage. Pourquoi le bonhomme m'a-t-il fait signe de descendre si elle n'y est pas ?

Intrigué, j'entrouvre la porte, je risque un timide bonjour, puis j'ouvre complètement. Les murs sont toujours noirs, mais les meubles ont disparu. Un établi, de vieux pneus, des boîtes de carton... Sa chambre a été transformée en débarras. Seul demeure, fixé à l'établi, l'étau qu'elle utilisait pour scier ses os de jambon.

Je monte à l'étage. Fin de la sixième manche, les Phillies de Philadelphie mènent deux à zéro.

— Où est-elle ?

— Qui ça ?

— Votre fille...

— Elle n'est pas dans sa chambre ?

Le bonhomme semble troublé. Il fait mine de réfléchir, puis, soudainement, comme s'il avait eu une révélation, se frappe le front d'un geste grossièrement théâtral et m'affirme, en me regardant droit dans les yeux :

— J'avais complètement oublié qu'elle n'habitait plus ici, faut-il être bête...

Visiblement fier de lui, il savoure ma mine déconfite puis éclate d'un immense rire gras. Il m'ignore ensuite superbement en se concentrant sur son match. La septième manche vient de commencer, je n'existe plus.

***

La mère aux bigoudis, qui rentrait alors que je sortais, a pris le temps de m'expliquer qu'elle n'avait pas vu sa fille depuis près d'un an. Elle a ensuite griffonné sur un bout de papier un numéro de téléphone où je pourrais peut-être la rejoindre, si j'avais de la chance.

Je sentais qu'elle aurait voulu parler un peu plus longuement mais qu'elle ne trouvait pas ses mots. Elle a hésité ainsi quelques instants, puis a haussé les épaules en échappant une étonnante série de petits soupirs évoquant une locomotive qui se serait déchargée d'un trop-plein de vapeur, comme si ses idées noires avaient été des mouches tournoyant autour de sa tête. Pour me signaler que notre entretien était terminé, elle a fait semblant de ranger quelque chose sur le comptoir en marmonnant.

Je me retrouvais Gros-Jean comme devant : ma sorcière avait profité de mon absence pour me devancer, une fois de plus, et m'avait sans doute perdu dans le brouillard.

L'attitude de son père m'avait blessé beaucoup plus que je ne l'aurais cru. Qu'un homme aussi épais ait pu faire preuve d'un sens de l'humour aussi étrange m'avait coupé le souffle.

CHAPITRE

19

Contrairement à ce que m'avait dit sa mère, je n'avais eu aucune difficulté à rejoindre ma sorcière. La première fois que j'avais téléphoné à son nouveau numéro, une voix masculine avait répondu. J'avais raccroché. La deuxième fois, c'est elle qui avait répondu. J'avais été tellement étonné d'entendre sa voix – c'était elle, tout à fait elle, seulement elle – qu'aucun son n'avait réussi à traverser ma gorge.

Quelques appels plus tard (la voix masculine de l'intrus se faisait de plus en plus agressive), j'avais réussi à lui parler. Elle m'avait invité à prendre le thé chez elle. Le thé, oui.

***

Décembre 1969. Impossible de traverser le parc Lafontaine sans que trotte dans ma tête une chanson de Leonard Cohen. Suzanne habitait là, dans cette tour anonyme. Et ma sorcière, sinistre coïncidence, habite la même rue. De sa fenêtre, elle peut voir les mêmes arbres nus se balancer dans le vent d'hiver.

Un vieux logement décrépit, au deuxième étage d'une vieille maison aux allures victoriennes. Dans le salon aux murs mauves trône une magnifique baignoire à pattes transformée en sofa. Des livres, des centaines de livres traînent sur le sol, sur le rebord de la fenêtre, sur les deux fauteuils de metteur en scène, et même dans la bibliothèque faite de longues planches posées sur des briques volées dans un chantier de construction. Les murs sont décorés de dessins à l'encre de Chine. Je reconnais facilement la griffe de ma sorcière, son style touffu, ses thèmes médiévaux. Les fissures qui parcourent le mur, entre les dessins, semblent elles-mêmes artistiques. Je cherche en vain le téléviseur. Il n'y en a pas. Mais des disques, des centaines de disques... Je n'ai jamais rien vu d'aussi beau que ce logement, j'en crève de jalousie.

La chambre à coucher. Un matelas, très large, posé directement sur le sol, éclairé par une pâle ampoule perdue au milieu d'un immense globe de papier de soie. Et puis des livres, des cahiers, des journaux, un radio-réveil, une petite boîte de plastique rose. La fenêtre est nue. Ni stores ni rideaux ni tentures pour cacher la cime des arbres du parc, les lueurs de la ville, et la pauvre petite lune, étrangement blanche. Irrésistiblement, mes yeux reviennent à la cruelle petite boîte de plastique rose, à côté du lit. Elle s'en aperçoit, je pense.

Dans la cuisine, les comptoirs débordent d'herbes aromatiques, de tisanes et de grains de café. Des journaux et des livres encombrent la table. Il faut y fouiller longtemps pour trouver enfin le sucrier rempli de gros morceaux de sucre brun, qu'il faut rompre avec ses doigts et qui est si long à se dissoudre.

Elle est là, devant moi, buvant à petites doses sa concoction. Tisane à l'orange, me dit-elle. Je réussis à lui arracher un sourire en lui demandant si elle y ajoute un soupçon de mandragore. Évidemment, répond-elle.

Je parle, je remplis son cendrier de mégots. Depuis que j'ai mis les pieds dans son logement, je n'arrête pas de parler, de raconter, d'inventer. L'écriture, le collège, le noyé d'Amsterdam, Barcelone, n'importe quoi, j'ai absolument besoin de parler, toujours, comme si je craignais que le silence ne m'étouffe.

Elle sourit, parfois. Son calme me terrorise. Je n'ose pas soutenir son regard.

Et puis il arrive. Sans frapper ni sonner, comme s'il rentrait chez lui, tout bonnement. C'est à peine s'il me regarde. Il est laid, gros, soûl, sale, ses cheveux sont gras et il pue, cela dit en toute objectivité. Et puis il est vieux, vingt-quatre ou vingt-cinq ans au moins. Il s'approche d'elle, lui masse l'épaule, ébouriffe ses cheveux et l'embrasse pendant trois éternités. Si elle ne l'avait pas rappelé à l'ordre, il l'aurait violée, là, devant mes yeux. Elle finit par se dégager. Il grogne un peu, se prend une bière au réfrigérateur et va s'enfermer dans la chambre. Il ne faut pas lui en vouloir, me dit-elle, il est un peu bougon. Lui en vouloir, moi? Allons donc.

Nous allons nous asseoir au salon, elle trônant comme une reine tranquille dans sa baignoire à pattes, moi mal à l'aise dans mon fauteuil de metteur en scène. Je ne sais pas pourquoi je m'incruste alors que je ne souhaite rien tant que de sortir prendre l'air. Pour faire quelque chose, je fouille dans la pile de disques, trouve un vieux Cohen, mais je suis incapable de le faire jouer tant sa chaîne stéréo est compliquée. Elle se lève pour m'en expliquer le fonctionnement et, se penchant à côté de moi, me frôle le bras. J'en suis tout remué. Je me tourne vers elle, mais déjà elle regagne sa place, comme si rien ne s'était passé.

J'arrive à me taire, enfin. Elle en profite pour me dire qu'il s'appelle Marcel et qu'il ne faut pas se laisser démonter par ses allures d'ours mal léché. Il ne soigne son côté bourru que pour mieux cacher sa grande sensibilité, son tempérament d'écorché vif, sa générosité... Un artiste, ajoute-t-elle finalement, comme si ce mot résumait tous les autres. Elle me montre un livre, une plaquette plutôt. L'œuvre s'intitule *Ruts Cosmiques*. Sur la page couverture, le nom de l'Artiste et celui de l'éditeur. Bien que je n'en aie jamais entendu parler, il s'agit bel et bien d'un véritable éditeur, j'ai donc dans les mains un vrai livre, un livre publié. N'ayant nul besoin de raison supplémentaire de le détester, je le dépose par terre sans même le feuilleter.

Elle me parle ensuite doucement de ses dessins, de ses études à l'école des beaux-arts, de ses professeurs, de tout et de rien. Jamais elle ne fait référence au passé, à notre passé. Comme toujours, elle semble tombée de la lune. J'essaie de la regarder comme si je la voyais pour la première fois, mais je n'arrive pas à la trouver laide. Ses cheveux noirs, bouclés (sans doute a-t-elle arrêté de les repasser), ses amples vêtements qui ne laissent rien deviner, ses longs doigts au bout desquels je me perds.

— Tu as toujours ton jonc en os de jambon?

— ... Pourquoi me demandes-tu ça?

— Parce que tu regardais mes doigts... Tu l'as encore?

— Oui.

Pour la première fois depuis mon arrivée, je sens qu'il se produit quelque chose, qu'un éclair est passé, que son sourire est chargé de lourdes significations.

Impossible d'aller plus loin cependant. À peine le silence a-t-il le temps de remplir l'air de promesses que la porte de la chambre s'ouvre soudainement. En sort l'artiste, dans un épais nuage de fumée de hasch. Pas de danger qu'il nous ait offert de partager. J'aurais eu grand plaisir à refuser. Il titube jusqu'à la baignoire à pattes, s'y écrase et pose sa grosse patte sur les longs doigts fins qui font partie de ma vie à moi. Pour un homme à la nature si généreuse, il se montre singulièrement possessif. Comme si son geste n'avait pas suffi pour briser l'ambiance, il nous dit que Leonard Cohen est un tas de merde ambulant et qu'il se demande d'ailleurs ce que ce disque fait dans sa collection.

— C'est à moi, réplique-t-elle.

— Pauvre petite, tu as encore tellement à apprendre.

Le moment est venu, je pense, de les laisser à leurs échanges de tendresses.

Elle me reconduit jusqu'en bas de l'interminable escalier, et nous restons quelques instants sur le trottoir, ne sachant trop comment nous quitter. Elle m'explique encore qu'il faut le comprendre, m'invite à revenir, mais je ne réponds pas. Quelques pas dans le parc désert, puis je me retourne. Le fantôme est disparu.

***

Au lendemain de cette horrible soirée, je suis parti à la recherche du livre de l'Artiste. Aucun libraire n'avait entendu parler de ce grand génie ni même, ce qui me comblait d'aise, de la maison d'édition qui avait eu l'honneur de le publier. J'ai fini par découvrir ses *Ruts Cosmiques* dans une vieille librairie qui semblait très mal tenue. Je n'ai eu aucun mal à le voler.

Je l'ai ouvert, l'ai lu, et n'y ai rien compris. Peut-être était-ce génial, peut-être était-ce absolument nul, je n'en saurai jamais rien, mais je sais que j'avais une folle envie d'assassiner Marcel, par littérature interposée.

Mes manuscrits étaient là, devant moi, et semblaient me narguer. J'ai résisté de justesse à l'envie de les déchirer, d'y mettre le feu et de jeter les cendres aux poubelles. Peut-être pourrais-je m'inspirer, un jour, d'un bout de phrase tirée d'un de ces manuscrits, on ne sait jamais. En les rangeant dans le tiroir, je ne me sentais pas abattu mais nourri d'une belle rage, d'une triste fierté. On ne choisit pas toujours les tissus dans lesquels on se drape.

TROISIÈME PARTIE

JIMI HENDRIX

CHAPITRE

20

En échange de quelques menus services et de la promesse que nous n'y amènerons pas de filles, les parents de Pierre-Paul nous laissent volontiers l'usage de leur château de papier-brique, dans les Laurentides. Les moustiquaires sont crevées, le toit coule, des chauves-souris ont envahi le grenier et les matelas sont fatigués, mais nous n'aurions pas échangé ce chalet contre un palais de Montego Bay. C'est *notre* chalet.

Jacques et moi y avions souvent été invités, enfants, et la tradition voulait que chacun de ces séjours se termine par un feu de camp. Nous n'avions évidemment échappé à aucune des calamités qui semblent affecter les humains en pareilles circonstances. Comme tout le monde, nous nous étions livrés aux expériences culinaires les plus saugre-nues, nous avions barbouillé la nuit au crayon rouge à l'aide de branches incandescentes et, jeunes adolescents, nous avions chanté à tue-tête, cherchant à couvrir les bruits de la guitare désaccordée. Mais cette époque est heureu-sement révolue depuis que Pierre-Paul, le plus vieux des trois, a célébré son vingtième anniversaire.

12 août 1971, la nuit des perséides. Entre les étincelles du feu de camp et la pluie d'étoiles filantes, le grand vide ne nous intimide pas : nous fréquentons Ferré, Sartre et Marx, nous sommes donc d'une essence intellectuelle supérieure et notre cerveau, loin d'être prisonnier d'une bête cage osseuse, est un fluide qui imprègne l'univers et nous permet de tout comprendre, tout analyser, tout pénétrer.

Au début de la soirée, nous nous sommes mesurés à Dieu, histoire de nous faire les dents et de rire un peu. Aux dernières nouvelles, il est encore mort et son cadavre n'en finit plus de se décomposer. Du ciel, nous sommes ensuite redescendus sur terre, suivant le chemin des étoiles filantes. Les idoles sont mortes, elles aussi. Jimi Hendrix, étouffé dans sa vomissure. Jim Morrisson, noyé dans sa baignoire. Janis, écrasée par sa douleur. Les Beatles, disloqués sous les assauts répétés de Yoko Ono et de Linda Eastman. Les autres ne valent guère mieux : Bob Dylan a vendu son âme à Yahvé, Cat Stevens à Mahomet et George Harrisson à Krischna. Ne restent plus que les Stones qui n'en finissent plus de décevoir en engageant les Hell's Angels comme gardes du corps pour leur concert d'Altamont et en se faisant défendre au tribunal par Melvin Belli, l'avocat de Jack Ruby et de Charles Manson.

The dream is over, chantait John Lennon sur son premier disque solo. *The dream is over, what can I say ?* Rien à dire, John, sinon que nous nous sentons un peu orphelins, Pierre-Paul et moi. Comme des soldats en déroute, abandonnés par leurs généraux. Seul Jacques, qui a pourtant voué un culte à Bob Dylan, réussit à ne pas se laisser emporter par la vague de désarroi :

— Jimi Hendrix s'est masturbé avec sa guitare, il a brisé ses amplis et il a massacré l'hymne national américain devant un demi-million de personnes. Est-ce qu'on peut aller plus loin ? Non. Avait-il des solutions à proposer ? Non plus. Il ne pouvait pas faire autrement que de se suicider. Voilà pourquoi je dis que l'individualisme est un cul-de-sac.

Comme pour faire oublier ses six pieds, Jacques se tient maintenant voûté et parle d'une voix faible, à peine audible, sans jamais nous regarder droit dans les yeux. Mais sa façon de répondre aux questions qu'il s'est lui-même posées, ses phrases courtes et obstinées, et les pauses qu'il sait ménager, parfois, comme pour nous donner la permission de réfléchir, imposent le silence.

Il a raison, bien sûr. La drogue, le sexe et les rock and roll ne seront pas suffisants pour détruire la bourgeoisie. C'est peut-être dommage, mais c'est ainsi. *The dream is over*.

Je ne connais personne, dans ma génération, qui n'ait applaudi à l'exploit des felquistes lorsqu'ils avaient enlevé James Richard Cross. Personne non plus qui n'ait bondi de joie quand Pierre Laporte avait été enlevé à son tour, une semaine plus tard. Et personne qui ne se soit senti abattu quand il avait été retrouvé dans le coffre d'une automobile. Seul Jacques était resté, en apparence du moins, imperturbable.

— Il n'y a rien à attendre du terrorisme. On pose des bombes, on tue un ministre, ensuite on croupit en prison ou bien on se fait déporter à Cuba. Et les autres, pendant ce temps-là, subissent l'occupation de l'armée. Le terrorisme, c'est une forme de rock and roll, finalement. Ça fait beaucoup de bruit, c'est parfois romantique, mais ce n'est pas une solution scientifique.

Pierre-Paul tente parfois de répliquer aux arguments incontournables de Jacques et la discussion s'anime alors un peu, mais se referme aussitôt : Jacques a réponse à toutes les questions que Pierre-Paul lui pose, à celles qu'il se pose lui-même et même à celles qui ne se sont jamais posées à qui que ce soit. On ne discute pas impunément avec quelqu'un qui non seulement est capable de citer *Le Capital*, mais qui l'a lu.

Pierre-Paul sait s'incliner. À la façon qu'il a de pencher la tête pour poser ses questions et de la relever un peu pour boire les réponses, je devine que Jacques prend subrepticement dans sa hiérarchie personnelle la place qu'occupait son grand frère.

Si je suis impressionné moi aussi, ce n'est pas tant par le contenu de ses arguments que par l'immense confiance qui imprègne chacun de ses propos, chacun de ses gestes.

Et nous, petites étoiles, ferons-nous mieux ? Pierre-Paul, qui a repris ses études au collège, veut étudier la sociologie. Dans quelques années, il s'imagine travaillant dans une centrale syndicale, éclairant les ouvriers de ses précieux conseils. Nous ne pouvons évidemment qu'applaudir un tel projet.

Jacques, à son tour, nous fait une révélation qui nous estomaque : il s'est inscrit à l'université, à la faculté des sciences économiques. Pierre-Paul et moi sommes indignés, voire dégoûtés. Pourquoi perdre son temps à étudier cette science bourgeoise, réactionnaire, fade et tellement triste ? Parce que si nous voulons abattre la bourgeoisie, réplique Jacques le plus calmement du monde, il faut en comprendre les mécanismes, viser le cœur du système, s'attaquer à l'infrastructure.

— Ça se défend, convient Pierre-Paul. Mais ensuite ? Tu vas travailler au ministère des Finances ? À la Banque Royale ?

— Pas du tout, répond Jacques. À trente ans, je serai à la tête d'un parti révolutionnaire.

Pierre-Paul, choqué, accuse Jacques de faire preuve d'un orgueil démesuré, d'opportunisme, d'ambition, bref de toutes ces valeurs bourgeoises qui seront devenues bien inutiles quand sera enfin libéré le formidable pouvoir créateur des masses.

— Moi aussi je crois au pouvoir des masses, réplique Jacques, mais je pense aussi qu'il faut des grands hommes pour les guider. Les masses ont besoin d'une étincelle...

— Une étincelle ou une étoile ? demande Pierre-Paul, persifleur.

— Une étoile, évidemment, répond Jacques dans un éclat de rire.

Tandis qu'ils discutent doctement du rôle de l'individu dans l'histoire, j'encaisse la dernière réplique de

Jacques. C'est une chose de s'imaginer en Lénine ou en Mao, mais c'en est une autre de l'admettre en toute candeur. Qu'il soit capable en plus, et dans un même élan, d'en rire de bon cœur m'épate franchement.

Mon tour venu, je leur confie mon rêve le plus secret : je veux devenir un écrivain. Je trouve même le courage d'ajouter, après une courte pause : un écrivain célèbre.

Les bûches crépitent tandis que je compte les secondes. À mon grand soulagement, ils n'éclatent pas de rire.

Nous regardons le feu en silence, comme si nos rêves devaient y être fondus avant d'être moulés, une fois pour toutes.

— Mais qui sait, demande Pierre-Paul, qui sait si Jacques, au lieu de devenir le Lénine du Québec, ne sera pas ministre des Anciens Combattants dans un gouvernement conservateur ?

Plutôt que de se scandaliser, Jacques choisit d'en rire. Il en rajoute même en se décrivant plutôt comme un obscur et ventripotent député occupé à collecter les pots-de-vin et à peloter sa secrétaire.

Je n'y échapperai pas. Mes amis connaissent mon intérêt pour les cimetières et ma manie de commencer la lecture des journaux par les faits divers et la chronique nécrologique. Ils me prédisent donc, sans beaucoup d'imagination je dois l'avouer, un avenir de journaliste à *Allô Police*. Je fais semblant de rire pendant qu'ils s'amusent à décrire ma vie sexuelle avec une quelconque bobonne en bigoudis, dans mon *bungalow* en face du cimetière. Très drôle.

— Et toi ? finissons-nous par demander à Pierre-Paul.

— Moi, je serai le raté des trois. À trente ans, je serai professeur dans un cégep. En guise de vie sexuelle, je me contenterai de fantasmer sur la voisine qui passe la tondeuse en bikini, le samedi matin.

Impossible de s'empêcher de rire. Impossible non plus de ne pas éprouver un vertige en pensant que tout cela est bel et bien possible, oui, parmi tant d'autres horreurs. Les feux de camp n'entraînent pas que des calamités ; ils donnent lieu, parfois, à d'étranges lucidités.

***

Tandis que Jacques s'éloigne pour aller chercher quelques bières au réfrigérateur, Pierre-Paul et moi nous consultons rapidement : oui, il a bien passé la dernière épreuve, et nous pouvons envisager de mettre fin à son purgatoire.

Quand il revient, bières en main, nous l'informons de notre projet. Un logement de sept pièces, rue Saint-Hubert. Trois chambres. Les anciens locataires nous laissent le réfrigérateur et la cuisinière pour une bouchée de pain. Il sera libre le premier septembre, nous avons deux semaines pour nous décider. Qu'est-ce que tu en penses ?

Il réfléchit pendant deux bonnes minutes, puis accepte.

À quoi a-t-il bien pu penser pendant cet interminable délai ? À la réaction de ses parents, au travail qu'il lui faudra trouver pour payer sa part du loyer ? Peut-être aussi a-t-il senti que nous ne lui aurions jamais pardonné un refus ? Parions plutôt que ces insignifiants détails ne lui ont même pas effleuré l'esprit, tout occupé à rêver plutôt d'une belle Gestetner, imprimant sa prose au milieu du salon.

Pierre-Paul, pendant ce temps, songeait sans doute à sa belle Esther, avec qui il pourrait bientôt passer toutes ses nuits.

Je les regardais, tous les deux, en me demandant s'ils se souvenaient encore de cette nuit blanche où nous avions juré d'abattre la dictature de la norme. De crainte qu'ils aient oublié, je n'ai pas osé leur poser la question.

J'avais tout de même envie de les remercier d'être là, tout simplement.

Et je me félicitais surtout d'avoir consacré tant de temps à dénicher ce logement, stratégiquement situé dans le quartier du parc Lafontaine. Il était mathématiquement impossible que je ne rencontre pas ma sorcière, par hasard.

CHAPITRE

21

Mon père, calé dans son fauteuil pivotant, essaie en vain de tirer de la fumée de sa pipe éteinte. Il regarde autour de lui, non pas pour chercher des allumettes mais pour s'assurer que le monde existe encore. Comme si la machine à écrire, le bureau, le ventilateur ou le presse-papier allaient lui dire que ce n'est pas vrai, qu'il a mal entendu, que son cauchemar est sur le point de se terminer.

Abandonné par le monde des objets, désespérément silencieux, il rallume sa pipe. La flamme se dresse sur l'allumette, se gonfle comme pour saluer la foule et disparaît aussitôt dans le fourneau; au moment où on la croit morte, la voilà qui bondit hors de l'enfer, s'accroche à l'allumette, se rétablit, salue la foule de nouveau avant d'être aspirée par le vide. La brave petite gymnaste meurt à la troisième tentative de redressement, alors qu'on lui retire sa barre fixe, entièrement calcinée.

Mon père a produit du feu, des braises, des crépitements et des volutes de fumée odorante. Rassuré par l'exercice de ces petits pouvoirs, il lève les yeux sur moi et me demande de bien vouloir répéter lentement ce que je viens de lui dire.

Bien appuyé contre le cadre de la porte de son bureau, je répète calmement, mot pour mot, que je quitte la maison, qu'il n'y a pas de quoi en faire un plat. Le bail est signé, inutile d'en parler plus longtemps.

Je lui laisse le temps de s'étouffer dans la fumée de sa pipe, puis je lui demande la permission d'emporter les meubles de ma chambre, qui ne serviront plus à rien de toute façon, et d'emprunter l'automobile : nous devons nous rendre au logement pour peinturer, alors avec l'escabeau...

— ... Et comment vas-tu payer le loyer ?

— En travaillant à l'asile, le soir et les fins de semaine.

— Et tes amis ?

— Pierre-Paul va travailler à l'asile, lui aussi. Jacques se cherche un emploi...

— Leurs parents le savent ?

— Bien sûr, oui.

Ce n'est pas un véritable mensonge. À l'heure qu'il est, Pierre-Paul et Jacques devraient être eux aussi en train d'expliquer les choses de la vie à leurs parents. Nous avons bien agi, je pense, en attendant à la dernière minute pour les mettre devant le fait accompli. Nous évitons ainsi de bien pénibles discussions. Bonne idée aussi d'avoir coordonné nos actions. Désorganisés, ils n'auront pas le temps de se concerter. Le seul inconvénient est d'avoir attendu au dimanche midi pour agir. Pierre-Paul et Jacques y tenaient. Comme ils ont des parents normaux, ils peuvent faire d'une pierre deux coups. Quant à moi, je serai obligé de tout reprendre ce soir, quand mon infirmière de mère rentrera du travail, mais, bon, mes arguments n'en seront que mieux rodés.

— Mais pourquoi ? Pourquoi payer pour obtenir tout ce que tu as déjà ? Pourquoi laver les planchers dans un asile de fous alors que tu pourrais te consacrer à tes études, sortir, faire la belle vie ?

— Parce que je veux être libre.

— Libre de quoi ?

Les choses les plus évidentes sont les plus difficiles à expliquer, j'imagine. J'avais beau l'avoir prévue, la question m'embête.

— À quoi ça sert de discuter ? Le bail est signé, je suis majeur...

— ... Tu en as parlé à ta mère ?

— Non. Je le ferai dès qu'elle rentrera du travail. Maintenant tu m'excuseras, j'ai des boîtes à préparer.

Fin de la première manche. Aucune erreur, mais j'ai la désagréable impression qu'aucun de mes points n'était mérité.

Je m'enferme dans ma chambre, prépare quelques boîtes de livres puis, à trois heures, je quitte la maison sous prétexte d'aller acheter des cigarettes.

***

Pierre-Paul et Jacques sont déjà au rendez-vous. Il y a des siècles que nous n'avons pas mis les pieds au restaurant du coin et le propriétaire, un nain difforme, nous regarde d'un œil méfiant. Il est laid, vieux, petit, ses épaules sont couvertes de pellicules, de grandes taches de transpiration décorent sa chemise et ses cheveux sont tellement gras qu'on peut raisonnablement se demander s'il ne trempe pas son peigne dans l'huile à frire avant de se coiffer. Tout cela ne l'empêche pas de nous regarder d'un œil torve et de penser que nous avons l'air malpropre avec nos barbes et nos cheveux longs. Il condescend à nous servir des Coke et des frites, mais vient nous déranger à tout moment en essuyant le comptoir. Peut-être s'imagine-t-il éliminer ainsi les miettes de drogue qui risquent de souiller son beau comptoir en imitation de marbre ? Peut-être craint-il d'en consommer par mégarde et de devenir intelligent ?

Devant notre Coke tiède et nos frites trop molles, nous faisons le bilan. Pierre-Paul nous assure que tout s'est bien passé. Sa sœur aînée est mariée, deux de ses frères ont quitté la maison ; un de plus, un de moins, ses parents sont habitués, et puis ils pourront toujours s'accrocher à la petite dernière...

Jacques a plutôt joué la carte de la grandeur d'âme : ce n'est pas tant pour être libre qu'il part que pour permettre à ses parents de mieux réussir à joindre les deux bouts. Tout coûte si cher aujourd'hui, et puis la maison n'est pas tellement grande, sa jeune sœur aura enfin la chambre qu'elle réclame depuis si longtemps...

Quand nous le félicitons pour son habileté, Jacques est offusqué : il croit vraiment ce qu'il leur a dit. Ce gars-là n'en finira jamais de m'étonner.

Je leur raconte ensuite les réactions de mon père qui n'a, somme toute, pas trop mal pris la chose. Tout n'est pas encore joué cependant et je m'attends à une contre-attaque. Et il me reste encore à informer ma mère, qui n'acceptera sans doute pas de bon cœur de perdre son fils unique...

Nous parlons de choses et d'autres, sans trop de conviction. En fait, nous n'avons rien à nous dire et passons de longs moments à regarder les affiches décolorées qui décorent les murs du restaurant : Coke et *club sandwich*, Coke et *fish and chips*, Coke et *hot chicken*, Coke et *cheeseburger*. À quatre heures, nous convenons que nos parents ont eu tout le temps voulu pour se téléphoner et que le moment est venu de les affronter de nouveau.

***

Je surprends mon père dans ma chambre, tenant dans sa main un de mes livres, qu'il vient tout juste de retirer d'une boîte.

— *L'Origine de la propriété privée, de la famille et de l'État*, lit-il à haute voix.

Il palpe le petit livre à couverture jaune, l'ouvre, le feuillette et le replace dans la boîte de carton.

— Je ne sais pas ce que tu apprends là-dedans, mais ce n'est certainement pas un traité de savoir-vivre. Ça doit être un peu ma faute, j'imagine.

J'encaisse en silence. Il regarde ma chambre, mes caisses d'oranges peinturées en noir, mon couvre-lit, la petite fenêtre.

— Tu avais tout ce que tu voulais, ici, non ?

— Ce n'est pas à cause de vous... Je veux être libre, tu comprends ?

— Non, mais ça ne change rien, je suppose. J'ai téléphoné à l'hôpital, pour prévenir ta mère. Ça vaut mieux, je pense. Tout ce que je te demande, c'est de faire attention à elle. Essaie de choisir tes mots. Nous autres, les hommes, nous sommes parfois un peu brusques, mais les femmes, c'est plus sensible... Compris ?

— Compris.

Il quitte ma chambre et va s'enfermer dans son bureau. Je n'aurais pas pu supporter une réplique de plus. Lui non plus, j'imagine.

***

J'aurais eu cent fois le temps de remplir mes boîtes de livres avant que ma mère vienne finalement me rejoindre, en fin d'après-midi, mais je m'en suis bien gardé. Pour m'occuper les mains, je préfère les livres à la pipe ou à la cigarette : j'affirme ainsi ma différence.

— Tu as suffisamment de boîtes ?

— Oui, ça ira.

— As-tu pensé aux draps, aux serviettes de bain, aux linges à vaisselle ? Aux chaudrons, aux ustensiles ? Si tu veux, je peux aller fouiller dans mes armoires, on a toujours trop de ces choses-là...

— Merci. Oui, ça m'aiderait.

— Je peux aussi te donner un peu d'argent, si tu veux. Un premier marché, ça vous ruine... Veux-tu que je te prépare une boîte ou deux ?

— Si tu veux, oui...

— Je vais y voir.

J'ai pensé, bêtement, que la scène était terminée. Elle a fait quelques pas, puis s'est appuyée au cadre de la porte.

— Écoute, il me semble que... Ton père et moi, nous avons des principes, bien sûr, il faut nous comprendre, mais nous ne t'avons jamais empêché de vivre ta vie... Nous ne sommes pas du genre à aller fouiller dans ta chambre, ça tu le sais. Tout change si vite aujourd'hui, il y a tellement de choses qu'on n'aurait même pas osé imaginer quand nous étions jeunes... Et puis avec la pilule... Si tu étais discret...

— Ce n'est pas une histoire de fille.

— Mais alors pourquoi ?

Pourquoi ? Parce que notre logement est plus près du collège et de l'université ? Ridicule. Parce je veux m'épanouir en affrontant les dures réalités quotidiennes ? Je pourrais peut-être me risquer à broder un peu sur ce thème, mais à peine ai-je ouvert la bouche qu'elle me coupe la parole :

— Tu veux être libre, c'est ça ?

— C'est ça, oui.

— Je comprends... Une dernière chose : fais attention à ton père, il le prend mal.

***

Jacques étend des journaux sur le plancher de la cuisine, Pierre-Paul prépare le rouleau tandis que je descends chercher l'escabeau dans l'automobile de mon père. Dimanche soir, sept heures. Nous emménageons dans une semaine, pas de temps à perdre.

Je m'attendais à ce que cette soirée passée à peinturer soit une fête. Nous avons ouvert la porte de *notre* logement avec *notre* clé, nous appliquons *notre* peinture sur *nos* murs, *nos* plafonds, *nos* portes...

La radio joue *Immigrant Song*, de Led Zeppelin, tandis que nous peinturons sans dire un mot. Peut-être sommes-nous fatigués de parler, peut-être sommes-nous simplement soulagés de ne pas être enfermés dans nos *bungalows* respectifs à expliquer encore et encore notre décision à nos parents.

Quand nous nous risquons à quelques échanges, ils sont courts et sans humour.

Quelques pots de peinture, quelques bières et une pizza plus tard, nous voilà devenus plus joyeux. Par curiosité, nous avons ouvert la boîte que m'a préparée ma mère : spatules, pilon à pommes de terre, ouvre-boîte, linges à vaisselle et, surtout, une magnifique housse à grille-pain. Peut-on imaginer objet plus inutile, plus typiquement *bungalow*? Trouverons-nous, en fouillant encore, des housses en imitation de fourrure pour recouvrir le rouleau de papier hygiénique et la boîte de Kleenex? Ou bien, qui sait, une housse en plastique pour protéger nos housses?

Pierre-Paul ouvre à son tour la boîte que sa mère lui a préparée : des spatules, un pilon à pommes de terre, un ouvre-boîte électrique, une lavette à vaisselle et une housse à grille-pain.

— Il ne nous reste plus, dit Jacques, qu'à nous procurer un grille-pain. Il sera bien protégé.

— À moins, renchérit Pierre-Paul, que nous passions une annonce dans le journal : «Trois jeunes hommes, célibataires, possédant housses, cherchent trois jeunes femmes possédant grille-pain.»

Lancés sur cette voie, nous sommes impossibles à arrêter. À une heure du matin, nous n'en avons pas encore épuisé les ressources : Pierre-Paul, coiffé d'une housse et un couteau entre les dents, nous fait son numéro de cosaque.

Peut-être aurions-nous dû mieux lire les instructions sur les pots de peinture. On y recommande explicitement, en gros caractères, de toujours travailler dans un endroit bien aéré. Cela explique sans doute que nos rires aient souvent été un rien forcés. Des trois, Jacques semblait le moins inspiré : sa mère ne lui avait pas préparé de boîte.

Je n'étais pas d'humeur très joyeuse, moi non plus, n'arrivant pas à chasser de mon esprit cette terrible image qui venait tout juste de fondre sur moi : mon père, enfermé dans son bureau, ouvre le premier tiroir de son classeur, en sort le questionnaire de la mutuelle de Hartford et entreprend de recalculer, en tenant compte de ce nouveau paramètre, son espérance de vie.

CHAPITRE

22

Deux heures du matin. Impossible de dormir. Aussitôt que je ferme les yeux, je revois le va-et-vient de la vadrouille dans l'interminable corridor de l'asile et j'en ai le tournis. J'entends encore les cris, les râles et les longs soupirs que les fous lancent dans leur sommeil, et me reviennent par bouffées les relents fétides de certaines salles aux murs barbouillés d'excréments, et surtout cette senteur de pisse sucrée, caractéristique des fous et des vieillards que les infirmières gavent de jus de canneberge dans le vain espoir de rendre les odeurs supportables.

Pisse, sang, merde, mégots, moisissures, tout cela se retrouve un jour ou l'autre dans les franges de ma vadrouille. Jamais je ne les touche directement, mon seau étant muni d'une essoreuse, mais cela n'empêche pas les effluves de me coller à la peau et de se réveiller parfois, au moment où je m'y attends le moins, au beau milieu d'un cours de philo, dans une salle de cinéma et jusque dans mes rêves les plus secrets. Le cerveau est mal bricolé. Le petit amas de neurones responsable du stockage des odeurs aurait dû être isolé dans une enveloppe étanche, loin, très loin de l'imagination.

Quand je suis rentré du travail, Jacques était assis à la table de la cuisine et discutait politique avec Charles, un type pâle, cadavérique, pas très sympathique. Ils sont tous deux membres d'un cercle de lectures qui se réunit chaque semaine, le jeudi soir. Je n'ai jamais rencontré les autres membres du groupe, si tant est qu'ils existent. Jacques n'est pas du genre à faire des chichis avec la géométrie : dans son esprit, deux personnes peuvent fort bien former un cercle. Il ne lui en faut certainement pas plus, en tout cas, pour dessiner un organigramme.

Confortablement étendu dans la baignoire, j'arrivais à saisir quelques bribes de leur conversation. Charles expliquait à Jacques qu'il fallait éviter l'expression «pensée de Mao Tsé-Toung», politiquement fautive, et parler plutôt de la «Pensée-Mao-Tsé-Toung», avec plein de traits d'union. Ce n'était pas une question de grammaire mais de dialectique : parler de la pensée *de* Mao, c'est dissocier deux termes qui doivent être intimement liés. C'est diviser, réduire, particulariser, relativiser, et donc faire le jeu de l'ennemi.

À partir de ce constat, ils en étaient venus à discuter d'un principe selon lequel «un se divise en deux, et deux fusionnent en un». On pouvait déduire de cette vérité fondamentale des enseignements valables aussi bien pour discuter de la lutte de classes en URSS, de l'extraction du pétrole en Chine, que de l'attitude à adopter face aux syndicats canadiens. Leurs discussions évoquaient curieusement des morceaux de jazz, quand les musiciens, après s'être livrés aux plus folles improvisations, retombent soudainement sur leurs pieds et reprennent comme par magie la mélodie qu'ils avaient abandonnée vingt minutes plus tôt. Un se divise en deux, et deux fusionnent en un. Tout cela me semblait brillant, lumineux, formidablement intelligent.

Leur réunion s'est terminée comme je sortais du bain. L'ordre du jour étant épuisé, ils n'ont pas eu à faire de proposition pour lever l'assemblée.

Dans la chambre d'à côté, la radio arrive à peine à couvrir les soupirs d'Esther et les grognements de Pierre-Paul. Jacques et Charles discutent, sur le seuil de la porte, de l'universalité de la contradiction. Les soupirs d'Esther ne semblent pas les déranger. Moi oui.

Il n'y avait rien de sérieux entre elle et lui, nous assurait Pierre-Paul. N'empêche qu'elle passe toutes ses nuits ici, la belle Esther, et tous les soirs où Pierre-Paul ne travaille pas, et les matins, quand elle nous offre le spectacle de ses cheveux en broussaille, de son sourire fatigué, de sa robe de chambre entrouverte... Si elle était laide et stupide, il serait plus facile de mettre les choses au clair : ou bien elle habite ici pour de bon et paie sa part du loyer ou bien... Ou bien quoi ?

Hier soir, dans la salle de bains. Je ne savais pas qu'elle y était, je le jure. J'ouvre la porte et je la vois apparaître dans un nuage de vapeur parfumée. Debout dans la baignoire, enroulant une serviette autour de sa tête pour s'en faire un turban. Les gouttes d'eau lumineuses qui glissent sur ses seins, ses hanches, ses jambes...

Surprise, excuses, sourire. Elle n'a pas crié, non, elle n'a pas non plus cherché à résoudre la quadrature du cercle en essayant de cacher de ses deux pauvres petites mains tous mes points de mire. Elle s'est contentée de sourire pendant que je restais là, figé, trois secondes à peine...

Bon, n'y pensons plus. Jacques dort en rêvant aux principes fondamentaux de la dialectique, Pierre-Paul et Esther ont fini par s'endormir, eux aussi, et moi je suis dans ma chambre, la plus petite des trois. (J'aurais peut-être dû tricher quand nous les avons jouées au poker.) Tout juste de quoi mettre mon lit, ma commode, mes caisses d'oranges et ma table de travail, mais c'est très bien ainsi. Petite et encombrée, je n'ai jamais imaginé autrement une chambre d'écrivain.

La décoration de notre logement laisse un peu à désirer. Dans le salon et la cuisine, tout semble froid, nu, laid, hétéroclite, sans magie. C'est loin, vraiment loin d'être aussi beau que le logement de ma sorcière. Pourquoi certaines personnes arrivent-elles à faire des merveilles avec une vieille baignoire à pattes tandis que d'autres dépenseraient en vain des milliers de dollars... Difficile d'harmoniser trois goûts différents. Contingences. Mais peu importe, nous avons tellement mieux à faire que de courir les magasins de papier peint.

Trois mois ont suffi pour que les lieux soient vivables, et nous préférerions nous faire couper une main plutôt que de retourner chez nos parents. S'il fallait qu'une telle catastrophe se produise, Pierre-Paul en perdrait sûrement tous ses moyens. Comment peut-on baiser convenablement quand on risque à tout moment de se faire surprendre par un père en camisole ? Jacques pourrait-il tenir des réunions dans un sous-sol de *bungalow* de banlieue ? Comment prendre au sérieux un révolutionnaire qui se fait servir une collation par sa mère ? Et un écrivain, un véritable écrivain, n'habite jamais chez ses parents, jamais.

Crayons, cahiers, dictionnaire, cendrier et la nuit, tout autour. Je me plonge dans mon petit recueil de nouvelles.

***

Aline est une mère de famille rondouillarde, voire obèse. Ce matin, les enfants ne lui ont pas adressé la parole, sinon pour lui reprocher les œufs trop cuits. Martin, le petit dernier, s'était moqué des bras de sa mère, qu'il avait comparés à des masses de gélatine. Tous avaient ri, même le père, qui avait délaissé pour l'occasion le compte rendu de la victoire des Canadiens.

Dans la cuisine, maintenant déserte, Aline s'accorde une pause-café. Un sucre, court moment d'hésitation, haussement d'épaules, deux sucres. Ouvrant la porte du réfrigérateur pour y prendre la crème, elle remarque un morceau de gâteau aux carottes. Les enfants ne l'ont pas aimé, ce serait dommage de le gaspiller. En posant l'assiette sur la table, Aline regarde ses bras, agités de vagues. De son index droit, elle soulève le biceps gauche, puis le laisse retomber. Martin avait raison : de la gélatine.

Le gâteau est là, sur la table, à côté du beurrier. (Aline trouverait plus convenable de réfrigérer le beurre, mais les enfants aiment qu'il soit mou, presque liquide.) Le gâteau est un peu sec. Pour en faciliter l'ingestion, elle recouvre la tranche d'une mince couche de beurre. Au moment d'avaler la première bouchée, elle s'arrête net. Dans sa tête défilent une suite d'horribles mots, glanés dans les magazines féminins : calories vides, cholestérol, cancer de l'œsophage, artériosclérose, pontage coronarien, infarctus.

Aline pose la tranche de gâteau dans son assiette, honteuse. Puis elle pense à la blague du petit Martin, au rire gras de son mari, à l'échec de sa vie. Elle s'empare alors du couteau, recouvre la tranche d'une deuxième couche de beurre, beaucoup plus épaisse celle-là, et la mange si vite qu'elle risque de s'étouffer. Mais est-ce tant la vitesse qui lui fait courir ce risque que l'irrésistible rire qui la secoue ?

***

Bernard est vieux, chétif et veuf. Son épouse l'a quitté l'année précédente et il a du mal à s'en remettre. Il décide donc, par un soir torride de juillet, d'aller dans un bar de danseuses nues, là où se réunissent souvent les Hell's Angels de la ville. Plutôt que d'entrer dans le bar, il se dirige vers les Harley Davidson, alignées dans le stationnement. Armé d'un canif, il taillade systématiquement les sièges de cuir. Quand les motards viennent tenter de l'en empêcher, il repère le chef de la bande et lui crache au visage.

***

Claude, trente ans, camionneur indépendant. Il passe ses temps libres à bichonner les pare-chocs de son camion, à en polir les pneus avec du cirage à chaussures et à démonter son carburateur sur la table de la cuisine pour en nettoyer toutes les pièces. On ne lui connaît qu'une seule autre passion, le jeu.

Claude avait décidé d'entretenir méticuleusement son camion, à l'exception du réservoir de ses freins hydrauliques. Il aimait calculer qu'il y avait une chance sur cent que le réservoir coule pendant son prochain voyage en Floride, une chance sur deux que l'incident se produise à l'approche d'une courbe, et une chance sur quatre qu'il n'arrive pas à immobiliser son camion. Il était mort heureux.

Denise, trente-quatre ans, psychiatre à l'institut Pinel, prend un malin plaisir à nourrir les instincts meurtriers de ses patients.

Édouard, dont le père est mort d'un cancer des poumons, compare consciencieusement, sur les paquets de cigarettes, les doses de nicotine et de goudron, afin de choisir les plus meurtrières.

Aline, Bernard, Claude, Denise, Édouard, et ainsi de suite jusqu'à Zoé, qui aime bien se promener dans les rues de Central Park, la nuit, portant manteau de vison, bijoux et sac à main en crocodile.

Le recueil s'intitule *Suicides*.

L'utilisation systématique des lettres de l'alphabet me semble un peu puérile et le fait de m'en tenir à des histoires qui tiennent toujours sur deux pages dactylographiées à double interligne m'a causé bien des maux de tête, mais j'ai fait ce qu'il fallait, je pense, pour impressionner mon professeur de littérature.

Des crayons, des cahiers, un dictionnaire, une petite chambre enfumée, et la nuit, tout autour de mon recueil qui me semble lumineux, là, sur ma table de travail. J'en crève de fierté. J'ai fini quelque chose, enfin, moi qui n'étais qu'un commenceur de romans... Un entrepreneur, devrait-on dire ?

***

KELLY CORP. New York, Paris, Londres, Rome, Amsterdam. Siège social : Montréal. Une salle immense, au sommet d'un édifice du centre-ville. Des centaines de rédacteurs, penchés sur leurs machines à écrire comme des couturières sur leurs machines à coudre, s'échinent à écrire tandis que les contremaîtres musclés se promènent entre les rangées, armés d'une règle de métal, et tapent sur les doigts de ceux qui commettent des fautes d'orthographe. Mon bureau vitré domine la salle et je surveille mes employés tout en fumant un énorme cigare.

Jacques, mon brave et fidèle vice-président, se pointe à neuf heures pile, comme d'habitude, pour me faire son rapport. Mon entreprise a beau avoir produit des centaines de best-sellers, ma devise est toujours la même : soyez brefs.

— Le département des métaphores a dépassé ses objectifs : deux cent quatorze cette semaine, et de la meilleure qualité. Une augmentation de productivité de seize virgule huit pour cent.

— Parfait. Vous les féliciterez de ma part. Et les comparaisons ?

— Ça roule : ils ont produit tellement ces derniers temps que nous accumulons des surplus. Il faudrait un autre projet de roman, monsieur.

— J'y verrai. Quel genre ?

— Eau de rose. L'action pourrait se situer en Australie, il nous reste encore des retailles du dernier succès, et nous n'avons pas encore épuisé notre répertoire de plantes exotiques. Nous avons aussi en réserve un excellent titre : *On ne pleure pas qu'avec les yeux.*

— Un autre Franklin D. Gravestone ? Oui, vous avez raison, c'est un nom qui vend bien, je suis fier de l'avoir trouvé. Il ne faudra pas oublier, pour le marché français, d'inscrire «traduit de l'américain» sur la couverture. Ça

sonne mieux que «traduit de l'anglais». Quoique j'aimerais bien essayer, une bonne fois, «traduit du canadien».
Qu'en pensez-vous, mon bon Jacques?

— Avec tout le respect que je vous dois, monsieur,
je ne crois pas que ce soit une bonne idée...

— Peut-être avez-vous raison. Et les descriptions, ça
avance?

— Ça baigne... Seulement, nous manquons de docu-
mentation sur la Thaïlande, et je pensais qu'il serait
temps d'y envoyer une délégation.

— Oui, je vois... C'est faire beaucoup de frais pour
les aventures de notre espion international, vous ne
pensez pas? Et puis les lecteurs se soucient-ils vraiment
de connaître les tarifs des pousse-pousse de Bangkok?

— Les femmes, non, mais les hommes, certainement.
Nous recevons quotidiennement des centaines de lettres
de lecteurs qui croient nous avoir pris en faute. Ils
trouvent tout à fait vraisemblable que notre héros tue cinq
espions par jour et baise avec toutes les femmes qu'il
rencontre sans jamais attraper la moindre maladie, mais
faites une seule erreur dans la description de son revolver
et ils se mettent à vous écrire...

— C'est bon, vous m'avez convaincu. Vous dirigerez
la délégation, bien entendu? J'ai une grande confiance en
vous, Jacques.

— Ce serait un honneur, monsieur, un grand honneur.

— Vous pouvez disposer. En passant, dites à Pierre-
Paul que j'ai à lui parler.

— Bien, monsieur. Merci, monsieur.

Un peu obséquieux, ce Jacques, mais tellement efficace... Il faudrait penser à lui accorder une augmentation.
Ce que j'apprécie de Pierre-Paul, par contre, c'est sa
discrétion.

— Monsieur m'a demandé?

— En effet. Mon brave Pierre-Paul, je dois produire
un autre scénario de roman à l'eau de rose. C'est une

tâche très difficile, qui demande beaucoup de concentration...

— Vous y réussirez, monsieur, comme d'habitude.

— C'est aussi ce que je pense. Seulement, il me faut faire le vide, vous comprenez?

— Je vois ce que vous voulez dire, monsieur. Nous avons justement engagé, la semaine dernière, une jeune débutante, qui nous a été chaleureusement recommandée par notre bureau de Tokyo... Ses références sont excellentes.

— Elle a été examinée?

— Évidemment, monsieur, jamais nous ne nous permettrions de vous faire courir quelque risque...

— C'est bon, dites-lui de se préparer. Sonia et Ingrid peuvent l'accompagner, je me sens en forme.

— C'est tout, monsieur?

— C'est tout, oui.

— Si vous me permettez une suggestion, monsieur...

— Je vous écoute.

— C'est que... Il y a presque deux semaines que vous n'avez pas fait appel aux services de Véronique... La pauvre jeune femme semble bien malheureuse...

— Véronique, dites-vous? Ah oui, je vois. Charmante enfant, mais elle manque un peu d'imagination... Bon, envoyez-la-moi, je verrai ce que je peux faire...

**

Quatre heures du matin et je ne dors toujours pas. Si la lecture est parfois un somnifère très efficace, l'écriture, en revanche, est un puissant stimulant. Étendu dans mon grand lit vide, je ne fais que rêvasser, et mes rêves me ramènent toujours au même point : n'est-ce pas du pur gaspillage que de quitter la maison de ses parents pour se retrouver seul dans son lit, la nuit venue? Est-ce que je ne pouvais pas penser faire un bout de chemin avec Louise?

***

J'avais connu Louise dans un cours de philo, où nous étions assis côte à côte. J'avais fini mon examen et m'apprêtais à partir quand je l'ai vue, désespérée, séchant devant sa feuille blanche. J'avais écrit sur un bout de papier l'essentiel de ce qui différencie la plus-value absolue de la plus-value relative, je l'avais laissé tomber sur son pupitre en faisant mine de lui emprunter sa règle, et voilà. Rien de calculé ou de prémédité. Elle était assise à côté de moi et je l'avais prise en pitié, c'est tout.

Pour me remercier, elle m'avait payé un café. Normal. Je l'avais laissée me raconter sa vie, sans jamais intervenir. Une heure plus tard, j'écoutais le récit du viol collectif qu'elle avait subi à l'âge de quatorze ans. Une bande de motards. Elle n'avait épargné aucun détail : le couteau sur la gorge, le poids de la bedaine de bière, l'haleine fétide, la longue marche sous la pluie, le cauchemar qui recommence à l'hôpital.

— Depuis ce temps-là, avait-elle conclu, on ne m'approche pas facilement, tu comprends ?

Et pourtant elle était restée là et m'avait parlé doucement, sans retenue. C'est donc que, sans le vouloir, j'avais réussi à l'approcher un peu. Qu'est-ce qui m'empêcherait de penser pouvoir, dans un avenir rapproché, l'approcher beaucoup ?

Un mois plus tard, nous en étions arrivés à avoir des relations sexuelles style Chevrolet 1950, quand défile sur l'écran du ciné-parc un film que personne ne regarde. J'exprimais parfois ma hâte de passer à l'étape boîte de pilules et *Kama sutra*, mais je ne voulais pas la brusquer. Quand elle me félicitait pour ma patience, je me contentais de pousser un long soupir, par ailleurs parfaitement malhonnête. Loin de vouloir brûler les étapes, je trouvais un grand plaisir à faire à l'envers mon *cursus honorum* sexuel. Je commençais d'ailleurs à nourrir d'inavouables pensées à propos de la pilule anticonceptionnelle qui n'était peut-être pas, tout compte fait, l'invention du siècle. En plus de servir de fertilisant aux poils disgracieux des filles, elle avait privé toute une génération de jeunes hommes de nombreux délices.

J'aimais bien Louise, oui, et l'attente du grand moment ne m'impatientait pas le moins du monde, mais j'étais parfois exaspéré par certaines de ses manies. Louise éprouvait en effet quelques difficultés à parler. Lapsus, ignorance, dyslexie, nervosité, je ne sais trop. Comment qualifier quelqu'un qui confond précaire et précoce, voyeur et visionnaire, et qui va se faire épiler chez une épileptique ? C'était parfois drôle, voire même étrangement poétique, mais la plupart du temps irritant.

Trois mois déjà que je suis presque amoureux et que mon lit est toujours aussi vide.

Presque amoureux, oui. Au point d'espacer mes promenades dans les rues du quartier, où je n'ai jamais rencontré ma sorcière, jamais, mais où je croise presque quotidiennement son Marcel, achetant de la bière à l'épicerie, ou bien sortant soûl d'une taverne, ou dormant sur un banc de parc...

Les petites manies de Louise ne sont pas si choquantes, à bien y penser.

CHAPITRE

23

J'éprouvais une grande admiration pour ce professeur de littérature dont je ne peux malheureusement révéler le nom, encore auréolé dans certains milieux d'un grand prestige. Au collège, il avait le statut d'une véritable vedette, statut qui tenait pour certains à ses quelques apparitions à la télévision, pour d'autres aux articles qu'on lui consacrait dans les journaux et pour d'autres encore, dont j'étais, à ce que son nom était imprimé en gros caractères sur la couverture de trois livres. Dans mon esprit, c'est comme s'il existait trois fois plus que quiconque.

J'avais lu ses romans et n'y avais rien compris, mais cela ne faisait que renforcer mon admiration. J'y voyais le signe d'une grande intelligence, d'un esprit supérieur. Quand certains étudiants, moins sensibles que moi à son prestige, le traitaient de tête enflée, je le défendais avec conviction. Tout le monde considère comme normal de ne rien saisir aux propos des physiciens nucléaires ou des neurochirurgiens ; pourquoi jugerait-on autrement quelqu'un qui a étudié tout aussi longtemps la littérature ? Et puis ne m'avait-il pas donné la preuve ultime de sa clairvoyance en acceptant de me dispenser de ses cours, à condition que je lui fasse quelques comptes rendus de lectures et que je rédige quelques nouvelles ?

J'avais vraiment bûché sur mon recueil, et c'est dans le seul but de l'impressionner que je m'étais efforcé de suivre l'ordre alphabétique pour nommer mes personnages et de m'en tenir à des textes de deux pages, sans une ligne de plus ou de moins. Il m'avait parlé avec tant d'enthousiasme de cet écrivain qui avait réussi à composer un roman dans lequel il n'avait jamais utilisé la lettre E que je m'étais senti obligé d'observer, moi aussi, d'absurdes contraintes.

En frappant à la porte de son bureau, je suis tellement anxieux que j'en ai la gorge sèche et les mains moites.

L'homme qui existe trois fois plus que les autres est calé dans son fauteuil, les pieds sur son bureau, et nettoie ses ongles avec un trombone déplié. Sur la patère, derrière lui, sa veste de jeans, de laquelle il retire une blague de tabac Drum. Je le regarde rouler sa cigarette et j'admire la merveilleuse simplicité de son geste.

Si tout se passe comme prévu, il devrait bientôt me parler d'un rendez-vous avec l'éditeur à qui il a déjà chaleureusement recommandé mon manuscrit. Je ferai semblant d'en être franchement étonné, je ferai mine d'hésiter, mais je finirai évidemment par céder à ses nombreux et excellents arguments.

Après avoir longtemps parlé de lui, il sort d'un des tiroirs de son bureau mon précieux recueil, le pose devant lui et consent enfin à me livrer ses commentaires. J'essaie de jouer l'indifférence, mais j'y arrive sans doute bien mal.

— Évidemment il y a là-dedans, comment dirais-je, de l'imagination...

Le mot aurait pu me gonfler de bonheur, mais le ton sur lequel il est prononcé me déconcerte. À moins d'avoir rêvé, je crois avoir perçu un soupçon de dégoût...

— ... Les personnages sont tellement petits-bourgeois, tellement défaitistes. Ça ne répond certainement pas aux canons du réalisme socialiste. De ta part, c'est un peu étonnant. Pour dire le fond de ma pensée, tu n'arriveras jamais à rien tant que tu te cantonneras dans les *anecdotes*.

Cette fois-ci, aucun doute : le ton est celui d'un puritain qu'on aurait forcé, sous la torture, à parler de fellation.

— Mais, bon, ajoute-t-il comme pour me consoler, il y a encore des gens qui ne sont pas sortis du dix-neuvième siècle...

Je ne me souviens pas du reste de la conversation. J'étais ailleurs, je pense. Dans un cinéma, peut-être, à regarder un vieux film en noir et blanc dans lequel deux huissiers collaient une petite affiche sur la porte vitrée d'un bureau. Gros plan sur l'affiche, annonçant la faillite de la Kelly Corp.

***

Louise m'attendait au café étudiant. J'avais eu beau arrêter aux toilettes pour m'asperger le visage et boire de l'eau, puis marcher bien lentement, pour me donner le temps de me rafistoler un peu l'intérieur, je n'ai pas réussi à lui donner le change.

— Qu'est-ce qui s'est passé ? Il t'a coulé ?

— Non...

— Combien ? Soixante ?

— Quatre-vingt-dix.

— Quatre-vingt-dix ! De quoi tu te plains ?

— De rien, mais... Bon, il m'a dit que je n'arriverais à rien tant que je me cantonnerais dans les anecdotes...

— À ta place, je ne m'en ferais pas avec ça. Ce que je pense, moi, c'est qu'il se prend pour un autre. Un vrai mécanomane.

— Mégalomane.

— C'est ce que j'ai dit. Un maudit fou. Il faut être fou pour écrire des choses que personne ne comprend. Tu aimes ça, toi, franchement ?

C'est ce jour-là que j'ai commencé à me dire que Louise avait peut-être des difficultés d'expression, mais qu'elle avait en revanche une perception très fine des choses.

CHAPITRE

24

L'idée qu'on se fait de son père dépend pour une bonne part de la place qu'on occupe dans l'automobile familiale. Assis à l'arrière, l'enfant imagine que son père est un géant tout imprégné d'une science infuse : comment fait-il pour actionner au bon moment les boutons, manettes et pédales, sans jamais se tromper, et pour connaître tous les itinéraires, les routes, les rues, les raccourcis ? L'adolescent, toujours assis à l'arrière, considère son père au mieux comme un chauffeur de taxi bénévole, au pire comme un espion qui ne jette un coup d'œil dans son rétroviseur que pour l'empêcher de peloter tranquillement sa petite amie.

À vingt ans, je ressens bêtement une sorte de fierté à être enfin assis à l'avant, à côté de mon père. Mon comportement est tout à fait illogique : comment puis-je me réjouir de me sentir son égal alors qu'il y a longtemps que je me sais supérieur ? Plus grand que lui de quelques pouces, je n'ai aucun mal à le battre au tir au poignet. Il possède peut-être une automobile, mais je sais conduire, moi aussi, et c'est par choix que je n'en ai pas. J'entrerai bientôt à l'université, alors qu'il n'a même pas terminé ses études secondaires. Mon expérience sexuelle, dans la mesure où je peux la comparer avec ce que je sais de la sienne, est mille fois plus riche. Cinq à zéro. Je condescends tout de même à lui faire la conversation tout au long du voyage, histoire de passer le temps.

Une fois de plus, nous nous rendons dans le village natal de mon père, et pour la même raison. Alors que tout le monde s'attendait à ce que grand-mère ne survive pas au décès de son mari, elle avait tout de même tenu le coup pendant quatre ans, un délai si long que tout le monde l'avait un peu oubliée. Mon père n'allait lui rendre visite qu'une ou deux fois par année et ne lui téléphonait que pour les anniversaires. Il devait en être de même pour les oncles et les tantes, j'imagine, puisque c'est le propriétaire de la maison de vieux qui nous a prévenus de son décès.

Louise et ma mère ont insisté pour s'asseoir à l'arrière, où elles peuvent bavarder à leur aise. Ces deux-là s'entendent à merveille. Une sorte de coup de foudre, le mot n'est pas trop fort, qui s'est produit dès leur première rencontre, alors que mes parents nous avaient invités à manger à la maison. Elles s'étaient aussitôt mises à se parler comme si elles avaient été les plus vieilles amies du monde, abordant sans la moindre pudeur les sujets les plus intimes. Il leur arrivait même de se téléphoner, le soir, pour se faire part d'un épisode de leur vie qui semblait confirmer tel ou tel chapitre du *Deuxième Sexe* ou de *La Femme Eunuque*.

Je ne sais pas si les femmes de cette époque connaissaient leur immense privilège : elles pouvaient donner des connotations progressistes à chacune de leur conversation, même les plus triviales. Plus encore, il leur suffisait de parler, ou plutôt de prendre la parole, pour poser un acte révolutionnaire. De quoi discutaient-elles à voix basse, à l'arrière de l'automobile ? J'ai cru entendre parler de Freud, puis de clitoris... J'avais une furieuse envie d'orienter vers elles le rétroviseur, histoire de vérifier si elles n'étaient pas en train de baisser leurs petites culottes pour s'explorer mutuellement.

Ne pouvant décemment parler de prépuce ou de prostate, mon père et moi nous contentions d'un semblant de conversation, jetant quelques phrases çà et là, au hasard, sans attendre de réponse. Si nous avions eu les oreilles mobiles des chats, elles auraient été dirigées vers l'arrière, pour ne rien perdre de ce qui s'y racontait.

Ma mère l'a-t-elle deviné ? Est-ce pour cela qu'elle nous a demandé d'allumer la radio ? Démasqués, mon père et moi avons dû entreprendre une véritable conversation.

Mon père m'avait parlé de son métier, ce jour-là, ce qui ne lui arrivait pas souvent. Un courtier en assurances n'est pas seulement un commerçant, me disait-il, mais aussi un fin connaisseur de l'âme humaine. Les néophytes s'imaginent souvent, par exemple, qu'ils doivent effrayer leurs clients pour leur vendre de l'assurance-vie et qu'ils collectionnent pour cela les récits d'accidents bizarres : un jeune homme tué net par un glaçon tombé du toit d'une église, tandis qu'il attendait tranquillement l'autobus. Tel autre jeune homme, fier de son corps d'athlète, souffrait parfois d'étranges maux de tête. Il se contentait de prendre des aspirines, sans se douter que les bruits qu'il entendait dans son cerveau n'étaient en fait que le tic-tac d'une bombe à retardement. La tumeur a explosé le jour de ses vingt-cinq ans, alors que sa femme donnait naissance à son deuxième enfant... Les jeunes courtiers font parfois fortune en utilisant de tels procédés, mais cela ne dure pas. Plus leur carrière avance, plus ils perdent leurs clients. Sais-tu pourquoi ?

J'ai bien été obligé d'admettre mon ignorance, à son grand plaisir, ce qui lui a permis de poursuivre :

— Parce que les jeunes courtiers ont habituellement de jeunes clients qui se croient éternels. On peut obtenir du succès en les secouant un peu, mais la recette ne vaut rien quand les clients ont passé la trentaine. Surtout s'ils ont des enfants. Ils savent alors ce qui peut leur arriver. Ils le savent même un peu trop. Le courtier ne doit pas les inquiéter, mais les rassurer. Au lieu de collectionner les histoires d'horreur, il raconte des histoires drôles, de préférence salées. Le courtier représente la vie, tu comprends, toute la vie. On n'a qu'à le regarder, de bonne humeur, pétant de santé, pour savoir que rien de fâcheux ne peut arriver à partir du moment où on paie consciencieusement ses primes. Le plus difficile, et c'est ça que les jeunes ont tant de mal à comprendre, c'est de se montrer moins intelligent qu'on ne l'est vraiment. Si le courtier a l'air trop intelligent, les clients ont l'impression de se faire rouler, tandis que s'il a l'air un peu bête... Ce ne sont pas des choses qu'on apprend à l'université, évidemment...

J'aurais pu continuer à l'écouter. Pour apprendre. Ou encore pour lui faire plaisir, tout simplement. Mais j'avais vingt ans, je n'y pouvais rien.

— Ce que je comprends, c'est que pour réussir en affaires, il faut être hypocrite et voleur. Ça ne m'intéresse pas.

Au même moment, ma mère lui demandait d'éteindre sa pipe : Louise avait mal au cœur. Il s'est exécuté, puis il a augmenté le volume de la radio. Le reste du voyage a dû lui sembler bien long.

* * *

Toutes les cérémonies funéraires se ressemblent, à quelques menues différences près. Il faut d'abord parler un peu du défunt et de ce qui l'attend dans l'autre monde, ce qui est généralement l'affaire d'un prêtre, d'un aumônier ou encore, à défaut d'un quelconque chaman, du capitaine du navire ou du plus vieux des cow-boys. On fait parfois un peu de musique : harmonica, orgues ou trompettes de Nouvelle-Orléans, peu importe. On enterre ensuite le défunt, puis on décore la fosse d'une croix, d'une pyramide ou d'un simple amas de pierres destiné à éloigner les vautours. Il peut arriver aussi qu'on brûle le cadavre sur un bûcher ou dans un four, ou encore qu'on le jette à la mer, convenablement lesté et entouré d'un drapeau, tandis que deux rangées de matelots se tiennent au garde-à-vous. Et puis on oublie.

Entre toutes ces cérémonies, je préfère de loin la méthode marine que je ferais volontiers accompagner d'un solo d'harmonica, mais là n'est pas la question. Quel que soit le spécialiste, il doit faire son travail convenablement, c'est tout ce qu'on lui demande. J'en ai contre le curé qui a prononcé l'oraison funèbre de ma grand-mère. Le vieux bonhomme s'est contenté de lire des prières insignifiantes, a bredouillé quelques phrases mal foutues à propos des cendres et des poussières, puis a rappelé à ses paroissiens de donner généreusement à la quête, le toit de l'église ayant besoin d'une sérieuse réfection. Un vrai scandale. S'il n'y avait eu cette pluie froide, jamais on ne serait crus à un enterrement.

— Je suis d'accord, dit mon père en terminant son spaghetti. Entièrement d'accord. Mais le cimetière du village méritait dix sur dix : le ciel bas, le vieux saule, les parapluies, j'en avais des frissons.

— Neuf sur dix, précise ma mère. Les porteurs n'avaient pas à aller se mettre à l'abri dans la limousine.

— Les porteurs sont vieux et mal payés, il ne faut pas trop leur en demander. Le curé, par contre...

Nous étions tous les quatre assis dans un restaurant où nous nous étions arrêtés, sur le chemin du retour. Il y avait longtemps que nous n'avions eu une discussion aussi animée. Louise ne participait pas au débat, se contentant de le suivre, ébahie. Loin de lui offrir le portrait de la famille éplorée, nous évoquions plutôt un groupe de metteurs en scène sortant d'une pièce de théâtre montée par un rival. Décor, texte, jeu des comédiens, scénographie, rythme, éclairages, rien ne trouvait grâce à nos yeux.

Une fois achevé ce travail de critique, nous nous sentîmes à la fois soulagés et vaguement coupables. Pourquoi ne tenterions-nous pas, après avoir tout démoli, de construire un peu ? Comment aurait-on pu améliorer la cérémonie en respectant les contraintes de base, soit un cercueil, un prêtre, des spectateurs et l'élimination du cadavre ?

Après avoir échangé quelques idées, nous avions fait consensus autour de la cérémonie suivante, inspirée de l'Expo 67 : la famille et les amis du défunt sont invités à s'asseoir par terre, au centre d'une pièce ronde et obscure. Le maître de cérémonie demande le silence, tandis que ses assistants allument quelques bâtons d'encens et, çà et là, des chandelles, pour indiquer les sorties de secours (nous devons cette dernière précision, faut-il le spécifier, à mon père). Dans un coin, un harmoniciste joue doucement quelques airs qu'aimait le défunt tandis qu'apparaissent, sur les murs et au plafond, des images en noir et blanc.

On y verrait de simples objets, banals et quotidiens. Un escalier de bois, une poulie de corde à linge, quelques plantes séchées, un sac d'école, un pupitre, une pomme, un saule... Pour la première fois de leur vie, sans doute, les spectateurs essaieraient de voir le monde avec les yeux du défunt, de redonner leurs couleurs aux choses mortes.

Mon père avait aimé la suggestion. Il avait enchaîné avec la description de quelques-uns des objets préférés de ma grand-mère. Son vieux fauteuil, près de la fenêtre, ses broches à tricoter, ses chats, la règle de métal avec laquelle elle tapait sur les doigts de ses enfants, ses chapelets, ses bombes aérosol...

Il avait craqué au milieu de l'énumération. Il n'avait pas pleuré, non. Il s'était tu quelques instants, puis avait repoussé son assiette.

Ma mère, embarrassée, avait changé de sujet. Au retour, c'est elle qui avait conduit la grosse Chrysler. Le front collé à la vitre, mon père avait longuement regardé défiler le paysage, sans dire un mot. Ma mère n'avait pas protesté lorsque, enfin sorti de son silence, il s'était allumé une pipe.

***

— Tu as vraiment une drôle de famille, m'avait dit Louise, de retour à notre logement. Ton père et ta mère sont tellement différents... Je me suis souvent demandé pourquoi ils ne divorçaient pas. Ce n'est certainement pas la religion qui les retient. Aujourd'hui, j'ai compris. Et j'ai compris aussi que tu es exactement comme eux. Tu parles toujours de tes parents comme s'ils étaient des étrangers, mais aussitôt qu'il est question d'un enterrement, tu dis « nous »...

Sa remarque m'avait un peu agacé mais, ne sachant comment la contredire, je n'ai pas voulu répondre. Après avoir poursuivi la conversation sur un autre mode, je l'ai laissée s'endormir et j'ai longtemps contemplé le plafond.

Les parfums de Louise s'estompent tandis que monte une douce odeur d'encens. Le lit flotte sur la mer et on entend le clapotis des vagues, on sent le roulis. L'harmoniciste joue doucement les premières mesures de *Comme à Ostende* et je vois défiler les images, entre les fissures du plafond. Gros plan sur la balle de fusil qui a transpercé le cœur d'Oswald. Sa grimace. Un *scrap-book* rempli de photos des Kennedy. Une sentinelle ennemie déboulant une butte de neige, ses yeux révulsés. Un train électrique percutant une église de plastique, des bâtons de hockey, un jeu de Monopoly.

Un tourne-disque, des cigarettes, les vitrines remplies de présences féminines, une bombe dans une boîte aux lettres, des graffiti, une aiguille de machine à coudre, trois gouttes de sang. Des caisses d'oranges peintes en noir, des chandelles enfoncées dans des goulots de bouteilles, les ongles rouges de Carole, les séchoirs turquoise, un camion en flammes, un pensionnat, un cheval allemand.

Un jonc en os de jambon, des dessins à l'encre de Chine, un timbre collé à l'envers, un chandail noir.

L'affiche de Che Guevara, les saucisses avariées arrosées de sueur, Jocelyne, les feux de camp et les guitares, le dernier métro.

Le cercueil de mon grand-père, les journaux brûlant dans la poubelle de métal, le camion d'ordures.

Le lit de Suzanne, son herbier, la boîte de métal, ses yeux gourmands tandis qu'elle choisit parmi ses variétés de hasch. Une lame de rasoir, une assiette de porcelaine, la banquette de la salle d'urgence, à l'hôpital Notre-Dame, la clé de Saint-Pierre, le disque de Leonard Cohen. Quelque part ça commence à n'être plus du jeu.

Une vadrouille, un seau, un château d'eau, le sang des fous.

Un cadavre qu'on repêche dans un canal d'Amsterdam, les cheveux de Brian Jones, soleil noyé dans la piscine. Des papillons blancs qui vont se brûler sur les projecteurs.

Une baignoire à pattes transformée en divan, le sourire d'une sorcière, les longs bras des arbres morts du parc Lafontaine. Elle encore, toujours elle, au milieu de la nuit.

La salle se remplit de fumée tandis que l'harmoniciste reprend quelques mesures de *Midnight Rambler*, couvrant ainsi le bruit métallique du cercueil qui glisse sur ses rails, bute contre les portes battantes et continue son chemin jusque sur le pont du navire. On entend un grand plouf et l'assistance voit apparaître, sur l'écran noir, des milliers de bulles lumineuses. Le cercueil continue son interminable descente, puis se pose tout doucement sur un lit de sable, au fond de la mer. L'harmoniciste reprend une dernière fois *Comme à Ostende* et la foule se demande si c'est utile et si ça vaut le coup de vivre sa vie.

La salle se vide lentement. La foule? Mes parents, quelques oncles, tantes, cousins et cousines, deux amis, quelques vagues connaissances, c'est tout. Autant dire personne.

J'ai vingt ans, une bonne provision d'images et de musiques, mais personne n'est là pour assister à mes funérailles.

Voyons les choses en face : mes funérailles n'auraient pas lieu sur un navire, mais à l'église paroissiale, une bête église de banlieue, sans crypte ni catacombes. L'oraison funèbre serait lue par un vieux curé mal inspiré et je serais enterré au cimetière de l'Est, sous une pierre tombale banale surmontée de deux angelots ou, pire encore, d'une insipide Vierge.

L'épitaphe serait choisie dans le catalogue de la maison de pierres tombales, un petit répertoire de lieux communs, classés selon le nombre de caractères, autrement dit selon le prix.

Presque personne à l'église, encore moins au cimetière. Pas même une folle couchée sur ma tombe pour entendre le gargouillement des vers.

Jean-François Kelly, 1951-1971.
Il n'a pas changé la vie.

Le plafond s'éteint, la musique se tait, et je n'entends plus que la respiration profonde de Louise, à mes côtés. J'essaie de me coller à elle, de me fondre en elle, d'absorber sa chaleur, de m'abriter sous ses rêves. Cela devrait me rassurer, j'imagine.

CHAPITRE

25

J'aime les piscines. Les vapeurs de chlore, la pression de l'eau sur les tympans, les sons assourdis et la lumière bleutée qui semblent venir d'un autre monde, tout contribue à mon euphorie. Je nage peu, pourtant, et plutôt mal. Plutôt qu'en poisson, j'aimerais me réincarner en crabe, en homard ou en bernard-l'ermite. Confortablement installé dans mon coquillage, au fond de l'océan, je passerais ma vie à admirer les nageuses.

En attendant, je gonfle d'air mes poumons et je m'installe tout au fond de la piscine, pour le seul plaisir d'admirer les milliers de petites bulles lumineuses qui s'accrochent aux bras et aux jambes de Louise. Chaque fois qu'elle expire, je suis des yeux les grappes de grosses bulles qui caressent ses seins, son ventre, ses cuisses, ses jambes ; poussées par ses battements de pieds, elles iront ensuite crever à la surface, comme les rêves au matin. Je ne m'en lasse pas.

Je remonte pour nager à ses côtés, essayant d'ajuster mon souffle au sien jusqu'à ce que nos inspirations et nos expirations se confondent. Bien que menue, Louise est dotée d'une telle endurance que j'ai du mal à la suivre. Je préfère alors ralentir et plonger pour regagner mon poste de voyeur sous-marin aussitôt qu'elle revient vers moi.

J'aime aussi l'attendre au bord de la piscine pour lui tendre la main lorsque, épuisée, elle hisse hors de l'eau son corps soudainement devenu lourd. Je lui décris alors le merveilleux spectacle des bulles glissant le long de ses jambes et je la remercie de me donner l'occasion de me transformer en pêcheur de perles. Elle n'apprécie ni la formule ni le compliment : avec mes cheveux en éventail et mes yeux grands ouverts, me dit-elle, je ressemble à un noyé. Il y a un peu de cela, j'imagine, dans mon plaisir.

Samedi, cinq heures, la piscine est fermée pour la horde de petits mouks-mouks qui piaillent encore dans le vestiaire, mais pas pour nous, membres de l'amicale d'Esther, nièce du maire de Banlieue-les-Bungalows et de ce fait surveillante en chef de la piscine municipale. Pendant toute une heure, la piscine nous appartient. J'aide Louise à se sécher tandis que Pierre-Paul et Jacques, un peu plus loin, se lancent un ballon de water-polo et que Christine, la troisième membre du cercle de lectures de Jacques, s'apprête à plonger du plus haut tremplin. Bien installée sur sa chaise haute et dorée de soleil, Esther nous bombarde de sourires.

Été 1972. Ballons, rires, bulles. Vingt et un ans. L'éternité, droit devant. Peut-être pas le bonheur, non, mais certainement sa proche banlieue.

Nous transportons ensuite nos vapeurs de chlore jusque dans la vieille Ford Fairlane de Pierre-Paul, une horrible minoune qu'il a payée deux cents dollars et qui pue l'essence. Par miracle, la Ford a bien voulu démarrer et nous ne tombons pas en panne au milieu du pont. L'odeur de chlore aidant, et toutes fenêtres ouvertes, la randonnée est supportable.

À sept heures, nous voilà tous à table, dans notre logement, pour célébrer notre première année de cohabitation. Pierre-Paul et Esther ont préparé l'entrée, une demi-douzaine d'escargots caoutchouteux baignant dans un océan de beurre à l'ail. Un délice. Jacques et Christine nous servent ensuite le plat principal, une fondue suisse en conserve qu'il faudra manger à toute vitesse pour éviter que la flamme du Sterno ne la brûle. Les filaments de fromage grumeleux forment bientôt une boule si compacte dans nos estomacs qu'il faudra plusieurs verres de notre vin algérien préféré pour la dissoudre. Louise et moi avons passé l'avant-midi à préparer un gâteau Forêt-Noire. Peut-être avons-nous abusé des cerises au marasquin et des brisures de chocolat, mais le mélange Duncan Hines a fait des merveilles et la montagne de sucre et de graisse que nous déposons triomphalement au centre de la table nous vaut des applaudissements nourris.

Quand nous avons terminé notre festin, la cruche de Ben Afnam est encore à moitié pleine. Ce serait faire affront à la vie de ne pas en voir le fond, et nous remplissons à ras bord nos verres à moutarde.

Vingt et un ans, l'éternité droit devant, un estomac bien rempli, et de l'argent à ne savoir qu'en faire. Chacun a son petit boulot l'hiver et son projet Perspective-jeunesse l'été, sans parler des bourses d'études ; nous n'avons donc aucun mal à payer notre loyer, ni même à nous offrir une piscine presque privée, des festins arrosés de vin, une automobile, le cinéma, des livres et des disques. Qu'aurions-nous besoin de plus ?

Le plus beau de l'affaire, c'est que nous arrivons à nous débrouiller sans jamais tomber dans les tentacules de la publicité, du crédit, des gadgets inutiles et des auto-mobiles chromées. Notre intelligence et notre formidable lucidité nous permettent non seulement de vivre confor-tablement, mais aussi de faire des pieds de nez à la société de consommation.

Notre mode de vie est un véritable défi au capita-lisme : en achetant nos meubles à l'Armée du Salut ou chez les disciples d'Emmaüs, en prolongeant la vie de vieilles automobiles destinées à la ferraille et en buvant notre vin dans des verres à moutarde, nous assurons la revanche des valeurs d'usage sur les valeurs d'échange, sapant ainsi le système à la base. Il s'agit là, nous assure Pierre-Paul, d'un splendide renversement dialectique (à première vue, le raisonnement peut sembler obscur à qui n'est pas familier avec les concepts marxistes. Rien de plus normal. Une analyse plus approfondie nous révélerait sans doute qu'il ne tient carrément pas debout, mais peu importe, on n'en demande pas tant à des idées aussi gratifiantes.) Cela mérite certainement un toast et nous remplissons une fois de plus nos verres jusqu'à la quatrième rangée de trèfles, piques, cœurs et carreaux.

Nous nous sentons tellement généreux, ce soir-là, que nous sommes prêts à pardonner à l'humanité d'avoir si longtemps été si bête, si primitive. Comment se surprendre de ce que nos prédécesseurs, ne connaissant ni Marx ni Freud et de ce fait incapables de comprendre leurs pulsions ni d'infléchir le sens de l'histoire, se soient agités au mieux à construire de vaines cathédrales, au pire à s'entretuer?

Il ne faut pas leur en vouloir, bien sûr, mais comment expliquer qu'il y ait encore tant de résistance au changement, de superstition, de religion, d'ignorance?

— Parce que le capitalisme a intérêt à les maintenir, répond Jacques. D'où la nécessité d'utiliser les forceps. La révolution n'est pas autre chose. Une violence raisonnée, scientifiquement organisée, une violence qui se retourne contre les exploiteurs...

Ce n'est pas tant ce que dit Jacques qui provoque des réactions que la manière dont il laisse tomber ses phrases, solides comme des blocs de béton, lourdes comme les Tables de la Loi. À l'exception de Christine, qui boit littéralement ses paroles (sans doute s'imagine-t-elle tenant avec lui les forceps), nous éprouvons tous un frisson devant la sérénité avec laquelle il parle de la violence, un sourire tranquille aux lèvres, tout en buvant une gorgée de vin.

Esther et Louise protestent aussitôt qu'elles ne sont pas convaincues qu'il faille une révolution armée pour libérer l'humanité : ne vaudrait-il pas mieux tabler sur l'accumulation de prises de conscience individuelles? Engagée sur de tels rails, la conversation n'est pas prête d'arriver en gare. Il sera toujours temps de la rattraper.

Pour que de telles discussions soient supportables, il faut savoir s'aménager quelques fissures. Se lever pour ranger la vaisselle, par exemple, ou encore s'enfermer quelques instants dans la salle de bains, se laver longuement les mains, s'asperger le visage d'eau fraîche, se brosser les dents, n'importe quoi. Au retour, personne ne s'offusquera de ce que vous soyez en retrait : il faut du temps pour reprendre le fil. On peut alors en profiter pour boire encore quelques gorgées de vin râpeux et s'amuser à faire des gros plans balzaciens. Regarder les mains, par exemple. Celles de Jacques, larges et puissantes, qu'il bouge toujours de manière parallèle quand il parle, comme s'il découpait des carrés d'air pour en faire un mur. Les longs doigts fins de Christine qui se crispent sur le verre de vin aussitôt que les propos de Jacques sont contestés et qui ne se détendent que lorsqu'il reprend le dessus. Et la façon qu'elle a de tenir sa cigarette... Jamais je n'ai vu quelqu'un fumer aussi compulsivement. Esther ou Louise dénoncent-elles la violence, même scientifiquement organisée pour détruire la bourgeoisie, qu'elle aspire avec tant de force que le tabac crépite. Il lui arrive parfois d'oublier d'exhaler la fumée, qu'elle garde dans ses poumons jusqu'à ce que Jacques réplique. Satisfaite, elle expire alors, avec un grand soulagement.

Christine parle peu, si ce n'est pour répéter ce que Jacques vient tout juste de dire beaucoup mieux qu'elle. Une drôle de fille, fort belle parfois, quand elle arrive à se détendre. Sans doute y parvient-elle quand ils s'enferment tous les deux dans leur chambre, après la réunion de leur cercle de lectures, et qu'ils font jouer, pour couvrir leurs soupirs, *Sad Eyed Lady of the Lowlands*, l'interminable chanson de Bob Dylan qui occupe toute une face de *Blonde on Blonde*. Je n'ai jamais osé leur demander s'ils suivaient toujours le tempo, ni si leur orgasme coïncidait avec le solo d'harmonica final.

Esther ne serre pas son verre dans sa main, mais le caresse du bout du doigt. Elle n'a jamais besoin d'élever la voix pour attirer l'attention, ni même de regarder son interlocuteur dans les yeux. Elle semble s'adresser à son verre, qu'elle caresse tout doucement. J'ignore l'effet de ce geste sur le verre, mais le regard des mâles est infailliblement attiré par ces mouvements circulaires. Esther nous parle avec passion du livre qu'elle vient tout juste de terminer, les *Libres Enfants de Summerhill*, un livre qui l'a tellement ébranlée qu'elle songe à abandonner ses études en mathématiques pour s'inscrire en sciences de l'éducation. Ni Jacques ni Christine n'oseront la traiter d'idéaliste romantique quand elle affirme pouvoir transformer le monde en libérant l'énergie de l'enfance. Cela tient sans doute à sa voix, toujours douce, à ses yeux brillants et à son index qui caresse encore son verre.

J'aimerais être aussi calme, mais je n'y arrive pas. Aussitôt que Louise prend la parole, ma main se crispe : combien de fois faudra-t-il lui expliquer que réactionnaire n'est pas, n'a jamais été et ne sera jamais un synonyme de révolutionnaire ?

Quand Pierre-Paul la corrige, poliment, elle rougit, se fâche ensuite et s'emmêle encore plus dans ses mots. J'en arrive parfois à me demander si cette particularité ne lui est pas commandée par son métabolisme. Peut-être a-t-il besoin, pour rétablir quelque équilibre, de ces colères rentrées ? Qui sait si nos idées les plus chères ne sont pas, tout compte fait, que des nécessités physiologiques ? Quand Pierre-Paul, ayant le choix entre deux mots, choisit toujours le plus compliqué, n'est-ce pas pour essayer de s'ajouter quelques pouces ? Et ne peut-on pas imaginer Esther, le matin, devant son miroir, fermant sa trousse de maquillage et ouvrant sa trousse à idées, à la recherche de celle qui conviendrait le mieux à son teint de pêche ?

Je me suis absenté trop longtemps, je pense. Il est temps que je reprenne le fil de la conversation, ne serait-ce que pour permettre à Louise de reprendre ses esprits. Pour dire quelque chose, et sans chercher à faire quelque lien que ce soit avec ce qui précédait, je résume un article que je viens tout juste de lire, dans une revue américaine, à propos des différents types de bombes utilisées pendant la guerre du Viêt-nam. Celles qui projettent des billes d'acier dans les jambes des soldats et qui sont conçues pour les blesser plutôt que pour les tuer, un blessé coûtant plus cher qu'un mort. Celles qui projettent plutôt des billes en plastique, invisibles aux rayons X. Les bombes à implosion qui, au lieu de projeter des billes, attirent tout ce qui se trouve autour, les yeux, les tripes...

— Ça suffit, s'écrie Esther, qui n'a probablement pas fini de digérer la fondue au fromage et les cerises au marasquin. Où est-ce que tu veux en venir ?

— Ce que Jean-François veut nous dire, répond aussitôt Jacques à ma place, c'est que nous n'avons pas le choix : pour arrêter leur violence, il faut lui substituer la nôtre...

Jamais une telle conclusion ne m'aurait traversé l'esprit. La Vérité serait-elle un immense édifice isolé au milieu d'un champ que je ne le verrais pas. Je serais plutôt du genre à me pencher sur l'herbe, au milieu des trèfles à quatre feuilles, à la recherche d'un petit paradoxe à ajouter à ma collection. J'espérais poursuivre en me demandant si l'ingénieur qui avait eu la brillante idée de remplacer l'acier par le plastique était un bon père de famille, s'il aimait ses enfants et son chien, s'il plantait des fleurs dans ses plates-bandes, le samedi matin, mais à quoi bon. Là où passent les phrases de Jacques, l'herbe ne repousse pas.

***

Il n'est pas de discussion, même interminable, qui ne puisse se résumer en quelques phrases. Les arguments, les exemples et les démonstrations savantes ne servent peut-être qu'à se rassurer soi-même sur son existence, ou encore à rassurer les autres sur l'estime qu'on leur porte. Nous nous estimions beaucoup, je pense, pour nous écouter si longtemps.

À deux heures du matin, la discussion tourne encore en rond. Faut-il travailler d'abord à la révolution, comme le soutiennent Jacques et Christine, à changer l'individu, comme pensent Louise et Esther, ou bien les deux en même temps, position confortable, quoique un peu ridicule, que Pierre-Paul et moi tentons maladroitement de défendre ?

C'est Pierre-Paul qui a le dernier mot : la révolution est nécessaire, mais il faut aussi, pour en convaincre les masses, ouvrir des fenêtres sur l'avenir, leur donner à voir ce qui arrivera ensuite. N'est-ce pas ce que fera Esther, avec ses enfants libres ?

Il n'en fallait pas plus pour que tous se lèvent, satisfaits de leur nouveau rôle d'ouvreurs-de-fenêtres-sur-l'avenir, et referment sur eux les portes des chambres. On entendit ensuite quelques murmures, chaque couple faisant le bilan de sa soirée, puis l'harmonica de Bob Dylan, au début de *Sad Eyed Lady of the Lowlands*.

***

Quelques semaines plus tard, Jacques, Charles et Christine publieraient une petite brochure de rien du tout. Sur la couverture beige, un titre interminable : *Pour en finir avec le révisionnisme et l'opportunisme et pour la création d'un véritable parti (marxiste-léniniste)*.

De telles soirées et de telles conversations ne seraient jamais plus possibles.

CHAPITRE

26

Il suffit parfois d'une épaisse couche de neige qui paralyse la ville pour que se taise la rumeur du vingtième siècle.

Jacques est seul dans sa chambre, en train de potasser Karl Marx, mais peut-être est-il lui-même Karl Marx, dans une salle de lecture du British Museum. La lampe diffuse une faible lueur, éclairant sa vieille veste de tweed aux coudes rapiécés et la bouteille d'encre dans laquelle il trempe sa plume. Devant lui, pêle-mêle, des ouvrages de Smith, Ricardo, Hegel, Proudhon. Quelques ratures encore et lui viendra la plus formidable illumination de l'histoire des idées : en deux ou trois phrases, il fera la synthèse de la philosophie allemande, de l'économie politique anglaise et du socialisme français.

Je suis seul dans ma chambre, moi aussi, où je m'occupe à rédiger un petit travail d'histoire. Quand il m'arrive parfois de me lever pour vaquer à quelque besoin, je marche sur la pointe des pieds, de peur que le plancher ne craque. Tous les autres sont partis. Il ne nous est pas donné souvent de savourer un tel silence.

Mon devoir achevé, ne voulant pas rompre l'ambiance sacrée, je sors du tiroir de mon bureau un cahier quadrillé tout neuf. Il est temps que je rédige mon testament. Foin du charabia légal, j'y couche quelques strophes à la manière de François Villon, que je paraphrase sans vergogne, m'amusant même à disposer çà et là des oncques, des essoines et des avecques. Mon professeur de littérature parlait de ceux qui restent attachés à la littérature du dix-neuvième siècle ? Attends, tu n'as rien vu.

Il y a longtemps que je ne sais plus l'heure qu'il est quand me parvient de la salle de lecture du British Museum quelques notes d'une guitare qu'on accorde. Tandis que l'instrumentiste se délie les doigts en faisant des gammes, je range ma plume d'oie, bouche l'encrier et glisse mon parchemin sous la paillasse. Les murs de mon cachot sont épais et je n'ose pas coller mon oreille contre les pierres froides et humides. Retenant mon souffle, je réussis tout de même à reconnaître la pièce que marmonne Karl Marx en s'accompagnant d'accords simples : *Blowin'in the Wind*.

***

Jacques n'a jamais été un grand guitariste, et il le sait. À quatorze ans, il avait tenté d'apprendre les quelques accords qui permettent de jouer n'importe quelle chanson de Cohen, Dylan ou Donovan. À condition qu'il chante très fort, son accompagnement pouvait toujours faire illusion.

Depuis que nous habitons ensemble, jamais je ne l'ai entendu jouer, ni même vu sortir l'instrument de son étui. Cela explique peut-être qu'il n'arrive pas à terminer son morceau. Il s'emmêle dans ses notes, reprend, abandonne, blasphème à voix basse, puis passe à une autre chanson qu'il massacre de la même façon.

Il joue tout doucement, de manière sans doute à ne pas me déranger. Je pourrais tout aussi bien continuer mon pastiche de testament, mais une vague intuition m'en empêche. Au cas où il s'agirait d'un appel, je fais semblant de me diriger vers la cuisine. En passant devant sa chambre, je lui demande s'il veut un café. Il lève les yeux et hésite un peu avant de me répondre, comme s'il s'extirpait lentement, lui aussi, d'un lointain Moyen-Âge.

— ... Pourquoi pas, oui. Je ne t'ai pas empêché de travailler, avec ma guitare ? Pour une fois qu'il y avait un peu de silence dans cette maison...

— Non. J'avais fini.

Je m'attendais à ce qu'il vienne me rejoindre dans la cuisine, mais il reste dans sa chambre, s'entêtant à trouver les accords de *Norwegian Wood*. Je lui apporte donc son café, comme si j'étais son serviteur. Bon maître, il m'invite à m'asseoir sur la chaise tandis que, toujours assis sur son lit, il range sa guitare.

Je regarde autour de moi, comme si je voyais sa chambre pour la première fois, ce qui est d'ailleurs un peu vrai : la frontière entre les pièces communes et les pièces privées a toujours été bien tracée et scrupuleusement respectée.

Est-ce l'influence de l'université, des études en économie ou, plus probablement, de Christine ? Quelque chose a changé dans cette grande chambre injustement gagnée au poker ; on n'y retrouve plus le désordre sympathique, l'indescriptible fouillis que je soupçonnais Jacques d'entretenir à dessein. Dans la bibliothèque et sur sa table, les livres sont bien rangés. Même les crayons, dans la tasse à l'anse cassée, seule concession au désordre, semblent classés en ordre de grandeur. La fenêtre est maintenant presque entièrement cachée par une épaisse tenture en imitation de velours rouge, du même tissu que celui du couvre-lit. Cela fait un peu *bungalow*, il faut en convenir. Tel est bien le cas, de toute façon : Christine a convaincu ses parents de les lui donner plutôt que de les jeter.

Dehors, la neige tombe encore, si lourde qu'elle colle aux murs de brique, aux poteaux et jusqu'aux cordes à linge. Une neige rose, presque rouge, comme on n'en voit qu'en ville.

Sur les murs, les cartes du monde ont disparu au profit de curieuses toiles d'araignées dessinées patiemment à l'encre de Chine. Rockefeller, Morgan, Power corporation, les grands empires financiers ont remplacé les empires politiques. Des centaines de petites cases, reliées entre elles par une infinité de traits surmontés de pourcentages, un travail de moine pour lequel il faut sans cesse éplucher les journaux financiers, changer les noms des entreprises, modifier à la décimale près les pourcentages de contrôle.

J'avais un jour taquiné Jacques à propos de l'admiration qu'il semblait vouer aux grands capitalistes. Il avait évidemment répliqué qu'il n'était pas question d'admiration, mais de l'étude scientifique du mouvement de concentration et d'internationalisation du capital qui était tellement rapide que, bientôt, une cinquantaine de grandes entreprises, tout au plus, contrôleraient le monde. Si tel était le cas, ne suffirait-il pas aussi d'une poignée de révolutionnaires pour s'en emparer ? Imaginons des commandos qui entreraient tous en même temps dans les salles où siègent les conseils d'administration : bon, voilà, fini de jouer, vos entreprises appartiennent maintenant au peuple. Nous vous accordons cinq minutes pour remplir vos attachés-cases des photos de vos femmes, enfants et maîtresses, ensuite nous ouvrons le feu...

Mais, pour l'heure, la révolution n'est pas à l'ordre du jour, non plus que les cellules de lecture qui se multiplient si vite, depuis la publication de son petit livre, que Jacques n'en finit plus de s'agiter, ne mettant plus que rarement les pieds dans notre logement. Il faut que la tempête ait vraiment tout bloqué pour qu'il soit resté si longtemps dans sa chambre. Et il faut qu'il soit profondément troublé, je pense, pour qu'il ait sorti sa guitare de son étui.

— Il faut que je te parle, me dit-il en posant sa tasse de café sur sa table de chevet. À propos de Christine. C'est important. Une grave décision.

— Tu as besoin de l'adresse d'un médecin ?

— Non, il ne s'agit pas de ça. Ou un peu, quand même, d'une certaine façon...

Au lieu de poursuivre, il allume une cigarette. Ce n'est pas son genre de tourner ainsi autour du pot. Il veut sans doute que je devine ce qui le tracasse, mais je suis complètement dans le noir. Une fois éliminée l'hypothèse de la grossesse, quel problème peut-on avoir avec une fille ?

— Tu sais ce qui est arrivé, au début de la révolution russe. On prônait une certaine liberté sexuelle, on voulait tout remettre en question, la monogamie, la famille, et même les logements privés. Après quelques expériences, on s'est rendu compte qu'il ne fallait pas aller trop vite. Dans une phase ultérieure, peut-être... Strictement entre nous, qu'est-ce que tu penses de Christine ?

La question m'embête. Bien plus que l'accès à nos chambres respectives, nos amours ont toujours été considérées comme un tabou sur lequel nous ne risquions jamais de questions, encore moins de commentaires. Je bredouille quelque chose de neutre, m'efforçant d'être superficiel : une drôle de fille, pas laide, qui fume beaucoup... Il complète le portrait : elle est intelligente, perspicace, très volontaire... Je le laisse poursuivre quelques instants, observant parfois de curieuses lueurs dans ses yeux. Mon petit doigt me dit que ce qu'il appelle son caractère volontaire recouvre quelque chose qu'il vaut mieux ignorer.

— Autrement dit, tu l'aimes. Quel est le problème ?

— Ce n'est pas véritablement un problème... Écoute, essaie de comprendre, essaie de ne pas juger trop vite...

— D'accord, vas-y.

— Eh bien voilà, elle veut qu'on se marie.

Sans doute aurais-je dû m'y attendre, mais j'étais à mille lieues de là. Ma gorgée de café est passée de travers et j'ai dû me rendre de toute urgence à la salle de bains pour réparer les dégâts. Un mariage ! Il m'aurait avoué vouloir entrer dans un ordre monastique contemplatif financé par la CIA que je n'aurais pas été plus étonné.

À mon retour, il m'explique longuement qu'il s'attendait à ma réaction, mais qu'il faut que je comprenne que le mariage n'est pas une institution bourgeoise, qu'il a traversé au contraire tous les modes de production, qu'on ne peut pas tout changer en même temps et qu'une fois cette question réglée ils pourront tous les deux consacrer le meilleur de leurs énergies à la révolution.

— Et toi, tu es d'accord ?

— Je n'ai pas dit ça. J'y pense encore. Je trouve que ça a du bon, mais mon idée n'est pas encore faite.

— Un mariage civil, évidemment ?

— Non. Religieux.

Dieu soit loué, j'avais terminé mon café, sans quoi les murs de sa chambre auraient été constellés de jolies taches brunes.

— Tu n'es pas sérieux ?

— C'est Christine qui y tient. À cause de ses parents, tu comprends... Évidemment, toi, tu ne connais pas ces problèmes-là...

— Qu'est-ce que tu veux dire ?

— Tu le sais bien ce que je veux dire : tes parents ne sont pas *normaux*. Tu fais tout ce que tu veux et ils se prosternent devant toi. Pour Christine, ce n'est pas pareil. Pour moi non plus, d'ailleurs. Mes parents n'ont pas accepté que je quitte la maison, ils me soupçonnent de vivre en commune, ils n'ont jamais voulu mettre les pieds ici, malgré toutes mes invitations... Deux ou trois simagrées à l'église, et tout rentre dans l'ordre. Et puis il y a les prêts-bourses...

— Et tes principes ?

— Marx s'est marié, lui aussi, et avec une baronne. Je ne sais pas s'il s'est marié à l'église, mais c'est fort possible.

— Sérieusement...

— Je suis sérieux, merde ! J'en ai jusque-là de ne pas être pris au sérieux, justement. J'en sais plus que mes parents n'en ont jamais su pendant toute leur vie, et je suis encore traité comme un adolescent qui a fait une fugue ! Je veux être pris au sérieux, une bonne fois !

***

Bien des années plus tard, Jacques m'a juré que je l'avais approuvé et m'a avoué en avoir été très soulagé. Je me souviens plutôt avoir été tellement estomaqué que j'étais resté silencieux, sans savoir comment réagir. Qu'il ait interprété mon silence dans le sens qui lui convenait, c'est son affaire.

Il y a fort à parier que je songeais alors bien plus à ma vie qu'à la sienne. Je me rendais compte, soudainement, que je n'avais jamais pensé au mariage, ni en bien ni en mal, ni pour moi ni pour qui que ce soit d'autre. Mise à part la question de la religion, que je croyais réglée une fois pour toutes, ma surprise ne s'appuyait pas sur quelque objection idéologique. L'idée me paraissait saugrenue, tout simplement. Je considérais peut-être le mariage, à bien y penser, comme une sorte de maladie contagieuse. Tant qu'on n'avait pas été atteint, inutile de s'en faire. Je me marierais peut-être un jour, moi aussi, sait-on jamais. Avec Louise, l'idée ne m'avait jamais effleuré l'esprit.

Quoi qu'il en soit, cette révélation allait bouleverser nos vies. Jacques entendait rester avec nous jusqu'à la fin du bail, ce qui nous donnait un répit de six mois. Ensuite il irait habiter seul avec Christine pendant quelque temps, histoire de s'habituer à l'idée, puis ils se marieraient.

Jacques introduisait ainsi, inconsciemment sans doute, ses conceptions marxistes jusque dans nos vies privées : nous nous étions contentés de subir l'histoire, il fallait maintenant la transformer.

CHAPITRE

27

Jacques, Christine, Pierre-Paul, Esther et Louise préparent des boîtes et se disputent pour savoir à qui appartiennent spatules, couteaux et casseroles tandis que j'essaie de stationner la Chrysler de mon père. J'y arriverais facilement, tout comme j'arriverais facilement à stationner la remorque U-Haul si elle n'était pas attachée à l'auto. Après une douzaine de tentatives, j'abandonne la partie. Mao avait raison d'affirmer qu'un se divise en deux, mais c'est une autre paire de manches que de fusionner deux en un.

Quand je monte au logement, tout est prêt pour le déménagement. Deux ans de vie commune se résument à trois matelas tachés, quelques meubles disparates et des pyramides de boîtes de carton et de sacs verts.

— On voit bien où sont vos priorités, dit Louise : les livres dans des boîtes, les vêtements dans des sacs à ordures...

— Qu'est-ce que tu as contre les livres ? réplique Christine, perfide.

Esther ne dit rien. Non pas qu'elle veuille se tenir au-dessus de la mêlée, mais tout simplement parce qu'elle n'arrive pas à choisir, parmi les répliques qui lui brûlent les lèvres, la plus cinglante.

Il était temps que ça finisse.

Une dernière inspection des armoires et des garde-robes, pour faire l'inventaire de ce que nous laissons en héritage à nos successeurs : quelques cintres, un vieil annuaire téléphonique, deux pots de peinture à moitié

vides, une pile de prospectus publicitaires. Les deux
housses à grille-pain, trouvées sous l'évier de la cuisine,
réussiront à peine à nous arracher un sourire. Personne
n'est d'humeur à rire tant le contentieux est lourd. Et il
ne se réduit pas, comme s'obstine à le croire Jacques, au
partage de deux ou trois assiettes et d'une planche à
repasser.

Il faut heureusement nous hâter : la remorque U-Haul
gêne la circulation. À six, nous aurons tôt fait de la
remplir et nous arrivons bientôt au minuscule logement de
Jacques et de Christine, rue Christophe-Colomb. La porte
ne sera pas aussitôt fermée sur eux qu'ils feront jouer *Sad
Eyed Lady of the Lowlands*.

Nous poursuivons le voyage à quatre. La prochaine
étape est tout près, rue Chambord, et la circulation est
fluide. Jamais cependant un aussi court trajet ne m'a
semblé si long, jamais non plus la Chrysler de mon père
ne m'a semblé aussi silencieuse. Tout aurait été tellement
plus simple si Pierre-Paul n'avait pas vendu sa vieille
Ford à la ferraille.

Les filles déchargent la remorque, je monte et
descends l'escalier, et Pierre-Paul prend le relais à la porte
de son logement. Poussé par une étrange pudeur, je ne le
visiterai pas. Nous nous séparons sur le trottoir, un peu
gênés. Quand je tends la main à Pierre-Paul, il hésite
quelques instants, puis me la serre presque chaleureusement, tandis qu'un semblant de sourire se dessine sur
ses lèvres. Je m'approche ensuite de Louise, à qui je
voudrais aussi serrer la main. Non seulement elle accepte,
mais elle m'embrasse sur les deux joues et me fait une
tendre accolade. Le geste est bref, deux ou trois secondes à
peine, tout juste le temps de me rappeler son parfum, tout
juste le temps de comprendre que je n'arriverai jamais,
malgré tous mes efforts, à l'oublier.

Je me détache d'elle, horriblement gêné, tandis
qu'Esther en fait autant avec Pierre-Paul.

Quand nous refermons les lourdes portières de la Chrysler, Esther et moi poussons simultanément un long soupir de soulagement. Le cauchemar vient de se terminer.

***

Tout cela avait commencé par un jeu bien innocent. Louise, Pierre-Paul, Esther et moi étions entrés dans un restaurant, pur hasard, en ordre de grandeur. C'est Pierre-Paul, il me semble, qui avait évoqué les frères Dalton. Le surnom nous était resté d'autant plus facilement que Louise piquait parfois des colères qui évoquaient celles de Joe et que je mangeais presque autant, et avec aussi peu de discernement, qu'Averell. Les deux autres frères Dalton ayant une personnalité moins marquée, il était difficile de faire un rapprochement quelconque entre Pierre-Paul et Jack. Esther, en revanche, avait hérité du prénom de William. La coïncidence était irrésistible : elle serait, à tout jamais, notre Esther William.

La semaine suivante, comme les Dalton rentraient à pied du cinéma, Pierre-Paul avait suggéré d'interchanger les couples, comme ça, juste pour voir. La tête de Louise arrivait à l'épaule de Pierre-Paul, celle d'Esther à la mienne. N'était-ce pas plus harmonieux ainsi ?

Il était bien vu, à cette époque, de prôner la liberté la plus totale en toute matière, et personne n'aurait osé admettre être possessif. Nous ne voyions donc aucun inconvénient à joindre le geste à la parole et à marcher main dans la main. Je ressentais évidemment un plaisir trouble à prendre la main d'Esther et même, parfois, quand nous avions un peu trop bu, à la tenir par la taille. Pierre-Paul et Louise en faisaient autant sans que je ressente le moindre soupçon de jalousie. Nous étions même très fiers de défier ainsi les conventions.

C'était vite devenu une habitude. Pendant quelques mois, aucune de nos longues promenades n'échapperait à ce rituel. Cela n'allait pas plus loin cependant. L'époque avait beau être propice aux expériences, nul ne se sentait obligé de les essayer toutes, et les portes des chambres se refermaient sur des couples tout à fait conventionnels. Comme nous y entrions en même temps et dans les mêmes dispositions, il arrivait souvent cependant, l'acoustique du vieux logement étant ce qu'elle était, que soupirs et grognements se confondissent de fort troublante façon.

**

Six mois avant la fin de notre second bail, Jacques nous avait officiellement annoncé ce que nous avions tous pressenti : le bilan de notre cohabitation était globalement positif, mais il était temps de passer à une autre étape.

Esther et Louise avaient été profondément choquées par cette annonce. Chaque fois que nous en parlions, tous les quatre, elles s'entendaient comme larronnes en foire pour dénoncer l'attitude méprisante de Jacques et de Christine, leur langage pompeux et la vision profondément conservatrice du couple qu'ils déguisaient sous des dehors révolutionnaires. Bien que sensibles à ces arguments, Pierre-Paul et moi les défendions du bout des lèvres.

Les discussions étaient interminables : fallait-il choisir comme modèle de couple la version fermée, style Aragon et Elsa, ou le modèle ouvert, comme Jean-Paul Sartre et Simone de Beauvoir ? Fallait-il rejeter au contraire tous les modèles et jusqu'à la notion de couple elle-même ? Seule la Révolution permettrait d'établir les bases objectives sur lesquelles les nouveaux rapports amoureux pourraient enfin s'épanouir, c'était là une vérité si évidente qu'elle ne méritait pas d'être discutée, mais que faire en attendant ? Avions-nous la responsabilité d'ouvrir de nouvelles fenêtres sur l'avenir et, en l'occurrence, lesquelles ? Et en quoi la notion de couple était-elle bourgeoise, au juste ? Qui sait si nous n'y reviendrions pas, une fois la révolution accomplie ?

Ces interminables discussions débouchaient invariablement sur la même décision : que Jacques et Christine fassent ce qu'ils veulent, nous garderons le logement, un point c'est tout. Le besoin que nous ressentions de reprendre soir après soir la même discussion et de la terminer en réaffirmant toujours plus haut la même décision aurait dû nous inquiéter, comme aurait dû nous inquiéter davantage le départ de Jacques et de Christine. Sans le vouloir, ils avaient admirablement représenté le modèle du couple-stable-qui-sait-ce-qu'il-veut-et-où-il-va. Bien plus que de repoussoir, il nous avait servi, inconsciemment, de garde-fou. Avec leur départ, tout devenait possible.

Une semaine après l'annonce, Esther et moi allons ensemble revoir *Le charme discret de la bourgeoisie*. Cela n'a rien d'exceptionnel ni d'anormal. Pierre-Paul et Louise en font autant, parfois, quand les hasards de nos horaires irréguliers ménagent de belles coïncidences.

Rien d'anormal non plus à ce que nous rentrions au logement main dans la main et que nous nous installions au salon pour fumer un petit joint en écoutant de la musique. B. B. King fait pleurer Lucille sur le vieux *pick-up* et l'herbe est tellement forte qu'elle rend difficile toute conversation suivie. Nous la continuons par d'autres moyens.

(Un accident, ce ne peut être qu'un accident, gardons le secret, inutile de faire du mal aux autres, une mauvaise herbe a poussé dans notre jardin secret, arrachons-la et qu'on n'en parle plus. Il faut en reparler, au contraire, ne leur devons-nous pas toute la vérité ? Non, il ne faut rien dire, tu le jures ? Je le jure.)

Mais Esther est là, le soir, quand Pierre-Paul travaille et que je ne travaille pas ; l'après-midi, quand nous n'avons pas de cours ; et partout dans mes rêves et sur chaque tuile de l'asile quand s'y promène ma vadrouille et sur chacune de mes feuilles de notes de cours et il est difficile de ne rien dire je le jure, je le jure.

Nous allons encore au cinéma tous les quatre, tenant par la main et par la taille la partenaire de l'autre. (Il ne faut rien changer à nos habitudes pour ne pas éveiller les soupçons.) Et sa main est si chaude, la pression si douce...

***

Nous sommes tous les quatre assis au salon. Cartes sur table. Le discours est bien préparé, Esther et moi sommes tous deux imprégnés de générosité coupable : nous sommes désolés, nous ne vous voulons aucun mal, bien au contraire, ce n'est la faute de personne...

La discussion qui suit n'a rien de théorique, il n'est pas question de Révolution, et encore moins de Jean-Paul Sartre et de Simone de Beauvoir.

À la fin de la soirée, Esther remballe ses affaires et déménage chez deux amies qui partagent un logement rue Boyer, tout près.

Louise n'a nulle part où aller. Nous passons la nuit ensemble dans mon petit lit qui n'a jamais été aussi inconfortable, à parler, parler et encore parler et aussi à faire l'amour, parce que ce n'est pas possible que ça se termine, ce n'est pas possible, elle y met tant de rage que je me sens emporté par une tornade, je ne comprends plus rien ni à moi ni aux autres ni à la vie ni à rien, je l'aime encore mais je ne l'aime plus, je ne l'ai jamais aimée mais j'étais sur le point d'y arriver, je l'aime et j'aime l'autre, j'ai peur, j'ai froid, je me sens sale, laid, hypocrite, traître, visqueux, veule, lâche, adulte.

Je suis certain que la Bible a été censurée et que Yahvé le Grand Sadique, le jour où il a chassé Adam et Ève du Paradis, ne les a pas condamnés seulement à enfanter dans la douleur et à gagner leur pain à la sueur de leur front mais surtout à choisir, choisir, toujours choisir. Ce n'est pas l'écho du Big Bang qu'entendent les astronomes dans la nuit mais celui de Son rire.

***

Jacques n'a jamais été aussi tranquille pour tenir ses réunions du groupe de lecture. Esther revient parfois au logement, quand elle est absolument certaine que Pierre-Paul n'y est pas, mais nous préférons nous rencontrer chez elle, même s'il faut pour cela attendre que ses deux amies veuillent bien faire semblant d'aller au cinéma.

Louise a déménagé dans un demi-sous-sol, à l'autre bout de la ville, pour être seule.

Pierre-Paul m'évite autant qu'il peut.

Jacques et Christine nous servent d'intermédiaires et de confidents, rôle pour lequel ils sont doués malgré eux : ne pouvant se référer à aucun principe marxiste, ils sont obligés d'écouter. Ni lui ni Christine n'osent prendre position, mais ils y trouvent sans doute leur compte. Les couples se renforcent souvent des échecs des autres, c'est leur côté charognard.

Rue Saint-Hubert, les soupirs se font rares.

***

Un mois avant le déménagement, comme je rentre à la maison plus tôt que prévu, je surprends Louise, en petite tenue, entrant dans la chambre de Pierre-Paul.

Je savais qu'ils se voyaient parfois pour essayer de comprendre, pour casser du sucre sur notre dos ou pour se consoler, je ne sais trop, mais j'étais loin de me douter que leur rapprochement allait les entraîner jusque-là.

Je ferme la porte de ma chambre, essaie de m'endormir, en vain. Leurs soupirs et leurs grognements me semblent nettement exagérés.

***

J'ai ramené la remorque U-Haul à l'agence de location, la Chrysler chez mes parents, puis je suis retourné chez moi en métro.

Je n'entre pas tout de suite aider Esther à déballer les boîtes. Je reste là à regarder encore une fois l'érable qui fait de l'ombre sur le petit balcon. Mon petit balcon. Notre petit balcon.

Chez moi, chez nous, enfin. Pour cent dollars par mois, Esther et moi avons le droit de nous enfermer à jamais dans nos quatre petites pièces en enfilade, au deuxième étage d'une vieille maison. Bureau, chambre, salon, cuisine. Rien qu'elle et moi. Je devrais me sentir heureux, mais je dois prendre de grandes respirations pour calmer l'immense trac qui me noue les tripes.

Respirer profondément et me répéter que je sais ce que je suis, que je sais ce que je veux.

Je ne sais pas remplacer une prise électrique défectueuse, nettoyer un carburateur ou raboter une porte, mais j'apprendrai, comme j'apprendrai aussi tout ce que j'ignore encore des tâches ménagères. Je serai le maître incontesté du pliage des draps contour, du récurage de la salle de bains et de la cuisson des artichauts. Je ferai pousser des fines herbes dans ma fenêtre. J'envisage même de me mettre à la couture et au crochet. Je ferai plus que ma part, contribuant ainsi, à ma manière, à redresser le déséquilibre historique. Notre couple sera lumineux, exemplaire, comme une fenêtre ouverte sur l'avenir des relations humaines.

Je ferai des exercices pour développer mes biceps et mes abdominaux, je cesserai de fumer, je n'abuserai pas de l'alcool, j'obtiendrai un doctorat en histoire, les discussions que j'aurai avec Esther seront toujours enrichies de connaissances nouvelles, je serai drôle pour que jamais elle ne s'ennuie, je n'oublierai aucun de ses anniversaires et je lui ferai toujours des cadeaux spectaculairement originaux. Je serai toujours attentif à ce qu'elle dit et à ce qu'elle est, je réprimerai mes bâillements quand nous irons chez ses parents, je lui dirai toujours la vérité, toute la vérité, rien que la vérité.

Je lirai des traités de sexualité pour développer mes compétences, j'étirerai les préliminaires jusqu'à ce qu'elle n'en puisse plus, je varierai les positions pour que jamais nos relations ne soient ternies par la routine, je tiendrai le coup le plus longtemps possible pour que nos orgasmes soient simultanés et, le cas échéant, je manipulerai toujours son clitoris avec la plus méticuleuse délicatesse.

Ce ne sont pas des rêves, ni de ces résolutions qu'on oublie au lendemain du jour de l'An, ni de vagues promesses, mais des évidences, de simples évidences. Rien n'est plus facile que de réussir une vie de couple. Il suffit de savoir quoi faire, et je le sais. Comment expliquer alors que j'aie encore le trac en montant l'escalier?

Respirer profondément, puis aider Esther à installer les rideaux qui nous cacheront du monde entier.

QUATRIÈME PARTIE

ALLENDE

CHAPITRE

28

Outre son heureux prénom, Salvador Allende avait une bonne bouille de grand-papa gâteau, comme Khrouchtchev et le pape Jean XXIII. On lui aurait donné le Bon Dieu sans confession et la présidence du Chili sans élections. Il avait pourtant remporté les suffrages, le plus tranquillement du monde, sans qu'une seule goutte de sang ait été versée, et avait aussitôt entrepris un vaste programme de réformes. Ne pouvant tolérer de laisser fleurir le socialisme sur leur continent, les Américains avaient organisé un coup d'État et liquidé Allende, commettant ainsi la pire erreur de leur histoire.

El pueblo unido jamas sera vincido. Le soir même du coup d'État, vingt mille Chiliens scandaient ce slogan, rassemblés devant le palais présidentiel. Ils étaient cent mille le lendemain, un million le surlendemain. Armés parfois de simples fourches, parfois de mitrailleuses volées dans les casernes, ils avaient attaqué le palais, massacré les partisans de Pinochet et rétabli le pouvoir du parti de l'Unité populaire. Les Américains avaient mordu la poussière.

Un an plus tard, le chômage avait disparu, les prix avaient diminué de moitié et les salaires triplé. L'exemple chilien était irrésistible et bientôt la révolution pacifique allait s'étendre, comme un feu de brousse, à toute l'Amérique latine. Pérou, Bolivie, Brésil, Argentine, il ne se passait pas un mois sans que le peuple manifeste devant les palais présidentiels pour réclamer des élections. Quelques dirigeants corrompus essayaient bien, parfois, de résister, notamment à Panama, mais la plupart fuyaient lâchement. Dans tous les ports d'Amérique latine, le peuple en liesse se massait sur les quais pour assister au départ précipité de ces immenses yachts blancs qui allaient errer longtemps sur les mers, à la recherche d'un improbable refuge.

Les Américains essayaient d'endiguer le mouvement, en pure perte. Tentaient-ils de bloquer le canal de Panama que Vietnamiens et Cambodgiens, à l'autre bout du monde, se lançaient dans une nouvelle offensive. Comme ils se trouvaient privés des matières premières et des formidables profits qu'ils puisaient de l'exploitation du tiers monde, les empires capitalistes s'effondraient. Mao avait raison : le géant avait des pieds d'argile.

En France, Jean-Paul Sartre et Simone de Beauvoir avaient noyé l'Assemblée nationale d'une pétition si longue que les élections étaient devenues superflues. Les partis de gauche, oubliant pour une fois leurs désaccords, s'étaient dissous pour se fondre dans un nouveau Parti d'Unité populaire, qui avait aussitôt pris le pouvoir.

Allemagne, Grèce, Portugal, Québec, un à un les dominos tombaient. Les Américains, dépassés par les événements, allaient finalement se rendre à la raison. Auraient-ils voulu intervenir qu'ils ne l'auraient pas pu : leur armée, jadis si puissante, n'était plus composée que d'une poignée de vieux généraux nostalgiques dirigeant quelques jeunes, recrutés parmi les faibles d'esprit.

Dix ans à peine après le coup d'État raté du Chili, la révolution mondiale était achevée. À Washington, les touristes se pressaient devant la statue du président Allende qu'on venait tout juste d'ériger, en face de la Maison-Blanche. Et tous, sans doute, dans le secret de leur conscience, se posaient la même question : les événements se seraient-ils produits aussi rapidement si Allende n'avait pas eu une si bonne bouille et si Pinochet n'avait été aussi laid ?

Oui, bon, d'accord, il y avait eu un hic quelque part. Et pourtant...

***

Dans une représentation moderne de la Passion, un metteur en scène digne de ce nom aurait refusé d'engager Pinochet dans le rôle de Judas, non parce qu'il ne correspondait pas au personnage du traître, mais au contraire parce qu'il y correspondait trop. Le public n'y aurait pas cru. Ses verres fumés, sa casquette nazie, sa collection de médailles et même son patronyme, franchement ridicule, tout cela tenait de la caricature, voire de la surcharge. Même sa moustache paraissait postiche. La CIA aurait-elle voulu nous provoquer qu'elle n'aurait pas agi autrement. « Vous voulez faire l'amour et pas la guerre ? Comme vous voudrez, belle jeunesse. En attendant, ce sont les salauds qui gagnent. »

Trois mois après le coup d'État, Pinochet venait nous narguer, chaque soir, sur nos écrans de télé, toujours aussi laid, toujours aussi provocant. Contre toute attente, le *pueblo unido* avait quand même été *vincido*.

À l'autre extrémité du continent, dans notre université populaire, pas un corridor, une table de cafétéria, une salle de classe où ne se tenaient des discussions enflammées. Trop heureux de ne pas avoir à donner les cours qu'ils n'avaient pas eu le temps de préparer, les professeurs, pour la plupart de simples chargés de cours engagés à la dernière minute, nous laissaient le champ libre.

Micheline, une révisionniste qui travaillait à la librairie du Parti communiste du Québec, soutenait que l'impérialisme américain était seul responsable de cette défaite. Bernard et Lloyd, principaux porte-parole de factions trotskystes rivales, contestaient aussitôt cette position : il fallait aussi condamner Allende, quoique dans une moindre mesure, puisqu'il était coupable d'avoir tenté de construire le socialisme dans un seul pays, au détriment de la révolution permanente. Les véritables marxistes-léninistes prétendaient quant à eux que Pinochet ou

Allende, c'était blanc bonnet et bonnet blanc, l'impérialisme américain et le social-impérialisme soviétique étant les deux principaux ennemis des peuples du monde. Telle était la position soutenue tant par Lorraine, qui écoutait Radio-Tirana sur ondes courtes, que par François, qui lisait assidûment le *Pékin-Informations*, de même que par Christopher, que tout le monde craignait parce qu'on le disait très proche du comité central du soi-disant parti soi-disant marxiste-léniniste, dont les services d'ordre étaient terrifiants.

J'avais un peu de mal à les suivre lorsque, poursuivant leur argumentation, ils affirmaient que le social-impérialisme était un peu plus dangereux que l'impérialisme américain. Fallait-il en conclure que Pinochet était un peu moins pire qu'Allende, tout compte fait ?

La discussion débordait inévitablement sur la nature du régime soviétique. Devait-on parler de véritable socialisme, de socialisme dégénéré, de capitalisme d'État ? En quelle année, au juste, le capitalisme y avait-il été restauré ? Staline avait-il toujours gardé le cap, malgré quelques erreurs de parcours ?

Les décibels montaient encore lorsque nous abordions la question nationale : les ouvriers québécois et canadiens devaient-ils s'unir contre leur ennemi principal, la bourgeoisie canadienne ? Pouvions-nous par ailleurs parler d'une bourgeoisie nationale ou n'avions-nous pas plutôt affaire à une bourgeoisie *compradore* ? Fallait-il l'affronter en même temps que l'impérialisme américain ou envisager des batailles séparées, quoique dialectiquement liées ?

Les autres étudiants, marxistes non alignés ou anarchistes réfractaires à tous les groupes précédents, participaient un peu moins à ces passionnantes discussions, mais chacun y mettait son grain de sel. La seule personne qui, à ma connaissance, n'avait jamais soufflé mot était une jeune fille timide et réservée, assise au fond de la classe. À sa décharge, il faut dire qu'Isabel maîtrisait mal le français, venant tout juste d'immigrer du Chili.

***

Notre université n'était en fait qu'un ancien entrepôt délabré qu'on avait transformé en toute hâte, ajoutant çà et là des cloisons délimitant les salles de classe et les bureaux des professeurs. Il n'était pas rare que les cours soient interrompus par un étrange vacarme provenant des murs et des plafonds, dans lesquels les rats tenaient des rallyes. À en juger par le bruit, on avait affaire à de véritables mastodontes. Vérité ou fiction, ces récits de rencontres inopportunes dans les toilettes? Quoi qu'il en soit, celles-ci n'étaient utilisées qu'en cas d'extrême urgence et tous surveillaient leurs arrières. Jamais pourtant je n'aurais songé à m'inscrire à l'autre université, sur la montagne. Je ne leur enviais ni leurs bâtiments ni leurs arbres, et encore moins leurs professeurs séniles. Notre université était peut-être improvisée, mais elle était populaire et bouillonnante.

J'aimais bien ces débats, mais les cours, en revanche, étaient d'un ennui mortel. J'aurais voulu entendre parler d'Attila, des Vikings, des Mayas, des Kurdes et des Arméniens, de massacres, de guerres et de morts, et je devais me contenter des premières conventions collectives du syndicat des typographes, de l'influence des tramways sur le développement de Montréal et de celle des chemins de fer sur la Confédération canadienne. Je me surprenais parfois à rêver d'une vieille université anglaise, gothique jusque dans ses moindres recoins. Le temps s'y serait arrêté quelque part au Moyen-Âge, par une nuit brumeuse et froide, et j'y aurais fréquenté un étrange peuple composé de chauves-souris savantes et de doctes hiboux, accumulant des tonnes de connaissances délicieusement inutiles que j'aurais pris un soin jaloux à ne jamais divulguer.

Je tenais le coup, malgré tout. Je tenais le coup parce que le travail qu'on me demandait était facile, que je n'avais rien de mieux à faire de mes dix doigts, que je ne voulais pas finir mes jours à passer la vadrouille dans les corridors de Saint-Jean-de-Dieu et parce qu'Esther tenait le coup, elle aussi. Quelle que soit la matière qu'on étudie, l'université ne décerne-t-elle pas toujours que des diplômes de ténacité?

**

Après quelques heures de discussions et de courses de rats, je montais dans ma petite automobile et je me dirigeais vers le parc Lafontaine. Il y avait là, parmi les arbres, une ancienne école normale qui avait été annexée par la nouvelle université démocratique et populaire. Esther aimait bien que j'aille l'y rejoindre, quand nos horaires nous le permettaient, avant de rentrer tranquillement à la maison.

Ce n'était pas tant pour lui éviter un court voyage en autobus que je tenais à aller la chercher, ni pour décourager d'éventuels concurrents, mais pour mieux me convaincre que j'avais fait le bon choix.

Je ne me donnais même plus la peine de faire un détour, parfois, pour jeter un coup d'œil au logement où avait habité ma sorcière. À quoi bon? Il y avait longtemps qu'elle ne vivait plus dans le quartier. Disparue, déménagée, envolée, partie sans laisser d'adresse, une fois de plus. Avait-elle seulement existé, d'ailleurs? Qui sait si l'adolescence, entre autres dérèglements hormonaux, ne suscite pas la sécrétion d'une sorte de glu, dans le cerveau, une glu épaisse sur laquelle viennent se coller des images qui nous hantent longtemps, sans qu'on sache jamais pourquoi, et qu'on finit par croire importantes alors qu'elles n'ont comme seule qualité que leur persistance?

CHAPITRE

29

Jacques et Christine avaient été les premiers à se marier. Un vrai mariage, avec curé déguisé en curé, confetti, bouquetière, photographe professionnel, gâteau à étages surmonté de figurines en plastique et automobiles enrubannées.

Les parents de Christine avaient essayé d'éviter le quétaine intégral en louant, plutôt qu'une vulgaire salle de réception du boulevard Taschereau, la salle principale d'une vieille auberge du Vieux-Montréal où les serveurs, disaient-ils, étaient *stylés*. Mais à trop vouloir travestir le quétaine, on ne réussit qu'à le dénaturer, à lui enlever ce qu'il peut avoir d'admirable.

Jacques et Christine n'avaient pas semblé en être contrariés outre mesure. Assis à la table d'honneur, ils s'étaient embrassés docilement au moindre tintement de verres. Jacques avait ensuite invité à danser toutes les tantes obèses, tandis que Christine en avait fait autant avec les oncles, qui avaient rempli son corsage de billets de vingt dollars.

Les organisateurs avaient cru bon d'installer les amis de Jacques à une même table : Charles, le cadavre ambulant de son groupe de lecture, Pierre-Paul, Louise, Esther et moi. On ne pouvait faire pire mélange.

Pierre-Paul et moi arrivions presque à être sur la même longueur d'onde tant que nous nous bornions à échanger des blagues convenues : les jeunes mariés avaient-ils reçu en cadeaux de noces un nombre suffisant de housses à grille-pain pour en changer chaque jour de la semaine ? Pourquoi, dans le rituel des mariages, les tantes ne mettaient-elles pas de billets de vingt dollars dans la braguette du marié ? Charles, qui n'avait jamais entendu à rire, nous avait fait la leçon en citant Lénine qui, aux premiers temps du parti bolchevique, avait suggéré à ses camarades d'épouser de riches héritières. Il n'y a pas de petit profit quand il s'agit de financer la création du parti. Bon, d'accord...

Louise avait ensuite vainement tenté de mettre la conversation sur d'autres rails. Contaminée par ce que Pierre-Paul appelait pompeusement son «regard sociologique», elle avait fait remarquer à Charles que les trois vieux amis avaient passé leur enfance en banlieue et qu'ils avaient tous trois choisi pour compagne des filles issues, elles aussi, de ce milieu. Charles avait semblé intéressé, pas moi. Ce genre de considération me laisse de glace : tiens, oui, c'est vrai, je n'avais pas remarqué, et alors ? On m'a expliqué depuis qu'il y a de meilleures façons de relancer une conversation.

J'aurais préféré qu'on parle de Jacques. Son père était un ennuyeux comptable qui n'avait comme seul loisir que de laver son automobile, sa mère une ménagère rongeuse de balustrades, pourquoi donc était-il si important pour lui de se réconcilier avec sa famille ? N'était-il pas, sous ses dehors révolutionnaires, le plus conservateur de nous tous ?

— Tu es mal placé pour parler, répond Louise. Tu critiques tout, mais ce que tu cherches, au fond, c'est un *contexte* pour ne rien faire.

— Tu veux dire un prétexte ? demande Pierre-Paul.

— C'est ce que j'ai dit, avait répliqué Louise, empourprée. Pourquoi te sens-tu obligé de répéter ce que je viens de dire ?

— Je n'ai pas répété, j'ai corrigé, nuance.

La suite de la conversation, quoique fertile en rebondissements inattendus, ne mérite pas d'être rapportée *in extenso*. Pierre-Paul avait commis une grossière erreur en reprenant Louise en public et n'allait pas s'en tirer sans laisser quelques plumes. Il aurait été préférable pour lui de ronger son frein, j'aurais pu lui en glisser un mot, mais, bon... Je lui suis tout de même reconnaissant de m'avoir évité de réagir à sa remarque.

Je me suis tourné vers Esther, qui caressait son verre. Elle aurait voulu danser, je pense, mais ne se trouvait pas de partenaire. Ne tenant pas outre mesure à me couvrir de ridicule, je ne danse jamais. Charles ne connaissait aucune citation de Karl Marx approuvant la danse et préférait en conséquence s'abstenir. Elle aurait pu demander à Pierre-Paul, mais, bon.

Si quelqu'un m'avait proposé de consommer quelques buvards et de faire un scandale en construisant une pyramide géante de purée de pommes de terre, j'aurais accepté volontiers. Je m'ennuyais tellement que j'en avais mal au ventre, et c'est d'ailleurs le prétexte que j'avais trouvé pour m'éclipser avant la fin de la réception : je n'aurais pas dû prendre une deuxième portion du gâteau de noces, veuillez m'excuser. Il a fallu bien des années avant que Jacques me pardonne.

***

Pierre-Paul et Louise s'étaient mariés, eux aussi, quelques mois plus tard, dans la plus stricte intimité. C'est du moins ce que je suppose : ils ne nous avaient pas invités.

***

Et je me suis marié à mon tour, le 21 mai 1973. Rien ne m'y obligeait.

Jacques et Pierre-Paul avaient ouvert la voie, bien sûr, mais je persiste à croire que mon mariage a plutôt été l'aboutissement d'une addition d'objets hétéroclites ou encore, en termes marxistes, d'un processus d'accumulation entraînant, à terme, un saut qualitatif.

Esther était en effet la plus jeune d'une famille de cinq enfants. Ses frères et sœurs étaient tous mariés ou presque, ils avaient de bons emplois, un sens très poussé de l'entraide familiale et de grosses automobiles dans lesquelles ils pouvaient entasser tous les surplus accumulés depuis leur mariage. Nous n'étions pas aussitôt installés dans notre petit logement qu'ils débarquaient tour à tour avec une quantité considérable d'objets aussi disparates que laids. Draps fleuris, rideaux de douche, presse-agrumes électrique, plat à fondue en céramique, téléviseur, fausse lampe Tiffany, nappes de plastique, collection complète de verres à moutarde, sans compter l'inévitable grille-pain et sa housse. J'étais ravi de profiter de ces aubaines qui nous permettaient de défier la société de consommation en prolongeant la vie des valeurs d'usage, et ravi aussi que notre logement ressemble à un capharnaüm.

Esther était bien de mon avis, du moins jusqu'à ce qu'éclate notre premier différend à propos des verres à moutarde. Elle les jugeait très commodes pour se rincer la bouche, à la rigueur pour boire de l'eau, mais certainement pas pour y servir du vin. Personne n'ayant songé à nous offrir ni verres, ni coupes, ni flûtes, il faudrait donc en acheter. Je m'étais opposé à cette idée : les verres à moutarde me convenaient parfaitement, surtout pour y boire du vin et particulièrement quand nous avions des invités. Nous affirmions ainsi, et à très bon compte, notre mépris le plus total pour les valeurs bourgeoises.

Bravo pour le renversement dialectique, avait répliqué Esther, mais nous n'avions pas à manquer de respect envers nos invités, d'ailleurs Jacques et Christine ont acheté des verres à vin eux aussi et ils n'en sont pas morts, alors ?

D'abord ce n'est pas vrai, Jacques et Christine ont reçu leurs verres en cadeau de mariage, c'est différent, les auraient-ils acheté que ça n'aurait rien changé, nos invités devraient être heureux qu'on respecte leur intelligence, et puis nous avons un stock considérable de verres à moutarde, pourquoi ne pas attendre qu'ils soient usés avant d'en acheter d'autres?

Esther ne voulait rien entendre. Il lui fallait absolument des verres convenables, un point c'est tout. J'ai fini par céder et je lui ai proposé d'aller en acheter en solde dans un grand magasin. Il n'en était pas question. Esther voulait non seulement des verres, mais de beaux verres, donc chers. Nouveau différend : je dénonce son snobisme, elle ironise à propos de mon avarice, bon, nous n'allons pas nous disputer pour si peu, allons acheter les verres si tu y tiens.

Il y eut ensuite l'épisode de la nappe tissée qu'elle avait vue à la centrale d'artisanat, une très belle nappe sans doute mais qui n'était même pas lavable à la machine et dont nous n'avions nul besoin puisque nous avions hérité d'une quantité considérable de nappes de plastique, et d'ailleurs qu'avions-nous besoin d'une nappe, mais, bon, va pour la nappe. Et pour le chandelier en terre cuite dont les teintes s'harmonisent si bien avec la nappe, tant qu'à y être. Et pour l'ensemble de casseroles en fonte émaillée importées de France, et pour le vase, tu ne veux tout de même pas qu'on mette les fleurs dans un bocal de café instantané, non?

Je fais preuve de mauvaise foi, bien sûr, en suggérant qu'Esther était la seule responsable de tous ces achats. En cédant facilement, je m'attendais évidemment à ce qu'elle en fasse autant quand je suggérais que nous nous offrions une chaîne stéréo, pour notre premier Noël, et une Mini Austin, l'été suivant.

Nous avons amassé les objets à un tel rythme que nous avons vite appris à gérer nos différends, si bien que nous ne ressentions bientôt même plus le besoin de tout justifier. C'est à peine si nous avions l'impression, en réglant les factures, d'être deux adolescents jouant aux adultes.

Il était devenu difficile de circuler dans notre petit logement et nous avions tant de factures à payer que toute tentative de partage aurait été vaine. N'y avait-il pas une manière plus économique et plus franche d'affirmer que nous voulions vivre ensemble?

***

Nous nous sommes mariés le 21 mai 1973, au Palais de justice de Montréal, dans la plus stricte intimité. En guise d'alliances, nous avions acheté dans un bazar indien deux joncs de pacotille. J'aurais préféré des bagues de plastique offertes en prime dans les boîtes de Cracker Jacks, mais on n'y trouvait à ce moment-là que des sifflets. Aussitôt après la cérémonie, nous les avions jetés dans une corbeille à papiers, dans le hall du Palais. J'en avais profité pour me débarrasser de ma cravate. Mort aux symboles.

Nos parents, qui nous avaient servi de témoins, avaient eu beau nous tordre le bras, nous avions refusé fièrement toute invitation à aller manger au restaurant. En leur serrant la main avant de les quitter, nous nous étions simplement excusés de leur avoir fait perdre leur temps pour ces vaines formalités.

Nous étions ensuite allés nous promener dans les rues du Vieux-Montréal, fiers de notre conduite, et nous répétant à chaque pas que rien n'avait changé, somme toute.

Nous nous sommes ensuite arrêtés à une terrasse, où nous avons commandé un pichet de bière que nous n'avons jamais terminé. Nous étions là, face à face, nous évertuant tellement à rester superficiels que nous ne trouvions rien à nous dire.

Et puis nous étions revenus sur nos pas, un peu
honteux, pour offrir à un public composé de juges,
d'avocats et de policiers le spectacle de deux jeunes
mariés fouillant dans les poubelles du Palais de justice, à la
recherche d'une affreuse cravate psychédélique et de deux
joncs de pacotille.

CHAPITRE

30

J'imagine souvent mon père en vieux médecin, dans une nouvelle de Guy de Maupassant. La scène se passe au cœur de l'hiver, dans une petite auberge où sont réunis un notaire de province, un curé, un fossoyeur et un écrivain. On s'inquiète de l'absence du vieux médecin, dernier membre de ce curieux cénacle, tandis que la tempête fait rage. La neige mêlée de grésil vient battre du tambour sur les carreaux couverts de givre, le feu crépite dans l'âtre et l'inquiétude gagne même l'aubergiste qui, chaque fois qu'il retourne à la cuisine remplir la cruche de vin, s'attarde à la fenêtre, scrutant la nuit blanche dans l'espoir d'y apercevoir enfin la voiture du médecin. Depuis vingt ans, jamais celui-ci n'avait manqué une de ces réunions. Lui serait-il arrivé malheur ?

Quand l'horloge sonne dix heures, les convives, la mort dans l'âme, s'apprêtent à tenir quand même leur réunion lorsque la porte s'ouvre enfin : le vieux médecin entre, accompagné d'une bourrasque de neige.

— Veuillez me pardonner, un accouchement difficile... Aubergiste, un grog, vite, et que la réunion commence !

L'aubergiste se précipite aux cuisines et prépare le grog en toute hâte. Il ne veut rien manquer, lui non plus, des histoires que vont raconter ses hôtes.

La conversation prend différents tours, légal d'abord, grâce au notaire qui régale l'assistance de quelques bizarreries testamentaires, religieux ensuite, alors que le curé trahit d'étranges secrets de confessionnal, et lugubre enfin, quand le fossoyeur fait le récit de quelques mémorables enterrements.

L'horloge sonne minuit quand le vieux médecin prend enfin la parole. L'aubergiste s'approche subrepticement de la table, de façon à ne rien manquer, tandis que le médecin allume tranquillement sa pipe.

« L'histoire que je veux vous raconter aujourd'hui n'est pas à proprement parler une histoire médicale, quoique la biologie y joue un rôle important, de même d'ailleurs que la chimie et la physique. Elle intéressera sûrement notre ami le fossoyeur, qui en retirera une importante leçon, de même que notre ami le curé, à qui je recommande la plus extrême prudence... C'est sûrement une des histoires les plus macabres qu'il m'ait été donné d'entendre, tant et si bien que j'hésite encore à vous la rapporter. »

Le vieux médecin tire quelques bouffées de sa pipe, s'humecte le gosier, fait mine d'hésiter, puis se lance enfin dans son récit. Maupassant n'a plus qu'à ouvrir les guillemets en toute confiance.

***

Il n'y a évidemment ni aubergiste dévoué, ni bûche crépitant dans la cheminée, ni vieille horloge quand mon père nous raconte ses histoires, à la fin du repas. La cuisine du *bungalow* de mes parents est éclatante de lumière en cette fin de mai. Tout est propre, moderne, y compris la distribution des rôles : c'est mon père qui a fait cuire le rôti et ma mère qui le découpe avec un couteau électrique.

Pendant le repas, nous discutons sans trop de conviction des sujets de l'heure : Watergate, Wounded Knee, Commission d'enquête sur le crime organisé. Un repas ennuyeux, comme d'habitude. Esther et ma mère n'ont aucun atome crochu et la conversation est polie, sans plus. Ma mère, perfide, ne rate d'ailleurs jamais une occasion de s'informer de Louise.

Ce n'est qu'au moment du café qu'il se produit un événement digne de mention. Mon père prend son air mystérieux des grands jours, nous avertit qu'il a quelque chose d'étonnant à nous montrer et descend dans son bureau. Il remonte quelques instants plus tard avec un exemplaire du *National Geographic Magazine*, le feuillette, puis met sous le nez d'Esther une photo qui lui fait écarquiller les yeux. Comme atteinte d'un haut-le-cœur, elle me tend aussitôt la revue.

— Qu'est-ce que c'est? Une momie?

— Mieux que ça, répond mon père en allumant sa pipe. Une momie vivante!

Ma mère m'arrache presque la revue des mains tandis que mon père nous explique de quoi il retourne : certains moines japonais, en pratiquant une sorte de yoga très poussé et en jeûnant pendant une dizaine d'années, en arrivent à avoir une allure de momie, ce pour quoi ils consomment d'ailleurs une espèce de vernis pour que leur peau ait un fini craquelé et transparent. Ils se font ensuite enterrer vivants au fond d'une tombe et, chaque soir, manifestent leur présence en tirant sur une ficelle reliée à une clochette.

J'imagine une promenade dans ce cimetière, à la nuit tombée. Les tintements des clochettes dans le silence, la brume, le paysage sans horizon des peintures orientales...

La nuit vient de tomber sur la banlieue et la cuisine moderne se transforme en vieille auberge. Mon père nous aurait-il montré ces photos dans le seul dessein de préparer le terrain pour l'histoire qui allait suivre? À le voir épier nos réactions en tirant sur sa pipe, je l'en devine bien capable. Il nous fait languir encore quelques instants, puis commence enfin son récit.

— Ça me fait penser à une histoire que mon grand-père me racontait, quand j'étais jeune. Une histoire vraie, qui s'était passée dans son village, devant de nombreux témoins. Je ne sais pas si je devrais vous la raconter...

— Pas ton histoire de vieille femme enterrée vivante, j'espère ? demande ma mère. On la connaît par cœur...

— Non, pas celle-là. Une histoire bien pire, même toi tu ne l'as jamais entendue.

Ma mère et moi savions à quoi nous en tenir à propos du village du grand-père, qui avait été affligé d'une bien curieuse malédiction. Chacun de ses habitants semblait en effet avoir été destiné à y mourir d'une façon bizarre ou atroce. Il y avait longtemps d'ailleurs que le nombre des décès avait dépassé la population probable de ce village jamais nommé, mais mon père commençait toujours ses récits de la même façon : c'était une histoire qui était réellement arrivée, devant de nombreux témoins. Ma mère le picossait un peu à ce sujet avant de le laisser commencer. Devant Esther, qui ne savait rien de ce rituel familial, elle n'a toutefois pas insisté.

— C'est l'hiver, et l'église du village est bondée. Il fait tellement froid que le bedeau n'arrive pas à ouvrir les fenêtres, coincées dans la glace. Quand une telle chose lui arrive, il demande habituellement l'aide du croque-mort, un des hommes les plus forts du village, mais le croque-mort, malheureusement, n'est pas en état de l'aider. Il est tellement soûl qu'il s'est endormi sur son banc, au fond de l'église. Depuis deux semaines, d'ailleurs, il n'a pas dessoûlé, si bien qu'on le soupçonne de bâcler son travail, et même de ne pas le faire du tout.

Au centre de l'église, il y a un cercueil, un immense cercueil en chêne, celui où repose le maire du village, un homme prospère dans tous les sens du terme. Il était en fait tellement gros que le cercueil, fait sur mesure, était un cube presque parfait. Le maire devait peser tout près de quatre cents livres. Un homme inoubliable, particulière-ment pour les pauvres porteurs, qui avaient d'ailleurs échappé deux fois le cercueil en montant l'escalier glacé et qui souhaitaient que le curé étire son sermon, de manière qu'ils aient le temps de refaire leurs forces.

Faut-il croire cette rumeur selon laquelle le croque-mort avait commencé à boire aussitôt qu'il avait appris que le maire était atteint d'une maladie incurable? Les croque-morts, c'est bien connu, n'aiment pas les obèses.

Le curé fait sa petite affaire, à l'autel. Il boit son vin, découpe son hostie, récite ses prières, sans remarquer le malaise qui gagne peu à peu l'assistance. La proche famille du défunt semble vouloir s'éloigner du cercueil. Quelques-uns se lèvent au milieu de la cérémonie pour aller prendre l'air tandis que les autres s'entassent à l'extrémité du banc.

Un enfant de chœur, alerté par ces mouvements inhabituels, va s'entretenir avec le curé. Celui-ci lui fait d'abord signe de s'en aller, offusqué d'être dérangé en pleine cérémonie, mais l'enfant de chœur insiste. Le curé se penche vers lui et l'enfant lui chuchote à l'oreille des propos qui lui font froncer les sourcils. Il regarde le cercueil, incrédule, se penche de nouveau vers l'enfant de chœur, qui lui raconte encore une fois ce qui se passe.

Le pauvre curé décide aussitôt d'aller y voir de plus près. Armé d'un encensoir, il descend lentement l'escalier et s'approche du cercueil, au grand plaisir de l'assistance qui n'a jamais tant apprécié l'odeur âcre de l'encens.

L'enfant de chœur avait raison : le croque-mort a bâclé son travail, une fois de plus, et l'odeur qui se dégage du cercueil est écœurante. Le curé en fait le tour trois fois, tenant son encensoir loin devant lui et le balançant à bout de bras. Il entend alors, parmi les soupirs de soulagement des fidèles, un bruit étrange qui semble provenir du cercueil, une sorte de chuintement, de murmure... Se pourrait-il que la dépouille soit encore vivante? Le pauvre curé se souvient trop bien d'une scène semblable, l'année précédente, alors qu'il avait entendu des coups de poing provenant de l'intérieur du cercueil, en plein milieu de la cérémonie. Il s'approche donc, malgré sa répulsion, de ce qu'il croit être la source de ce bruit : une fissure dans une planche de chêne, sans doute produite quand les porteurs ont laissé tomber la bière, tantôt, dans l'escalier.

Oui, c'est bien de cette fissure que semble provenir le murmure, qui ressemble plutôt, maintenant qu'il s'en approche en tenant son encensoir comme s'il s'agissait d'un fanal, à un sifflement, un sifflement de bouilloire... Il approche encore son encensoir et soudain, bang! le cercueil explose, le couvercle s'élève dans les airs en tournoyant, comme dans un film au ralenti, et va s'écraser sur l'autel, tandis que la tête du cadavre en fait autant et va rouler jusque dans le chœur, et les jambes dans le jubé, et les bras au fond de la nef, dans la section occupée par les religieuses. C'est la panique dans l'église, ceux qui voudraient fuir glissent sur les tripes, et...»

Une belle histoire, vraiment. Je le soupçonne même d'avoir dépassé les bornes, dans le seul but d'observer la réaction d'Esther. Si tel était le cas, ce que je n'ai jamais pu lui faire admettre, il a réussi. Elle s'était longuement attardée à la salle de bains et, à son retour, n'avait pas soufflé mot. Nous étions rentrés tôt à la maison, ce soir-là. Assise dans la Mini Austin, les mains crispées sur le volant, elle n'avait pas encore retrouvé ses couleurs.

— Il est toujours comme ça, ton père?

— Non, seulement dans ses meilleurs moments.

— Tu ne trouves pas ça macabre?

— Il a déjà fait beaucoup mieux. Je me souviens d'une autre version de cette histoire qu'il nous avait racontée il y a longtemps. Une scène semblable mais qui se déroulait au printemps, au moment d'enterrer les morts de l'hiver. Le curé descendait dans la crypte bondée de cadavres, avec un fanal...

Depuis ce jour-là, elle s'était découvert de subites attaques de maladies aussi diverses que nouvelles chaque fois que mes parents nous invitaient.

Sans doute aurais-je dû, par mesure de représailles, rompre à mon tour avec sa famille.

CHAPITRE

31

La mère d'Esther avait dû prendre un plaisir fou, enfant, à jouer à la mère. Petits lits découpés dans des boîtes de carton, couvertures de soie brodées aux initiales de chacune de ses poupées de chiffon, un monde fait de tampons d'ouate, de flanelle et de chiffons roses, une enfance de froufrous et de dentelles, comme un long dimanche dont elle ne serait jamais sortie. Son adolescence, si tant est qu'elle en ait eu, n'avait pu être qu'une parenthèse sanglante, une maladie honteuse, un long coma dont elle n'aurait été que partiellement guérie en se mariant.

Son mari, un homme silencieux et travaillant, lui propose alors un toit, des tonnes d'appareils ménagers et un budget pour gérer son royaume, mais cela ne suffit pas à lui redonner vie. Prise de pitié devant ce fantôme qui ne sait comment occuper ses journées, la société lui invente la banlieue. On lui offre un *bungalow* tout neuf à décorer, des revues féminines remplies de trucs pour faire reluire les grille-pain et éviter que les tampons à récurer ne rouillent trop vite, des circulaires débordant de coupons-rabais et un centre commercial grand comme vingt terrains de football. Pour qu'elle puisse en profiter sans l'ombre d'un remords, la société décrète même un moratoire de dix ans pendant lesquels il sera interdit aux sociologues et aux féministes de s'ouvrir la trappe, mais rien n'y fait. La mère d'Esther est encore un fantôme.

Et puis arrive Marielle, enfin. Un petit bébé tout rose qu'elle peut laver, poudrer, emmailloter, coucher dans son petit lit et prendre de nouveau pour la laver, la poudrer, l'emmailloter. Le bonheur.

À la différence des poupées de chiffon cependant, les vrais bébés ont la fâcheuse habitude de grandir. On peut alors essayer de stopper le processus à la chinoise, en les enveloppant de bandelettes, ou encore choisir la fuite en avant. En fabriquant à la chaîne de nouveaux enfants, la vie ne ressemblera-t-elle pas à une longue suite de dimanches parfumés à la poudre pour bébé ? Après Marielle suivront, à deux ans d'intervalle, Charles, Louis, Dominique et Esther. Une merveille de planification : la mère d'Esther s'est fabriqué dix ans de pure félicité.

Quand survient la ménopause et que les enfants ont grandi, on peut toujours faire semblant qu'ils sont encore bébés. En leur téléphonant chaque jour, par exemple, pour leur recommander de bien se couvrir, de se méfier des courants d'air ou, pire encore, pour leur signaler un solde de savon à lessive chez Steinberg. (Dieu soit loué jusqu'à la fin des siècles, les trois plus vieux lui ont vite donné des petits-enfants. Le chantage exercé sur Esther était donc moins pressant.)

Une petite fille qui joue encore à la poupée. Une femme généreuse, physiquement tout au moins, merveilleusement adaptée à sa banlieue, mais qui ne lit rien d'autre que des circulaires, ne s'enthousiasme que pour les soldes des grands magasins et ne retient des informations télévisées qu'une longue liste de calamités qui risquent de détruire sa maison de poupées. Voilà le portrait de ta mère, Esther. Une consommatrice même pas éclairée, une mère poule, dénuée de la moindre parcelle d'esprit critique. Elle vous a emmitouflés sous tant de couches d'amour que vous n'avez pas appris à respirer.

— Tout ce que tu dis est très méchant, comme d'habitude, mais il y a du vrai...

— Tu sais qu'elle ne changera jamais, mais tu l'aimes quand même.

— Oui. Parce que c'est ma mère, c'est tout. Tu ne peux pas comprendre.

— D'accord, je ne peux pas comprendre. Parlons de ton père, dans ce cas. Ce sera vite fait. Monsieur Silence. Heureusement qu'il lui arrive d'allumer la télé et de tondre la pelouse, sinon on ne le remarquerait même pas. À force de vivre avec ta mère, il est devenu un enfant, lui aussi. Pas même capable de repasser ses chemises, encore moins de se faire cuire un œuf. Ce n'est pas pour réfléchir qu'il se tait, mais parce qu'il a peur. Peur de ta mère, peur que le monde change, peur de penser...

— Bon, tu n'aimes pas le ski de fond, c'est entendu, mais tout le monde nous attend, et on a fait la moitié du chemin. On en reparlera la prochaine fois, d'accord ? Pour le moment, change de sujet. La route est glissante, il faut que je me concentre.

Trois heures de routes enneigées pour aller rejoindre sa famille, au chalet familial. Comme si ce n'était pas suffisant qu'ils s'isolent dans leur *bungalow*, il leur faut encore un chalet perdu au fond des bois.

Esther a raison de se concentrer sur la conduite : la Mini, chargée d'équipement, a toutes les peines du monde à monter les côtes et les rafales de vent risquent à tout moment de nous faire prendre le champ. Peut-être aurions-nous dû mettre les skis sous les roues plutôt que sur le toit. Peut-être aussi faut-il se rendre à l'évidence : les Mini Austin sont des automobiles parfaites pour l'Angleterre, mais ici...

Esther se trompe cependant quand elle affirme que je n'aime pas le ski de fond. Je n'ai rien contre la neige, les sapins et le silence, ni même contre l'exercice, j'en ai contre la famille.

Chaque fois que j'aborde le sujet avec elle, je me bute aux mêmes contradictions. Ses frères sont racistes, sexistes et bêtes. Des étrangers tiendraient-ils des propos dix fois moins réactionnaires qu'elle refuserait à jamais de les fréquenter. Mais ce sont ses frères, ce n'est pas pareil, tu ne peux pas comprendre.

Dominique, la plus supportable de ses sœurs, est néanmoins tellement obsédée par sa santé qu'elle s'invente une diète miracle chaque semaine et se tue à faire de l'exercice. Née quelques années plus tôt, elle se serait faite religieuse et aurait pris grand plaisir aux mortifications. Et maniaque au point d'inspecter notre réfrigérateur à chacune de ses trop nombreuses visites pour dénoncer les additifs chimiques et les colorants... Non seulement Esther ne dit rien, mais elle entre dans son jeu en me demandant de m'abstenir de fumer en sa présence.

Anniversaires, naissances, fêtes religieuses, congés fériés, tous les prétextes leur sont bons pour se réunir. Si la mère d'Esther était ministre du Calendrier, il n'y aurait que des dimanches et des fêtes légales. Les prétextes font-ils défaut qu'ils en inventent. Le ski de fond, par exemple. Une idée de Charles, l'année dernière. Il a la piqûre des sports d'hiver, bon, ça le regarde. Mais pourquoi se sent-il obligé de transmettre le virus à sa famille ? En moins d'un mois, ils s'étaient tous précipités au magasin pour acheter les mêmes skis, les mêmes bâtons, les mêmes cires et les mêmes combinaisons. J'aurais préféré des raquettes, mais je n'ai pas réagi assez vite. De crainte que je ne me joigne pas à eux, ils se sont cotisés pour m'offrir un équipement complet, pour mon anniversaire.

Deux jours à subir la famille, entassée dans un chalet, les frères et sœurs qui se tiraillent, se chatouillent, s'embrassent... De vrais enfants, au grand plaisir de la mère qui ne mettra pas le nez dehors, trop heureuse de se sentir utile en préparant les repas de cette colonie de vacances.

Et les conversations ! Charles et Louis, qui travaillent tous deux au ministère de l'Immigration, ont toujours d'inépuisables provisions de blagues racistes. À chaque éclat de rire, je regarde la mère, qui rit plus fort que tous

les autres, sans la moindre gêne, la moindre honte.
Traduction de son rire : j'ai peur des étrangers, j'ai peur du
monde entier, j'ai peur de tout ce qui est extérieur à notre
petite famille, merci de me rappeler à quel point on est
bien, entre nous, au chaud. Et les enfants continuent à lui
raconter des blagues racistes, trop heureux de la faire
glousser.

Blagues racistes pendant le potage, potins au moment
du plat principal, et toujours, toujours, ces inévitables
bouffées de nostalgie au moment du dessert.

« Te souviens-tu du jour où nous étions partis en chaloupe, tous les cinq, sans prévenir maman ? » Tu parles
s'ils s'en souviennent : je les connais depuis deux ans à
peine et je pourrais raconter l'anecdote par cœur, de
même que toutes celles qui suivront. Quand ils auront
fini d'en rire, ils passeront à l'épisode de l'ours fouillant
dans les poubelles, de la bataille du chien et du porc-épic,
de la famille des mouffettes qui avait trouvé refuge sous
la véranda... La famille n'affecte pas seulement l'esprit
critique, elle semble avoir des effets désastreux sur la
mémoire.

— Tu sais quoi, Esther ?

— Si c'est encore pour dénigrer ma famille, ça peut
attendre.

— Ce n'est pas pour dénigrer, non. Je pense que j'ai
mis le doigt sur ce qui me déplaît, dans ta famille. Plus
j'y pense, plus je me dis que c'est Dominique qui est la
plus représentative, avec ses régimes, ses diètes et ses
exercices. Elle a peur de la mort, c'est tout.

— C'est normal, non ?

— « Normal » ?

— Normal, oui. C'est normal d'avoir peur de la mort,
certainement plus en tout cas que de se complaire dans
des histoires morbides...

Je n'ai pas répliqué. Je n'en aurais d'ailleurs pas eu
le temps, nous étions déjà engagés dans le petit chemin

qui mène au chalet. Il faudrait bientôt penser à entrer la batterie de la Mini Austin dans le chalet, de crainte qu'elle ne fende en deux. S'il fallait que nous soyons condamnés à rester tout l'hiver avec sa famille...

Il avait fait si froid que personne n'avait mis le nez dehors, à l'exception de Dominique, évidemment. Trop heureuse de souffrir en offrant son corps au vent glacial, elle avait fait, seule, de longues excursions qui remplissaient la mère d'une délicieuse inquiétude.

Je te fais une confidence, Esther, si jamais tu me lis : grâce à Dominique, j'ai enfin trouvé un *modus vivendi*. Pour arriver à vous supporter, il me suffisait d'imaginer que ta sœur se perdait dans le bois, à l'orée de la nuit, qu'elle mourait gelée et qu'on ne la retrouvait que le lendemain, à moitié dévorée par les loups. Ou encore que le chalet prenait feu, qu'un de tes frères crevait d'une embolie, que ton père s'étouffait dans son silence et ta mère dans son amour, bref qu'il se produisait quelque chose. Au rythme où la famille se réunissait, les probabilités jouaient en ma faveur. Il suffisait d'être patient. J'aurais tellement voulu être là, ne serait-ce que pour voir comment vous alliez réagir. Mais vous ne m'avez même pas offert ce cadeau. Personne ne mourait jamais dans cette foutue famille.

CHAPITRE

32

Il m'arrive de rencontrer Jacques, par hasard, dans les corridors de l'université, et nous nous sentons comme deux voisins qui se croiseraient dans la rue et qui, n'ayant aucune raison particulière de se détester, se sentiraient obligés de bavarder un peu.

Il parle toujours à voix basse et me regarde à peine, à travers ses petites lunettes, comme s'il ne voulait pas se laisser distraire de ses idées, qui semblent l'occuper comme nous avions occupé notre collège, quelques années plus tôt, en délogeant tous les intrus. S'il arrive sans trop d'efforts à me demander des nouvelles d'Esther ou de mes parents, ce serait trop lui demander de trouver un espace, dans son cerveau, où loger mes réponses. Je m'en tiens donc au minimum, de crainte de l'ennuyer, et lui retourne ses questions, par politesse. Il semble alors chercher ses mots, comme si je l'obligeais à parler une langue étrangère, et poursuit son chemin. Il m'intimide, je pense. Devant un homme si affairé, on se sent toujours un peu chômeur.

Pierre-Paul, lui, ne se donne même plus la peine de faire semblant. Quand nous nous voyons dans un corridor de l'université ou dans le vestiaire de l'asile, c'est à peine si nous nous saluons.

Deux ans maintenant que nous avons quitté notre logement et nous ne nous sommes revus qu'une seule fois, au mariage de Jacques, en des circonstances éminemment oubliables. Et puis plus rien.

La brouille était inévitable, peut-être même nécessaire pour que nous ayons le temps de bien soupeser les choses, mais faut-il vraiment qu'elle s'éternise ? S'il fallait que ce soit vraiment fini, ne méritons-nous pas, au moins, quelques explications ?

Après avoir longuement tergiversé, je me suis enfin décidé, un soir d'été, à prendre mon courage à deux mains et à téléphoner chez Jacques, avec qui le contentieux semblait moins lourd.

Christine répond. J'avance sur la pointe des pieds en lui parlant de tout et de rien, mais elle ne réplique que par monosyllabes, comme si elle avait affaire à un employé d'une maison de sondage. Peut-être l'ai-je dérangée, tout simplement ? Quand je lui demande de me passer Jacques, je la sens hésitante, ce qui semble confirmer mon intuition : j'ai interrompu un tête-à-tête ou un corps à corps, voilà tout. À peine ai-je le temps de m'étonner de ne pas entendre *Sad Eyed Lady of the Lowlands* en sourdine que Jacques répond :

— Qui est à l'appareil ?

— C'est moi, Jean-François.

— Vous avez composé un mauvais numéro, monsieur. Je ne connais pas de Jean-François.

— ... C'est une blague ?

Pour toute réponse, il me raccroche au nez.

Il doit y avoir erreur sur la personne, je ne vois aucune autre explication possible. Je vérifie donc le numéro et appelle de nouveau. Je n'ai pas encore fini de me présenter que Christine m'interrompt :

— Je ne sais pas qui vous êtes, monsieur, mais je vous prie de cesser de nous importuner.

Importuner, oui, tel est bien le mot qu'elle a utilisé avant de raccrocher. Je suis resté un bon moment complètement abasourdi, puis j'ai essayé de réfléchir. Ils m'ont nécessairement confondu avec quelqu'un d'autre, impossible qu'il en soit autrement. Ça me paraît toutefois difficile à avaler : que Christine ait oublié le son de ma voix, passe toujours. Mais Jacques, mon frère de sang ?

Il faut en avoir le cœur net. Ne faisant ni un ni deux, je saute dans mon auto et je me retrouve, dix minutes plus tard, à la porte de leur logement. Le doigt sur le bouton de la sonnette, appuyant un peu plus longuement qu'il serait nécessaire, je me répète que j'entrerai de force s'il le faut mais que je ne sortirai pas de là sans qu'on m'ait donné des explications satisfaisantes. Je ne suis après tout ni un colporteur ni un maniaque sexuel mais un ami et, qui plus est, un ami d'enfance.

Le rideau s'écarte et le visage de Christine apparaît dans le carreau. Tout étonnée de me trouver là, et même franchement stupéfaite, elle referme le rideau et ne daigne même pas m'ouvrir. Profondément choqué, je sonne de nouveau, un coup bref cette fois-là, et je vois surgir la tête de Jacques, qui semble m'inviter à regarder par terre. Une feuille de papier glisse sous la porte. Je la ramasse et lis le message, rapidement griffonné : rendez-vous dans dix minutes au parc Lafontaine, entrée Jardin des merveilles.

Bien que n'ayant aucune envie d'aller admirer les paons et les otaries, je me rends au parc Lafontaine et je m'assois sur un banc, si près du Jardin des merveilles que je vois dépasser de l'enceinte les bois des chevreuils.

Jacques vient m'y rejoindre quelques instants plus tard. Mais est-ce bien Jacques, au fait, ce type qui marche la tête rentrée dans les épaules et regarde sans cesse derrière lui, comme un homme traqué ? Et ce visage, si pâle qu'il doit être phosphorescent la nuit, est-ce bien le sien ? Et pourquoi passe-t-il tout droit, comme s'il ne m'avait pas vu ? Je me lève à mon tour, me hâte de le rejoindre, puis j'ajuste mon pas au sien. Il condescend alors à me parler, à marmonner plutôt, sans même me regarder, comme un vieil alcoolique dialoguant avec lui-même. Plutôt que de s'excuser de son accueil glacial, il m'engueule : je lui fais courir d'immenses risques en le forçant à sortir ainsi en plein jour, jamais entendu parler de la sécurité ?

J'aurais dû m'en douter, bien sûr. L'université est pleine de ces paranoïaques qui discutent à voix basse dans les corridors en prenant des airs de conspirateurs, persuadés que les murs sont truffés de micros. Leurs craintes sont parfois fondées, il faut bien le dire. Mais tout de même, Jacques, tout de même, tu pourrais me regarder dans les yeux quand tu me parles, non? Crois-tu vraiment que des agents de la CIA soient cachés dans les arbres, qu'ils aient planté des micros dans le cul des écureuils?

— On ne rit pas avec ça. Qu'est-ce que tu veux?

Qu'est-ce que je voulais, au juste? Bonne question. Parler de tout et de rien, refaire le monde, savoir où tu en es, rire un peu, c'est tout. Excuse-moi du peu.

Il y a quelque chose d'insolite à marcher ainsi, tous les deux, comme si nous étions les héros d'un film d'espionnage, mais je n'ai pas le cœur à goûter ce petit plaisir. Pas même moyen de parler de Pierre-Paul, de Louise ou de Christine. Aussitôt qu'un nom est prononcé, il me fait les gros yeux et m'enjoint de me taire. Autant faire comme s'il ne s'était rien passé et rentrer chacun chez soi.

Au coin de la rue, comme nous sortons du parc, je lui demande s'il fait partie d'un groupe politique. J'ai dit ça pour lui faire plaisir, c'est tout: j'aurais pu lui acheter un journal pour l'encourager, ou quelque chose dans ce genre-là.

— Qu'est-ce qui te fait croire ça? me répond-il, on ne peut plus sérieusement.

CHAPITRE

33

Échaudé par cette mésaventure avec Jacques, je n'ose pas téléphoner chez Pierre-Paul. Je préfère aller le rejoindre au vestiaire des employés de l'asile, là où nous laissons nos jeans d'étudiants pour nous déguiser en travailleurs. Je bavarde un peu avec lui puis, voyant qu'il n'est pas trop rétif, je l'invite à venir manger à la maison, un de ces soirs. Esther est d'accord, oui.

Ma proposition le prend visiblement par surprise. Il balbutie un peu et finit par répondre qu'il en parlera à Louise. Je ne m'attendais certainement pas à ce qu'il me saute dans les bras, aussi sa réponse me satisfait-elle. Kissinger, à l'époque, faisait grand cas de la politique des petits pas. Je le croise dans un corridor de l'université, quelques jours plus tard. Il m'annonce qu'il en a parlé à Louise, elle est d'accord, ils se chargeront du vin et du dessert, vendredi prochain ça va? Ça va. Le ton est encore un peu pincé, rien de plus normal. La porte est entrouverte, c'est tout ce qui compte.

Pendant une semaine, je me dispute avec Esther à propos de ce repas. Je déteste son idée de les recevoir en grandes pompes, avec un arsenal d'ustensiles de chaque côté de l'assiette, la nappe brodée que tout le monde a peur de tacher et les savantes prouesses culinaires. Qu'essayons-nous de retrouver avec Pierre-Paul et Louise, sinon une certaine simplicité? Et puis l'important n'est-il pas de se concentrer sur la conversation?

— D'accord, sortons les verres à moutarde et ouvrons une boîte de fèves au lard, c'est ça que tu veux?

Inutile d'en remettre, je pense. Tous les couples qui ont vécu une telle situation et y ont survécu peuvent facilement imaginer la suite de la discussion. Un gouvernement soucieux de réduire radicalement le nombre de divorces n'aurait qu'à interdire de recevoir les amis à la maison, ou encore à subventionner les traiteurs. Mais, bon, n'en parlons plus. Ce n'était là, j'imagine, qu'une façon relativement facile de supporter notre nervosité.

Par bonheur, ils ne sont pas en retard. Nous leur faisons visiter notre logement puis, un verre à la main, nous nous installons au salon où nous papotons de choses et d'autres, atteignant des sommets insoupçonnés de banalité. Qui aurait cru que nous serions capables de parler si longtemps d'automobiles et de décoration intérieure, sans la moindre trace d'ironie et affectant même d'y trouver plaisir? Serions-nous devenus adultes si vite?

La conversation demeure tout aussi superficielle quand nous passons à table, comme si nous avions été dans un restaurant, des attachés-cases à nos pieds. Au moment du dessert, soulagés d'en avoir terminé avec ces ennuyeux rites sociaux, nous sortirions enfin nos calculatrices et ferions cliqueter nos stylos au-dessus des contrats... Remplissons les verres et souhaitons que le vin fasse bientôt sentir son effet. Pierre-Paul et Louise ne se sont pas inquiétés de la présence possible de micros dans le pot de fleurs, c'est toujours ça.

Le dessert est terminé, nous en sommes au deuxième café, et rien ne s'est encore produit. Louise se tapote le bec avec un coin de sa serviette et Pierre-Paul, repu, allume une cigarette. Vont-ils nous faire l'affront de nous quitter là-dessus, sans même nous offrir de nous aider à laver la vaisselle? À bien y penser, c'eût été préférable.

— Il est temps de parler sérieusement, annonce enfin Louise, après s'être longuement éclairci la gorge.

Comme si le signal n'était pas suffisant, elle cherche du regard l'approbation de Pierre-Paul puis, l'ayant obtenue, entreprend de plier sa serviette de table de façon parfaitement symétrique. Les propos qui suivent un tel geste sont préparés de longue date, à n'en pas douter.

— Ce que nous pensons de vous, Pierre-Paul et moi (nouveau regard vers Pierre-Paul, qui l'encourage d'un hochement de tête), c'est que vous êtes deux beaux spécimens d'*opportunismes de gauche.*

— De droite, précise aussitôt Pierre-Paul. Opportunisme de droite, il ne faut pas confondre.

J'aurais préféré qu'il la corrige sur la confusion du nom et de l'adjectif, la discussion aurait été plus facile à suivre. Au lieu de cela, les voilà qui se disputent sur ce qui distingue les deux variétés d'opportunisme, citations de Lénine à l'appui. Il ressort de cette longue explication que ces deux formes de maladie désignent des séries de symptômes très différents, mais ayant fondamentalement la même origine, la preuve en étant que Lénine n'utilise jamais l'expression opportunisme «de gauche» sans utiliser les guillemets : tout opportunisme, en définitive, est de droite. Louise finit par en convenir, tout en soulignant qu'elle avait bel et bien utilisé les guillemets, tout à l'heure.

Il faut que nous les pressions de questions pour qu'ils mettent fin à leurs arguties dialectiques et passent enfin à l'essentiel : en quoi sommes-nous opportunistes, au juste ?

Poussant de longs soupirs, comme de vieux professeurs s'adressant à des enfants particulièrement butés, ils nous expliquent alors ce que nous aurions dû savoir depuis toujours, étant donné qu'ils l'avaient eux-même compris la semaine précédente.

Esther étudie en pédagogie, elle veut enseigner. N'est-ce pas là, objectivement, faire preuve d'idéalisme ? N'est-ce pas là une façon détournée d'affirmer que le capitalisme est réformable et que la révolution est par conséquent inutile ?

J'étudie en histoire, c'est moins pire, d'accord. Mais je travaille à l'asile depuis des années et jamais je ne me suis intéressé au syndicat, voilà qui en dit long sur le peu de cas que je fais de la classe ouvrière. Je souffre donc, c'est l'évidence même, d'individualisme petit-bourgeois.

J'ai répliqué que j'étais bel et bien allé offrir mes services au président du syndicat des employés de soutien, et deux fois plutôt qu'une, mais que ledit président m'a envoyé paître. Tout le monde sait d'ailleurs qu'il n'occupe ce poste que pour contrôler son petit réseau de receleurs et son *racket* de contrebande de cigarettes. Qu'aurait-il fallu que je fasse? Que je monte une équipe pour m'opposer à lui, au risque d'affronter dans le stationnement de l'asile une équipe de baseball bien équipée en bâtons mais n'ayant ni balles ni gants?

— C'est bien ce que je pensais, réplique Louise : un défaitisme, voilà ce que tu es.

Défaitiste, Louise, défaitiste. Ou alors défaitique, tant qu'à y être.

***

Il était une fois un jeune homme et une jeune femme, seuls dans leur petit appartement, lavant la vaisselle en silence, complètement sonnés.

S'ils avaient eu le cœur à l'ouvrage, le jeune homme aurait depuis longtemps changé l'eau, franchement sale, et n'aurait pas perdu tant de temps à agiter sa lavette dans l'évier, cherchant vainement le contact de quelque ustensile perdu, et la jeune femme n'essuierait pas son assiette comme une automate, les yeux dans le vide. Une heure déjà que Pierre-Paul et Louise sont partis, et nous ne nous sommes pas encore remis de nos émotions.

— Est-ce que c'est si terrible de vouloir enseigner? Est-ce que les enfants seraient mieux servis si tous les enseignants étaient réactionnaires?

— Mais non, Esther, mais non...

— Qu'est-ce qu'on leur a fait?

— Je ne sais pas...

Les cendriers sont vidés, la nappe secouée de ses miettes de pain, les comptoirs essuyés, la cuisine est de nouveau pimpante de propreté, mais tout est si vide, si terne qu'il me prend une folle envie de tout salir, de remplir le comptoir de vaisselle sale et les cendriers de mégots, dans l'espoir de retrouver le moment exact où tout a basculé. Rien à faire, je le sais. Autant aller dormir.

Impossible de fermer les yeux sans revoir une fois de plus le film du repas pour y chercher l'erreur de mise en scène, la coquille du scénario. Que je me couche du côté droit, sur le dos, sur le ventre ou du côté gauche, je ne trouve pas le sommeil. Esther ne dort pas, elle non plus, et change aussi souvent que moi de position. Tout cela ressemble à un mauvais spectacle de nage synchronisée, ou plutôt aux jeux de hockey sur table ancien modèle, quand les joueurs, incapables de se déplacer, ne pouvaient que pivoter sur eux-mêmes, ridicules girouettes. Je préfère me lever et aller fumer quelques cigarettes au salon. Seule, Esther arrivera peut-être à trouver le repos.

Petite séance de fauteuil, devant le téléviseur éteint. J'ai eu tort, semble-t-il, de ne pas prendre au sérieux la petite brochure de Jacques. En suivant pas à pas les prescriptions de Lénine, dans *Que faire ?*, il avait réussi à rallier tant de monde autour de ses thèses qu'il avait fondé une organisation qui distribuait maintenant un journal, dans les universités et les usines. S'il fallait en croire la rumeur, plus fiable que tous les micros, Jacques en était le rédacteur en chef. Et selon la même rumeur, maintenant confirmée, Pierre-Paul avait joint les rangs de cette organisation, et on racontait même qu'il ferraillait pour en prendre la direction.

J'avais acheté quelques exemplaires de leur journal, à l'université, et j'avais tenté de le lire, animé de la meilleure volonté du monde, mais rien à faire. Ces figures superposées de Marx, Engels, Lénine, Staline et

Mao, sur la couverture, ces débats abscons sur la contradiction principale, ces célébrations de l'Albanie, le style, les mots, tout me rebutait.

Un mot, surtout, me hérissait : l'organisation. Peut-on vraiment fermer les yeux et rêver d'une organisation ? Pire encore, d'une organisation qui ne serait qu'une étape préalable à la construction d'un parti ? S'attendait-on vraiment à ce qu'on prenne les armes pour défendre un organigramme ?

Par tempérament, par goût du paradoxe et aussi pour la beauté du mot, je préférais mille fois rêver de l'anarchie.

**

Une jambe d'adulte, détachée du corps, pèse facilement plus de dix kilos, ce qui en fait un fardeau très encombrant, particulièrement quand il faut la transporter en forêt, dans un sentier étroit.

Jim avait découvert cette jambe alors qu'il taquinait la truite, sur une rivière perdue des Laurentides. Quand il avait aperçu la masse blanchâtre, flottant librement près d'un barrage de castors, il avait d'abord pensé à un cadavre de poisson d'une taille exceptionnelle. Intrigué, il s'était approché pour découvrir une longue jambe bien épilée. Elle était découpée si proprement et le vernis des ongles était encore d'un rouge si vif qu'il avait d'abord cru qu'il s'agissait d'une jambe de plâtre détachée d'un de ces mannequins qu'on voit dans les vitrines des grands magasins.

Mais l'index ne s'enfonce pas dans une jambe de plâtre...

Il avait alors vomi un bon coup, puis envisagé de s'enfuir à toute vitesse, de regagner son automobile et de ne plus toucher à une seule goutte d'alcool de toute sa vie. Il n'avait pu cependant s'y résigner. Ballottée par le courant, butant constamment contre le barrage, la jambe semblait l'appeler au secours.

Fallait-il rentrer au village et, de là, téléphoner aux policiers pour les prévenir de sa découverte ? Le village était bien loin et la jambe risquait pendant son absence de passer par-dessus le barrage. Jim s'était donc résigné à hisser la jambe dans son canot et à la ramener jusqu'au quai. Il avait ensuite transporté la jambe dans l'interminable sentier qui l'amènerait jusqu'à son automobile, la portant d'abord comme un bébé, ensuite sur son dos, en la tenant par la cheville.

Arrivé à sa voiture, il déposa la jambe dans le coffre, s'installa au volant, déterminé à se rendre le plus rapidement possible au poste de police de la ville la plus proche, à trente kilomètres de là. Quand il quitta le chemin de terre pour s'engager sur la grand-route, il voulut accélérer mais en fut incapable : chaque fois qu'il négociait un virage de façon un peu trop serrée, la jambe roulait et venait cogner contre la paroi du coffre.

La petite ville semblait déserte. Pas le moindre passant dans les rues, ni le moindre enfant circulant à bicyclette, seuls quelques vieillards étaient assis sur leur balcon, une épaisse couverture posée sur leurs jambes, malgré la chaleur. Pas le moindre signe d'animation non plus devant le poste de police, pourtant situé sur la rue principale, mais Jim, tout à son énervement, n'avait rien remarqué. Rien ne lui semblait plus pressé que de sortir enfin de son automobile et d'aller chercher un policier à qui il montrerait le contenu de son coffre.

— Numéro matricule ? lui demande le policier, sans même lever les yeux de son formulaire, posé sur le comptoir.

— Je n'ai pas de matricule, je suis un simple citoyen...

Jim n'a pas le temps de terminer sa phrase que le policier lève les yeux sur lui et le regarde de pied en cap et de cap en pied, l'air stupéfait.

— Vous n'êtes pas membre de l'organisation ?

— Quelle organisation ?

Le policier braque son arme sur lui, puis appelle ses collègues, qui font bientôt cercle autour de Jim. Une douzaine de policiers, se tenant sur des béquilles, le visage illuminé d'un cruel sourire.

***

J'aime encore écrire, parfois, au milieu de la nuit, mais il faut pour cela que je sois seul, absolument seul. Jamais je n'ai osé l'avouer à Esther. Il suffit que j'entende le moindre bruit, provenant de la chambre à coucher ou du salon, pour que je referme aussitôt mon cahier, honteux. Depuis des années, je ne fais que rédiger de trop courtes nouvelles, au gré de mes humeurs, et commencer des romans sans jamais les terminer. Et toujours cette peur d'être pris en flagrant délit, comme si je feuilletais un *Playboy*... Et s'ils avaient raison, tous ? Si je n'étais qu'un petit-bourgeois défaitiste, occupé à bricoler des anecdotes pendant que la machine de l'histoire suit son cours, implacable ?

CHAPITRE

34

Ne chipotons pas et accordons d'office la palme des victimes de génocides aux Amérindiens des deux hémisphères, avec mentions honorables aux Juifs et aux Arméniens.

Il est plus difficile de classer selon le même critère les peuples ayant souffert de famine. Russes, Ukrainiens, Polonais, Chinois, Irlandais, Éthiopiens? Les Chinois l'emportent sûrement haut la main, mais ce classement fait immédiatement ressortir une faille du raisonnement : toutes proportions gardées, la famine irlandaise n'était-elle pas plus meurtrière? Dressons déjà un premier constat : en matière d'horreur, le nombre ne saurait être le principal critère de classement.

Il serait tout aussi difficile d'établir une hiérarchie des atrocités de guerre. Xerxès faisait régulièrement élever, à l'entrée des villes conquises par son armée, des pyramides de têtes coupées. Quelques siècles plus tard, Mussolini, qui cherchait lui aussi un moyen de refroidir les velléités de résistance des peuples conquis, perfectionne le procédé. Pendant la campagne d'Éthiopie, il aménage, à la porte des villes, des arcs de triomphe composés exclusivement de pénis coupés à l'ennemi. Inutile de multiplier les exemples pour démontrer qu'il serait vain, en ces matières, de chercher une aulne.

Cela étant dit, je n'ai jamais pensé, contrairement à mes professeurs, que mon projet de rédiger une histoire macabre du Canada fût une telle aberration qu'il méritât leurs sarcasmes ou encore, dans le meilleur des cas, leurs mines consternées. S'ils voulaient que j'entreprenne une maîtrise, ils n'avaient qu'à accepter mon projet, le seul qui m'ait jamais intéressé. Ils n'en veulent pas? Tant pis pour eux.

Avril 1976. Encore quelques examens et j'obtiendrai enfin mon premier et mon seul diplôme universitaire. Pourquoi attendre avant de faire ce que tout bon étudiant doit faire en ces circonstances? Mon épicier préféré m'a obligeamment donné quelques boîtes de carton ondulé ayant précédemment contenu des bidons d'eau de Javel (des boîtes solides, j'y tenais), et j'entreprends de les remplir de papier, une à une, en relisant quelques-unes des notes que j'avais prises pour préparer ma thèse.

1535, deuxième voyage de Jacques Cartier. Cent dix hommes passent un premier hiver au Canada. La mort réclame aussitôt son dû : vingt-quatre marins périssent du scorbut.

1541. Roberval traverse l'océan avec un équipage de deux cents personnes, comprenant bon nombre de criminels. Pour s'approvisionner en cours de route, ils se font pirates, pillant et coulant les navires étrangers. Cinquante d'entre eux ne survivront pas au premier hiver. Les survivants rentrent en France l'été suivant, pour aller y mourir, comme Jacques Cartier, de la peste.

1598. Le marquis de la Roche dépose au passage cinquante personnes sur l'île de Sable, comptant les rembarquer au retour de son expédition en Acadie. Les vents l'empêchent cependant d'accoster et le poussent vers la France. Il ne pourra y revenir que cinq ans plus tard. Une douzaine auront survécu.

Avant même d'exister, avant même qu'une seule habitation permanente ait été construite, le pays avait déjà ses cimetières. L'hiver, le scorbut, le massacre de Lachine... Vous n'en voulez pas? Tant pis. Quatre cents fiches, devenues inutiles, iront tapisser le fond de la boîte.

Par-dessus ces fiches, mes dernières esquisses de romans. Aux poubelles, cette histoire du jeune homme ayant hérité de l'usine familiale et qui, après avoir lu *Le Capital*, en fait cadeau aux employés, à l'occasion d'une mémorable assemblée générale, la veille de Noël. Doublement, triplement idéaliste, je sais, ce début de roman que je n'ai jamais eu le moindre plaisir à écrire. Maintenant qu'il est là, dans cette boîte de bidons d'eau de Javel promue poubelle de l'histoire, je le regrette un peu, tout de même : j'avais passé tant d'heures à l'écrire, et plus encore, sans doute, à rêver, entre deux ratures...

Je dépose mes petits rêves dans la boîte, cette boîte qui est devenue un cercueil où reposent déjà le moissonneur fou, Aline, Bernard, Claude, Denise, Édouard et tous les autres jusqu'à Zoé. Je n'écrirai plus désormais que des formulaires, des curriculum vitae et quelques messages, collés sur le réfrigérateur, pour prévenir Esther d'un changement d'horaire.

J'hésite encore un peu : il y a là quelques bonnes idées, pourtant, quelques phrases qui auraient mérité que je les retienne... Pas le temps de trier, j'entends déjà les grincements du camion à ordures qui tourne le coin de la rue. Je ne veux pas rater le rendez-vous. Je descends en vitesse l'escalier avec ma boîte que j'ai tout juste le temps de donner, de main à main, à l'éboueur qui s'empresse de la jeter dans son camion. Un cri lancé au conducteur et elle est entraînée dans le ventre du véhicule, broyée, écrasée dans un magma de cœurs de pommes, de couches de bébé et de litière à chats.

Je reste là à observer le camion jusqu'à ce qu'il disparaisse. Dans quelques heures, tout au plus, la boîte sera brûlée dans un incinérateur ou enfouie dans le sol, je n'en sais rien et cela ne me préoccupe pas le moins du monde. Je me sens même libre, léger, soulagé.

CHAPITRE

35

Une heure du matin. Esther est profondément endormie quand je rentre de l'asile. Je jette un coup d'œil au réveil, réglé pour sept heures, et je conditionne mon cerveau pour qu'il ne dorme que d'un seul hémisphère : quand elle se lève pour aller travailler à la piscine, Esther offre un si beau spectacle qu'il serait criminel de s'en priver.

Samedi matin. La sonnerie du réveil est vite interrompue et son corps se met lentement en marche. Encore étendue, elle étire un à un chacun de ses membres, les tendant au maximum avant de les relâcher puis, les poings fermés, se masse doucement les yeux.

Elle s'assoit ensuite au bord du lit, où elle commence sa gymnastique. Rotations de la tête, dix fois dans chaque sens, suivies d'un court repos. Les mauvais rêves ne résistent pas à ces traitements ; on les voit s'enfuir, comme de méchants oiseaux, et ceux qui auraient la mauvaise idée de s'accrocher n'ont qu'à bien se tenir : aussitôt levée, Esther s'ébroue jusqu'à ce qu'ils se fracassent sur les murs.

Station debout. Une autre série d'étirements, puis rotations du tronc et des bras. Sa routine, un curieux mélange de gymnastique douce, de danse et de taï-chi, ne lui semble dictée que par son bon plaisir. Il lui arrive parfois d'improviser un nouveau geste, parfaitement gratuit, se tenant par exemple sur une seule jambe, comme un échassier, tandis qu'elle étend les bras, prête à s'envoler. Elle reste immobile un bon moment puis, estimant sans doute que les derniers morceaux de nuit se sont décrochés, pose doucement son pied sur le sol.

S'il lui prend l'envie de recommencer un mouvement ou d'en inventer un autre, elle le fait, un point c'est tout, tant pis pour les méthodes officielles et tant mieux pour moi, qui fais semblant de dormir mais qui ne rate aucun mouvement de sa chorégraphie.

Elle quitte ensuite la chambre tandis que je me rendors, et les bruits familiers du petit matin viennent se mêler à mes rêves. Salle de bains. Douche, brosse à dents, petits pots... Pourquoi ressent-elle ce besoin d'encombrer les armoires de pharmacie de tant de fioles, de flacons, de bouteilles ? Toutes ces crèmes miraculeuses, ces parfums, ces onguents, comme si elle avait besoin de ça...

Un champ de bataille, au crépuscule. Des soldats blessés, des râles, des civières transportées dans des camions à ordures, puis une tente militaire. Sur la table de chevet, des éprouvettes et des cornues remplies de philtres mystérieux.

Je suis un soldat blessé sur le lit de camp, entouré d'étranges médecins à longs becs d'oiseaux et de prêtres vêtus de toges blanches, comme des conjurés du Ku Klux Klan. Quand ma sorcière arrive, infirmière à la coiffe noire, les prêtres et les médecins s'envolent en criant comme des corneilles. Elle me tend une plume, trempée dans l'encre de Chine, mais je ne trouve pas la feuille sur laquelle je devrais continuer le dessin. Paniqué, je me réveille.

De la cuisine me parviennent des bruits de vaisselle, d'ustensiles. Grincement de la porte de la chambre, craquements du plancher. Esther contourne le lit, sur la pointe des pieds, ouvre la garde-robe, pend sa robe de chambre à un cintre. Glissement du tiroir de la commode, un slip, des bas, retour à la garde-robe, cliquetis de cintres métalliques, zip du jean. Le lit s'enfonce. Baiser sur la joue, grognement affectueux, étreinte, quelle bonne idée de ne pas avoir encore enfilé de chandail, non, pas le temps, il faut que j'aille travailler, bon, d'accord...

Ses pas dans l'escalier, le moteur de la Mini Austin, qui veut bien démarrer du premier coup, puis le silence.

Esther aime la culture physique, ne fume pas, prend soin de son corps. Pas moi, qui ne rêve que de mettre le feu à une immense pyramide composée de milliers de barres parallèles, de chevaux allemands, de javelots et de professeurs de gymnastique.

Elle nage tandis que je somnole, et ce soir elle ira bavasser avec sa sœur pendant que je laverai les couloirs de l'asile. Ses mains sentiront le chlore, les miennes l'eau de vadrouille. Elle surveillera de jeunes enfants pétants de vie, je me méfierai des fous. Elle étudie à la faculté de l'avenir, moi à celle du passé.

J'aime les vieux disques des Stones, elle préfère de la musique de filles, Cat Stevens, Donovan et le canon de Pachelbel. À elle les ballades sucrées de Paul McCartney, à moi les textes les plus acides de John Lennon. À elle le matin, le printemps, le soleil, à moi la nuit, l'automne, la pluie. C'est tout ça, comprends-tu, sorcière ? Esther aime la vie, pas moi, voilà tout ce qui nous sépare, et voilà tout ce qui m'attache à elle. Je suis un peu vampire et j'ai besoin de son sang pour me donner des couleurs, peux-tu concevoir ça, toi qui n'es rien d'autre qu'un vieux souvenir en noir et blanc, qu'un triste personnage dans un rêve muet ?

**

Je me lève à dix heures, encore barbouillé de mauvais rêves. Petite séance de salle de bains, toilette minimale, café et rôties avalées en vitesse, puis un autre café. Savourer enfin ma première cigarette en lisant le journal du matin, étendu sur la table. Comme d'habitude, je lis d'abord les faits divers, puis je saute à la chronique

257

nécrologique, que je survole d'abord : Charbonneau
Dansereau Hamel Lalonde Lapointe Leblanc Picard
Quintal Rousseau Sabourin. Connais pas, même de loin.
Dommage.

Rosario Quintal a l'honneur de la plus longue chronique. Il a dirigé avec son frère René la Dominion
Dactylographe de 1929 à 1965, laisse dans le deuil des tas
d'enfants, son service sera célébré en l'église Saint-Léon
de Westmount. Un capitaliste de moins, voilà au moins
une bonne chose de faite. Sautons à la chronique la plus
courte, celle de Sabourin (Gilberte). Ni mariée ni veuve ni
rien, ne laissant dans le deuil que de lointains cousins. 96
ans. Une petite vieille, dans un hospice, a fini de trembler.
Les familles sont priées d'assister aux cérémonies sans
autre invitation.

Un peu d'étude pour préparer mes derniers examens,
tourner en rond dans la maison vide, me sentir seul.
Encore un peu de ménage, encore un peu d'étude, être
incapable de me concentrer, encore tourner en rond en
attendant le moment d'aller travailler à l'asile pour payer
l'auto, les réparations, les assurances, le loyer, penser à
Esther, au couple modèle que j'ai tenté de réussir, en
toute bonne foi.

Et mon rêve me revient soudainement, par bribes.
L'hôpital de campagne, les prêtres, le sang, la sorcière.
Est-ce que j'arriverai jamais à m'en débarrasser ?

CHAPITRE

36

Les garagistes de mon quartier, de même sans doute que tous leurs collègues d'Amérique du Nord, semblaient considérer les Mini Austin comme une atteinte à leur virilité. Certains ouvraient le capot, jetaient un regard méprisant sur le moteur, puis sur la fourche de mon pantalon, l'air de se demander si j'en avais, et finissaient invariablement par me dire qu'ils ne touchaient pas à ça, sans plus de précision. D'autres se risquaient à tenter une réparation, à mon grand dam. Quand ils ne tordaient pas le capot en essayant de l'ouvrir dans le mauvais sens, ils brisaient les boulons en démontant le carburateur, que je leur avais simplement demandé d'ajuster. Il m'est souvent passé par la tête qu'ils étaient tous complices d'une vaste machination ourdie par les trusts du pétrole et de l'automobile. Les petites automobiles remettaient en question non seulement leurs profits, mais aussi le système de persuasion grâce auquel ils maintenaient le peuple dans son état de profonde aliénation. Les trusts étant par définition capables des pires bassesses, comment n'auraient-ils pas réagi alors que je les attaquais, pour ainsi dire, dans leur essence même ?

Le plaisir de défier le système, il faut l'avouer, commençait à me coûter cher. Je ne pouvais pas me référer à mon concessionnaire, qui avait fait faillite ; quant à réparer moi-même ma petite auto, autant ne pas y penser, moi qui n'ai jamais su à quoi pouvait bien servir un carburateur. C'est sans doute parce qu'elle avait prévu que l'évolution de l'humanité conduirait un jour à l'apparition

259

d'êtres aussi démunis que la nature, prévoyante, a inventé les pères.

Dans ce rôle, le mien était exemplaire. Il avait tous les outils nécessaires à la réparation d'une automobile, trouvait un grand plaisir à prouver leur utilité et ne répugnait pas à mettre la main à la pâte. Je ne sais pas combien de dimanches matins nous avons passé ainsi, lui penché sur le moteur, m'expliquant à mesure ce qu'il tentait de faire tandis que je lui tendais les outils qu'il me réclamait, comme une infirmière assistant un chirurgien.

Quand j'annonçais à Esther que je devais encore une fois aller voir mon père pour réparer la petite auto, je prenais toujours une mine dépitée : quel ennui, que de temps perdu... J'étais ignoble de mauvaise foi.

Mon père aussi, je pense, lui qui ne me disait jamais ce qu'il pensait vraiment de la Mini Austin : une très mauvaise automobile, mal construite et terriblement fragile en cas d'impact. Il était tout de même là, penché sur le petit moteur, les mains tachées d'huile, s'entêtant à trouver enfin la cause de la maladie chronique qui l'empêchait de démarrer, été comme hiver, et tout heureux quand ses manipulations réussissaient à lui redonner vie.

Nous prenions ensuite une bière, satisfaits du travail accompli, et parlions de choses et d'autres. Je lui posais parfois des questions convenues sur ses affaires, qu'il esquivait d'un haussement d'épaules. Je n'insistais pas. Les signes de son déclin étaient trop évidents pour qu'ils puissent être ignorés. Un seul coup d'œil à sa Chrysler, un vieux modèle datant de trois ans déjà, et constellé de taches de rouille, suffisait pour s'en convaincre. Il y avait encore là-dedans suffisamment de tôle et de chrome pour construire deux locomotives et une Mini Austin avec les retailles, mais l'époque n'était pas si lointaine où il eût considéré comme la pire des déchéances le fait de ne pas rouler dans le modèle de l'année.

Il savait depuis longtemps que l'avenir n'était plus aux petites entreprises indépendantes, fussent-elles familiales ; aussi s'était-il fait à l'idée que je ne deviendrais pas son associé.

Jamais il ne me posait de questions sur mes études. S'il aurait pu s'intéresser à Attila ou à Gengis Khan, il n'avait rien à faire des méthodes de compilation de fiches et des principes généraux du matérialisme historique qui avaient constitué mon ordinaire universitaire. Quand j'avais obtenu mon diplôme, il m'avait félicité, machinalement, et n'avait même pas pris la peine de me demander ce que je comptais en faire.

Nous n'étions pas très doués pour les banalités mais, à force d'en débiter, nous finissions toujours par nous engager sur une piste réjouissante. Il suffisait pour cela de nous laisser porter par notre penchant naturel.

Ainsi, il n'avait sans doute rien de précis en tête le jour où il m'a demandé pourquoi je ne portais pas d'alliance. La réponse que je lui ai faite importe peu. Un tissu de considérations convenues sur la possessivité, rien de plus. Tandis que je m'embourbais dans mes propos, il élargissait le débat en réfléchissant tout haut au fait que plus personne, désormais, ne voulait porter sur lui le signe de son état. Finis les uniformes, les coiffes, les soutanes, même le pape avait donné sa tiare. Si mon père avait accepté qu'on ne puisse plus reconnaître le laitier du boulanger, il arrivait difficilement à admettre qu'on ait abandonné si vite le rituel du deuil. Qu'on renonce aux vêtements noirs, passe encore, mais ne pourrions-nous pas imaginer un autre indice, plus discret peut-être, mais tout de même visible ? Nous nous étions aussitôt laissés aller à imaginer ce qu'auraient pu être ces indices : des anneaux de différentes couleurs, portés au doigt ? Des colliers ? De petites broches, en forme de cercueils, épinglées sur la chemise ?

Mon père y voyait de nombreux avantages qui ne relevaient pas toujours de stricts intérêts commerciaux. Un seul coup d'œil sur un parfait étranger eût suffi à évaluer non seulement son état, mais aussi, en quelque sorte, sa qualité. À propos d'un pur inconnu, croisé dans le métro : «Tiens, un douze cercueils.» Et cet autre inconnu, croulant sous les médailles? Un rescapé des camps de concentration, sans doute. Imaginons maintenant l'institutrice, au premier jour d'école. Les enfants entrent un à un dans la classe, purs et innocents. Mais voilà qu'arrive une petite fille, portant un collier garni de perles noires...

Les jeunes hommes, dans les bars, n'auraient plus à s'en remettre à l'astrologie pour découvrir l'âme sœur. «Pas celle-là, non. Jolie, c'est vrai, mais je ne réussirai jamais à m'entendre avec une deux cercueils, d'autant qu'ils sont bien pâles. De lointains grands-parents aussitôt oubliés, sans doute. Celle-là, par contre, qui porte fièrement ses huit perles noires...»

***

J'aimais bien que mon père me demande d'aller au sous-sol lui chercher un outil. Les jours de grand soleil, je devais descendre lentement l'escalier afin de laisser à mes yeux le temps de s'adapter à l'obscurité, sans quoi je risquais de buter contre le vélo d'exercice qu'il avait installé au milieu de la grande salle, en face du téléviseur.

Déjà bedonnant au moment où j'avais quitté la maison, mon père était rapidement devenu aussi ventripotent qu'un arbitre de baseball, ce qui ne cessait de le tourmenter, d'autant que les rédacteurs du questionnaire de la mutuelle de Hartford, toujours à l'affût des dernières découvertes scientifiques, semblaient prendre un malin plaisir à alourdir, année après année, le coefficient de pondération lié aux kilos supplémentaires, si bien qu'ils avaient retranché cinq ans à son espérance de vie. Elle n'était plus, aux dernières nouvelles, que de soixante-douze ans.

Ma mère lui avait parfois suggéré, discrètement, de se mettre au régime mais il avait toujours accueilli cette suggestion avec un haussement d'épaules agacé. Un régime, c'est bon pour les femmes. Sa réaction avait été plus virile et, qui plus est, scientifique. Le temps passé à tondre la pelouse, à pelleter la neige et à faire quelques promenades digestives ne suffisaient pas ? Qu'à cela ne tienne : avec ce vélo, avait-il calculé, chaque kilomètre parcouru ajouterait vingt minutes à son espérance de vie.

L'ennui, avec ce genre d'appareil, c'est qu'il ne suffit pas de le posséder. Je regardais la housse de plastique qui le recouvrait en permanence et je me demandais si elle était destinée à protéger de la poussière ou à dissimuler le compteur.

Le reste du sous-sol sortait ensuite de l'ombre : le vieux *pick-up* sur lequel j'avais usé tant d'aiguilles à faire jouer *Comme à Ostende*, les fauteuils coloniaux, l'immense cendrier de céramique. J'ouvrais la porte de ma chambre, de nouveau transformée en salle de couture, m'étonnant de revoir les murs noirs et les petites fenêtres. Je me sentais comme un touriste perdu dans un musée désert.

J'étais toujours déconcerté, en regardant toutes ces choses, par un phénomène qui me semblait d'ordre physique : les objets me semblaient avoir enfin atteint leur taille *normale*.

J'essayais parfois d'expliquer ce que je voulais dire à Esther, mais elle n'arrivait pas à me comprendre, malgré mes patientes explications.

Cela tombe pourtant sous le sens, il me semble : prenons un meuble quelconque, le vieux sofa, par exemple, sur lequel un enfant de deux ans ne réussirait à grimper qu'au prix d'une exténuante gymnastique. À mesure qu'il grandit, le sofa semble rapetisser et l'exercice devient de plus en plus facile. Le comptoir de la cuisine, jadis couvert de mystérieux objets, ne révèle plus que d'insignifiantes housses à grille-pain. Vient ensuite le tour des humains. L'enfant atteint d'abord les genoux de son père, puis son ventre, ses épaules, sa tête, et enfin le dépasse.

Pendant dix, quinze, vingt ans, le cerveau enregistre que les objets rapetissent, que l'univers se rabougrit. Trop bien rodé pour s'arrêter, il continue sur sa lancée. Les choses deviennent insignifiantes, les parents raccourcissent jusqu'à disparaître, et les gens qu'on croyait aimer, les amis en qui on croyait avoir confiance...

— C'est ridicule, réplique Esther. Tu essaies d'interpréter toute la vie à partir d'une erreur de perspective.

Peut-être. Mais supposons que la mort soit un objet que l'on porte sur soi, ou encore un tableau qu'on accroche au mur de la salle de bains et qu'on regarde chaque matin, avant d'aller travailler, et chaque soir, avant d'aller dormir. Est-ce qu'il n'est pas raisonnable de penser que les dimensions de cet objet changent, d'un jour à l'autre? Qu'il n'a plus la même couleur, le même poids?

Quand nos parents ont cessé de rapetisser, est-ce que la mort rapetisse, elle aussi, jusqu'à ne plus être qu'un objet familier qu'on traîne avec soi, comme un porte-clés que l'on tâte parfois, dans le fond de sa poche, pour se rassurer? Aura-t-elle toujours cette allure de mur infini, parfaitement lisse?

Oui, j'aimais les dimanches matins quand, penchés sur le moteur de la Mini Austin, mon père et moi, nous nous demandions quel boulon récalcitrant, quel fil déconnecté nous entraînerait à imaginer des piétons à douze cercueils.

J'aurais pu le lui dire, c'est vrai.

CINQUIÈME PARTIE

MAO

CHAPITRE

37

Un samedi matin, en mai 1976. Esther et sa sœur Dominique voulaient aller magasiner à ce nouveau centre commercial de banlieue, près de chez leurs parents. Moitié par désœuvrement, moitié parce que j'avais besoin de jeans, je les avais accompagnées.

Mes jeans achetés, j'étais allé fouiner à la librairie, en attendant qu'elles aient terminé leurs emplettes. J'en avais fait rapidement le tour, le temps de me désoler : aucun livre de Karl Marx, pas même *Le Capital* en bande dessinée, mais les œuvres complètes de Lopsang Rampa, ce fumiste tibétain qui avait bouleversé des siècles d'anatomie en se découvrant un troisième œil ; pour un pauvre demi-rayon de livres d'histoire, cachés au fin fond de la librairie, douze tablettes débordant de mystère des pyramides, de secrets des templiers et d'expériences paranormales en URSS. Sur la table des nouveautés, j'avais tout de même déniché *The Joy of Sex*, que j'avais feuilleté en affectant un air distrait.

Je devais avoir la gueule de l'emploi, j'imagine, puisque je n'avais pas encore terminé le premier chapitre que trois clients étaient venus me demander des informations : le rayon des sports, s'il vous plaît ? Au fond, à droite. *Le Troisième Œil* ? En avant, près de la caisse. *Le Faucon maltais* ? Rayon des policiers, en face.

— Vous devriez travailler dans une librairie, m'avait dit la caissière, vous connaissez les livres mieux que moi...

— C'est bien payé ?

— Salaire minimum. Tant qu'à faire, il vaut mieux vendre du linge. Avec la commission, c'est plus payant. Moi, je fais ça en attendant une job au Château...

Sous l'épaisse croûte de maquillage, un visage tout jeune. Dix-huit ans à peine. De jolis yeux, un peu vides. Le genre de fille à s'appeler Linda, Johanne ou Nancy. Mais les libraires ne s'appellent jamais Linda, Johanne ou Nancy et elles ne se maquillent pas, ou alors très mal. Elles ressemblent plutôt à la gérante, qui se mêle à la conversation, au retour de sa pause-café : la jeune trentaine mais l'air d'en avoir quarante, les cheveux tirés en arrière pour bien dégager le front et mettre en évidence les épaisses lunettes, et un prénom à l'avenant. Le genre de fille à s'appeler Pauline.

Si Esther et Dominique étaient arrivées à ce moment-là, je serais rentré chez moi tout bonnement, j'aurais passé une partie de mes vacances à laver les corridors de l'asile, l'autre au chalet des beaux-parents. Au début du mois d'août, je serais allé faire la tournée de quelques collèges pour proposer ma candidature, deux ou trois l'auraient acceptée, j'aurais choisi celui qui était le plus proche et j'aurais fini mes jours professeur de cégep, comme Pierre-Paul. Que peut-on espérer de mieux avec un baccalauréat en histoire ? Mais Esther et Dominique avaient si bien pris leur temps que j'ai pu leur annoncer, quand elles sont enfin venues me rejoindre, que j'avais trouvé non seulement des jeans, mais aussi du travail.

C'était trop facile. Pas même le temps d'y réfléchir, et vous étiez coincé dans un emploi que vous n'aviez même pas cherché et qui se refermait à jamais sur vous. Certains avaient plus de chance que d'autres, voilà tout. Esther, qui allait enseigner des siècles durant dans une école primaire de Laval. Pierre-Paul, enfermé à jamais dans son collège, à radoter ses cours de sociologie. Louise, travailleuse sociale dans un CLSC... Seul Jacques n'était pas tombé dans le piège : révolutionnaire à plein temps, il avait négligé de protéger ses arrières. Il allait longtemps le regretter.

J'étais donc devenu libraire sur un coup de tête. Deux mois seulement, pour faire changement, en septembre on verra... Je touchais un salaire de famine, d'accord, j'aurais pu gagner deux fois plus à laver les corridors de l'asile, mais le commerce des livres n'est-il pas noble? Bourgeois? Bon, d'accord, bourgeois. Ma librairie de centre commercial n'était qu'un petit maillon d'une grande chaîne capitaliste, son propriétaire vendait des livres comme d'autres des saucisses, mais je n'ai jamais extorqué de plus-value à qui que ce soit, jamais. Et puis, commerce capitaliste ou non, je pouvais tout de même influencer le choix des lecteurs en suggérant Han Suyin plutôt que Pearl Buck, en refilant par-ci par-là un Claudie Broyelle, un Charles Bettelheim, voire même un petit livre rouge du président Mao. En négligeant de commander quelques livres de poche et en les remplaçant subrepticement par de nouveaux titres de la petite collection Maspero, est-ce que je ne faisais pas œuvre d'éducation? Est-ce que je ne contribuais pas, à ma manière, à la conscientisation des masses? Est-ce que je ne m'inscrivais pas, objectivement, dans le courant de l'histoire?

En quoi est-ce que le commerce des livres se distingue de l'enseignement, au juste? Petit commerce capitaliste d'un côté, appareil idéologique d'État de l'autre, y a-t-il une telle différence qu'il soit justifié de répandre partout la rumeur que j'ai trahi la classe ouvrière? Franchement, Pierre-Paul...

***

Épousseter les tablettes, dénicher un livre qui traîne là depuis des mois, délaissé de tous, et le prendre en pitié. Le mettre de face plutôt que de profil, observer une légère augmentation des ventes. Poursuivre l'expérience en plaçant une pile sur la table des nouveautés : une autre augmentation des ventes, plus sensible celle-là. Pour peu que Roch Poisson en ait dit du bien, à *Bon Dimanche*, c'est la razzia. Quand le client se présente à la caisse, tout fier de sa découverte, réprimer un sourire. Piégée, la souris blanche. On ne peut pas tenir un commerce, quel qu'il soit, et conserver longtemps une haute opinion de l'espèce humaine.

Ouvrir des boîtes, fébrile. Cinquante exemplaires du guide de l'automobile... Le placer en évidence dans la vitrine, en poser deux piles sur la table des nouveautés, déménager pour cela quelques romans sur les tablettes, de face d'abord, de profil ensuite, avant de les renvoyer à l'éditeur en même temps que ces plaquettes de poésie, invendables, qu'on a tout de même gardées quelques jours, Pauline et moi, pour en lire quelques passages à voix haute, histoire de rire un bon coup. Désolé pour tes *ruts cosmiques numéro deux*, très cher Marcel...

Se laisser émouvoir par ce vieux bonhomme qui essaie encore une fois de nous refiler le roman de sa vie, publié à compte d'auteur. Un peu par pitié, un peu aussi pour conserver sa clientèle, en accepter cinq copies, en consigne. Aucun risque : le vieux bonhomme habite tout près, sans doute enverra-t-il bientôt son épouse et ses amis du club de bridge en acheter quelques-uns...

Mais peut-être habite-t-il seul, peut-être ses amis du club de bridge ont-ils déjà acheté cinq copies chacun du roman de sa vie, peut-être aussi n'a-t-il ni amis ni club de bridge... Il revient, deux semaines plus tard, gonflé d'espoir : nous n'avons pas réussi à vendre votre livre, désolé. Il quitte la librairie, les épaules encore plus voûtées. Garder le silence, échanger un regard gêné avec Pauline, courber la tête. Se dire que Pauline a du cœur, quand même. Se dire aussi que ceux qui rêvent de devenir écrivain ne devraient jamais, au grand jamais, travailler dans une librairie.

Épousseter consciencieusement les tablettes, nettoyer à fond le comptoir et la caisse enregistreuse, mettre sa cravate : le propriétaire de la chaîne de librairies vient visiter sa succursale numéro trente-huit. Serrer la main de ce cochon de capitaliste, sourire, hypocrite, à ce salaud qui ne se donne même pas la peine de parler français, l'entendre raconter ses débuts héroïques et apprendre, estomaqué, qu'il a déjà prêté gratuitement ses locaux à Norman Bethune, à l'époque, et qu'ils avaient pris ensemble de mémorables cuites... Le vrai, le grand Norman Bethune ? Le seul et unique, oui. En être profondément troublé pendant des années. Si on ne peut même plus se fonder sur la bonne vieille lutte de classes pour juger son monde...

Apprivoiser l'ennui des longues journées ensoleillées d'été passées à attendre d'improbables clients, sous la triste lumière des néons, se sentir blanchir à vue d'œil entre les murs de la librairie comme entre les planches d'un cercueil.

De temps à autre, accueillir une banlieusarde typique, cheveux teints et face de terre cuite. Elle mourait d'ennui sur sa chaise longue, à côté de sa piscine, et ne savait trop quoi faire en attendant que son mari rentre du travail et allume le barbecue. Auriez-vous un roman à me suggérer, quelque chose de pas trop compliqué, une histoire d'amour qui finit bien, je ne veux pas penser, ça fait trop mal à la tête... La regarder sortir du magasin, pousser un soupir, puis tenter de lui inventer une aventure, un mystère, un drame. Ne rien trouver d'autre que la piscine, le barbecue et la cellulite. La teinture blonde est parfois mieux réussie, le bronzage plus léger, les yeux un peu moins vides. Quant au reste, les banlieusardes sont interchangeables. Pour les destins singuliers, s'adresser ailleurs.

Encore des heures à attendre la prochaine cliente. Se dire qu'on aurait le temps de lire *Le Capital*, reporter sa décision, sombrer dans la torpeur... C'est l'été, peut-être. L'odeur du chlore, du barbecue et des crèmes de bronzage? Les néons du centre commercial, la muzak, le système de climatisation? Il y a certainement quelque chose dans l'air des banlieues et de ses centres commerciaux, un produit puissant, provenant d'un laboratoire secret de la CIA, qui dissout jusqu'à l'idée de la lutte de classes.

Écouter Pauline raconter sa vie, y trouver de l'intérêt, puis aller bavarder avec Linda, au Château, l'entendre raconter sa vie, y trouver de l'intérêt. Se promener dans le centre commercial, arrêter un long moment chez le marchand de téléviseurs, regarder les prouesses de Nadia Comaneci sur écran géant. Revenir à la librairie, bavarder encore avec Pauline, déceler de drôles de lueurs dans ses yeux. Se surprendre à la trouver désirable, fantasmer sur ce qui pourrait se produire si on fermait les portes vitrées et si on s'enfermait tous les deux dans l'arrière-boutique, des piles de livres en guise de lit... Chasser l'idée en nettoyant la caisse enregistreuse : vaporiser un peu de Fantastik sur un coton-tige et s'attaquer à cette vieille poussière, entre les touches... Celui qui n'a jamais passé tout un mois de juillet dans une librairie de centre commercial ne sait pas ce que c'est que l'ennui.

***

Un libraire peut difficilement se métamorphoser en grand révolutionnaire, ni même en petit. Question d'ambiance et de crédibilité. S'il caresse l'idée de devenir écrivain, il a une fichue côte à remonter : toutes ces nouveautés sans lendemain, ces invendus retournés à l'expéditeur, ces livres publiés à compte d'auteur, ces deux ou trois écrivains un peu connus, obligés d'aller faire les clowns à la télévision et qui viennent parfois lui serrer la main, comme de vulgaires politiciens en campagne électorale, sans même parler de Flaubert, Rimbaud, Melville qui le toisent du haut de leurs rayons... S'il lui arrive de prendre quand même un crayon et un bout de papier, les jours d'ennui majuscule, il se sent alors comme un petit paysan à la porte d'un immense château. Il veut frapper, hésite, renonce. Qui suis-je pour déranger le roi ?

Un commis de librairie peut difficilement devenir un révolutionnaire crédible, encore moins un écrivain, mais il n'y a pas de meilleur emploi pour être amoureux. Être amoureux à ma manière, qui est peut-être celle de tous les hommes, je n'en sais rien : de loin, dans l'ennui et la solitude.

Je n'ai jamais aimé Esther autant que cet été-là, je pense. J'imaginais vivre avec elle dans une maison toute blanche, bordée d'arbres centenaires, perdue au milieu d'une campagne idéale, sans mars ni novembre, avec juste un petit vent pour faire bruire les feuilles, un peu de pluie, parfois, pour raviver les odeurs, et quelques tempêtes de neige, pour le silence. Écrire un chapitre ou deux le matin, fendre du bois l'après-midi, cueillir des framboises pour en faire des confitures, nourrir les poules et les canards... Je me repassais ce film à l'infini, y ajoutant chaque fois quelques détails : un bouquet de fleurs séchées sur la table de la cuisine, une chaloupe qui se berce sur le lac, de longues promenades en forêt... Rien de bien original, je sais, mais c'était mon rêve à moi, excusez-moi du peu, et puis épargnez-moi vos sourires sarcastiques, je vous en prie.

Les rêves s'emmêlent, parfois, lorsqu'une jeune cliente me demande un livre sur le Moyen-Âge. Rien de tel dans ma librairie de centre commercial, je ne le sais que trop bien, mais je fais quand même semblant de chercher, pour le seul plaisir de la retenir encore un peu. Je lui parle de choses et d'autres, je lui demande si elle a un titre précis en tête, en espérant de tout cœur qu'elle passe une commande, ce qui me permettra de noter son nom et son numéro de téléphone, d'entendre encore sa voix, de revoir ses yeux, rien qu'une fois. Ne jamais rien oublier de ces visions fugitives, de ces amours furtives.

Six heures, enfin. Pauline calcule la maigre recette de la journée tandis que je referme la lourde porte de verre. La librairie est fermée, le centre commercial désert, personne ne nous verrait si je m'approchais d'elle, tout doucement, si je posais la main sur son épaule...

Penser à Esther, soudainement, au projet de couple nouveau, réinventé de toutes pièces... Est-ce que j'ai été à la hauteur? Je salue Pauline et me précipite à la boutique du fleuriste avant qu'elle ne ferme, puis je rentre à la maison en me sentant tout penaud, tout coupable, tout chose...

CHAPITRE

38

Début août, tout se précipite. Pauline m'annonce d'abord sa promotion à une nouvelle succursale de la librairie, dans un centre commercial plus achalandé. Le salaire étant fonction du chiffre d'affaires, l'offre lui paraît irrésistible, et puis ça vaut mieux, à tous points de vue... Je ne relève pas le sous-entendu. (Ces drôles de regards échangés, parfois, les jours de grand ennui, ces confidences, pour meubler les temps morts, cette habitude de nous frôler, de temps à autre, en plaçant les livres sur les tablettes, ce petit jeu dangereux qui recommence chaque jour, de façon à peine appuyée, comme s'il n'y avait pas moyen de nous éviter dans ce grand magasin désert, ce fantasme tenace de l'arrière-boutique et de son lit de livres.) Un dernier regard, un soupir, puis la suite de la conversation : ma place est libre, voilà, je peux parler en ta faveur au propriétaire, à toi de jouer.

Je rencontre le bonhomme pour tâter le terrain. Repas en tête à tête dans un restaurant du centre commercial. Je m'étais préparé à lui servir mon meilleur anglais, mais j'en aurai à peine besoin. Il me raconte sa vie, m'évaluant peut-être du coin de l'œil, sans que j'en aie conscience. Je le trouve plutôt sympathique, malgré tout. J'aime bien son vieux visage couvert de rides, et puis un ami personnel de Norman Bethune ne peut pas être totalement capitaliste, quand même. À la fin du repas, les cartes sont sur la table : cinq dollars l'heure pour commencer, à renégocier un peu plus tard, si je réussis à faire augmenter raisonnablement le chiffre d'affaires. Je demande à y réfléchir, il m'accorde une semaine, et c'est là que tout se joue.

Esther n'aime pas l'idée. Cinq dollars l'heure, c'est un peu mesquin, Norman Bethune ou pas. Et puis travailler les jeudi et vendredi soir, les samedis... Pourquoi pas l'enseignement, comme tout le monde ?

Parce que je n'ai pas envie d'enseigner des dates et des guerres à des adolescents même pas intéressés à ce que je leur raconte et de leur poser ensuite des colles pour me venger. Parce que j'en suis venu à aimer ces longues journées molles où je n'ai rien à faire, rien à prouver, entouré de livres, comme dans la caverne d'Ali Baba. J'aime attendre sans savoir ce que j'attends, j'aime l'ennui, oui, j'y vois même une forme d'ascèse à bon marché, et puis j'ai envie d'être gérant de librairie, voilà, c'est tout.

— Pierre-Paul, lui...

— Oui, je sais, Pierre-Paul est professeur dans un collège. Raison de plus.

— Bon, si c'est ce que tu veux, après tout...

Esther se rendait avec une facilité déconcertante à mes arguments. J'aurais dû me méfier.

***

Je viens à peine d'être promu que la vieille Mini Austin rend l'âme. Pas question d'en acheter une autre, pas question non plus de pactiser avec l'impérialisme américain en circulant dans une Chrysler, une Ford ou une quelconque Oldsmobile ; oublions aussi les Volkswagen, sympathiques, certes, mais dont on ne peut oublier les origines nazies ; restent la France et ses Renault, sièges confortables mais pas de moteur, et le Japon, puissance impérialiste de seconde zone elle aussi, mais plus lointaine. Le concessionnaire Datsun avait accepté de reprendre notre vieille Mini Austin en échange d'une radio et d'un traitement antirouille et, pour trois mille cinq cents dollars à peine, nous avait vendu une belle petite Datsun jaune. Esther avait facilement cédé à mes arguments, une fois de plus.

On ne peut pas acheter une automobile neuve et la laisser devant la maison à ne rien faire. Cet été-là, Esther réussit assez facilement à me convaincre d'aller rendre visite à ses frères et sœurs, sur la Rive-Sud. C'est dire si j'aime conduire. Nous allons donc passer quelques soirées chez Charles ou chez Louis, à manger d'énormes steaks et à boire de la bière fraîche sur le parterre, beaucoup de bière, pour mieux supporter leur conversation. Nous les entendons raconter les avantages de la banlieue, le silence, la fraîcheur, les arbres, laissant leurs phrases s'insinuer perfidement, puis nous rentrons dans notre petit logement mal aéré où, par les nuits de canicule, il nous est si difficile de dormir. Après quelques nuits sans sommeil, je finis par admettre que oui, quand même, il y a des avantages à la vie de banlieue.

***

Le courtier en immeubles a dû être magicien dans une vie antérieure. Montre en or, bracelet, breloques, bague frappée de son signe du zodiaque, il ne lui manque que la cape et le haut-de-forme. Pourquoi d'ailleurs ne tombe-t-il jamais la veste, malgré la chaleur, sinon pour y cacher ses accessoires?

Ses considérations banales sur le temps qu'il fait, ses blagues convenues, ses compliments à la petite madame, tout ce baratin est si plat qu'il s'ennuie lui-même, mais il a réussi à détourner mon attention. Quelques phrases encore et je suis convaincu que jamais un tel abruti ne réussira à me rouler.

Soudain, au milieu du ronronnement, deux bruits secs viennent me tirer de ma torpeur. L'attaché-case est ouvert, le spectacle peut commencer. Une tablette de feuilles blanches, bien en vue sur la table. Tout vendeur qui se respecte en connaît les vertus hypnotiques. De la poche intérieure du veston surgit ensuite un stylo en or. Je le suis des yeux, fasciné, tandis que le magicien le fait cliqueter au-dessus de la feuille blanche. Pour mieux établir son influence, il a enfin recours à sa calculatrice, plaquée or elle aussi, et couverte de signes cabalistiques. La feuille se remplit bientôt de chiffres tandis qu'il murmure une incantation. Huit et quart, neuf trois quart, mille cinq cents multiplié par deux point quatre, je pose huit et je retiens sept, moins deux et demie... La main est plus rapide que l'œil, je renonce à le suivre dans ses calculs, et me voilà ensorcelé. Voyez comme cet énorme montant, qui tantôt vous semblait un monstre terrifiant, devient inoffensif pour peu qu'on le subdivise en petites tranches mensuelles. Encore quelques cliquetis de baguette magique et vous assistez à une nouvelle métamorphose. Ce ne sont même plus des dépenses, non, mais des investissements susceptibles de vous rapporter le double, voire le triple de votre mise de fonds, d'ailleurs insignifiante, quand on y pense un peu. Le monstre est disparu. Tout n'est qu'illusion.

L'immense cuisine qui m'entoure et qui, hier encore, me semblait le comble de l'insignifiance nord-américaine devient tout à coup une merveille de propreté et d'efficacité. Pas de vieilles boiseries ramasse-poussière, un linoléum ciré pour l'éternité (quand on a passé une partie de sa vie à laver des corridors d'asile, on sait apprécier) et même un lave-vaisselle, ce symbole par excellence de la décadence capitaliste, mais il est déjà installé, ce serait ridicule de le jeter.

Dehors, par la porte-fenêtre, on voit le patio en bois traité, la pelouse toute neuve, la haie de cèdres... Une petite maison isolée du monde, mais à deux pas de l'autoroute.

Un peu plus loin, le salon, qui donne sur la rue, une rue si tranquille qu'elle pourrait tout aussi bien porter le nom de parc, vous pourriez d'ailleurs y dormir toute une nuit, assure le vendeur, sans risque de vous faire écraser.

À l'étage, les trois chambres... Une maison presque neuve, deux ans à peine, le couple qui l'habitait vient tout juste de divorcer, un bijou vendu à prix d'aubaine, vraiment, pour autant qu'on veuille bien le subdiviser en petits paiements mensuels, huit et quart, ce qui nous donne huit et quarante-quatre du mille...

— Vous avez fait une petite erreur, là : il faut déplacer le point...

— Vous avez raison, ma petite madame. Pas bête, la maîtresse d'école ! Je disais donc huit et quarante-quatre du mille, sur vingt ans...

Je regarde Esther, ahuri : elle n'a rien perdu des calculs, rien, malgré les cliquetis du stylo en or du vendeur, l'odeur écœurante de son après-rasage et ses blagues sexistes. Est-ce de colère qu'elle rougit ou se réjouit-elle du compliment, aussi stupide soit-il ?

Je les regarde persévérer dans leur devoir de mathématiques et je comprends soudainement la situation. Ce n'est pas un rêve ni un spectacle de magie, non, je suis bel et bien un acheteur potentiel de cette maison. Une maison. En banlieue. Moi. Moi qui ai passé l'essentiel de mon adolescence à contester, ce verbe qui a toujours été employé absolument tant il était évident qu'il s'appliquait au confort, à la banlieue, aux *bungalows* et aux téléviseurs couleur, bref à l'aliénation totale, je suis sur le point d'apposer ma signature au bas de ce contrat... Comment en suis-je arrivé là ?

À entendre Esther, nous étions simplement allés visiter une maison qu'elle avait vue en passant, près de son école, comme ça, pour voir, c'est tout, ça n'engage à rien. J'avais dit bon, pourquoi pas, simple curiosité, mais avant que tu réussisses à me faire acheter un *bungalow*, ma vieille...

— Ce n'est pas un *bungalow*, c'est un *cottage*. Et puis il faut voir les choses en face, Jean-François. Ta librairie est en banlieue, c'est toi qui as choisi. Mon école est en banlieue elle aussi, ce n'est pas ma faute. Il n'y a pas de transport en commun. Le choix est simple : engloutir notre argent dans une deuxième automobile ou bien investir dans une maison. Et puis pourquoi est-ce que ce serait toujours à moi de faire des concessions ?

***

Soyons juste. J'avais vingt-cinq ans, j'étais un adulte consentant, sain de corps et d'esprit, et j'ai signé en toute connaissance de cause l'offre d'achat, les documents du notaire et l'emprunt hypothécaire. Personne ne m'a tordu le bras. Esther avait des arguments en béton et je n'avais à leur opposer que des idées d'adolescent attardé. Je me suis donc incliné.

N'empêche que je me sentais comme le fruit de l'érable : des semaines et des semaines à rester accroché à un arbre et puis, un jour, la liberté, enfin. L'hélicoptère prend son envol. Trente secondes plus tard, et encore faut-il pour cela que les vents aient été favorables, le voilà fixé en terre, à tout jamais. Déjà fini ? Et c'est pour ça que j'ai attendu toute ma vie ?

Un emploi, une automobile, une maison que la belle-famille vient visiter, les félicitations, les poignées de main : bienvenu parmi les traîtres, Jean-François.

CHAPITRE

39

Un petit chien, assis sur le toit de sa niche. Penché sur sa vieille Remington, il recommence son roman, une fois de plus. C'était une nuit sombre et orageuse...

Esther pouvait-elle savoir à quel point elle avait mis dans le mille en m'offrant, pour mon anniversaire, cet agrandissement d'une bande de Snoopy? J'avais ri en le déballant, bien sûr. Un immense éclat de rire, d'un jaune éblouissant. Snoopy et sa sempiternelle première phrase, Snoopy et ses lettres de refus...

Un peu d'autodérision n'ayant jamais fait de tort à personne, j'avais suspendu Snoopy à un mur du bureau, à côté d'une vieille photo que Pierre-Paul m'avait donnée, jadis, au retour de notre voyage en Europe : Jean-Paul Sartre, assis à la terrasse des Deux Magots, devant un cahier, un cendrier et un verre d'absinthe, les accessoires obligés du parfait écrivain. Un œil sur ses papiers, l'autre vers l'horizon philosophique indépassable de notre temps, Jean-Paul Sartre écrit sans relâche. Si tu savais, mon cher Jean-Paul, combien de fois j'ai dû résister à l'envie d'enlever une des punaises qui retenait ta photo et de te l'enfoncer dans tes yeux d'aveugle, si tu savais combien de fois j'ai fait un grand ménage de mon bureau, dans l'espoir de me stimuler les méninges, combien de fois j'ai rangé mes tiroirs, épousseté la lampe et nettoyé la tasse porte-crayons en espérant que mon cerveau, par osmose, devienne lui aussi comme neuf, combien de fois je me suis offert de beaux cahiers aux feuilles bien blanches et bien lisses en me disant que cette fois-ci serait la bonne, que j'oserais enfin frapper à la porte du château, que je finirais bien par être autre chose qu'un commenceur de romans et un remplisseur de cendriers...

Tu as fini de me terroriser, Jean-Paul. Mes ambitions petites-bourgeoises sont mortes et enterrées, voici maintenant venu le temps des choses sérieuses. Quelques feuilles, pour prendre des notes, et je me plonge dans le premier tome des œuvres choisies de Mao Tsé-Toung.

J'ai pris quelques années de retard, d'accord, mais je peux encore tenter de devenir un homme nouveau, un militant exemplaire. Pas un de ces petits crétins de péquistes qui s'imaginent changer le monde parce qu'ils ont passé deux ou trois soirées à lécher des rabats d'enveloppes et des pieds d'aspirants ministres, ni un de ces universitaires qui se déguisent en ouvriers, boivent leur bière à la bouteille et s'entraînent à blasphémer. Je ne veux plus tâter l'eau du bout du pied mais plonger vraiment dans le vrai militantisme, celui qui fait mal.

Que reste-t-il d'autre quand on tient à sa raison et qu'on a un emploi, une automobile et une maison? On mène une brillante carrière, on collectionne les aventures amoureuses, on s'adonne au jogging, on paie ses factures et on fait semblant d'être heureux?

Et si on essayait, une fois dans sa vie, de tout changer, vraiment tout changer? Rien qu'une fois, pour voir. Pas rien qu'un petit morceau, mais toute la vie. Pas un seul individu, pas un pauvre petit couple de rien du tout, mais toute la société. On oublie alors Kennedy, qui n'était qu'un sale impérialiste vaguement réformiste, porteur de bien petits espoirs. On oublie le Che, un aventurier idéaliste à la solde du social-impérialisme soviétique. On oublie Jimi Hendrix, dont l'individualisme petit-bourgeois ne pouvait mener qu'au suicide. On oublie aussi Allende, qui avait livré son peuple à Pinochet, pieds et poings liés. Et on se tourne vers Mao, le seul qui ait réussi.

Mao n'a pas seulement fait la révolution, il a métamorphosé des principes philosophiques en riz et en viande, nourrissant ainsi sept cents millions de Chinois. Après avoir résolu la contradiction du ventre plein et du ventre vide, il a tenté de résoudre *toutes* les contradictions, même celles que personne n'aurait songé à contester tant elles paraissaient naturelles.

En Chine, il était devenu difficile de distinguer les hommes des femmes, qui portaient la même veste, le même pantalon, les mêmes chaussures. Dans l'armée, impossible de différencier le soldat du gradé, qui portait lui aussi la veste bleue, la même, exactement la même que portait le président Mao et que nous pouvions nous procurer, pour une bouchée de pain, dans toute bonne librairie marxiste-léniniste.

En Chine, les universitaires travaillaient aux champs ou nettoyaient des fosses à purin tandis que les paysans et les ouvriers discutaient philosophie.

En Chine, pas de barrière entre la science et la sagesse populaire ancestrale, ni même de distinction entre le passé et le présent : les médecins aux pieds nus utilisaient tout autant les antibiotiques que les aiguilles d'acupuncture et les herbes médicinales. Y avait-il quelque part risque de contagion que Mao n'avait qu'à lancer un mot d'ordre. Sept cents millions de Chinois partaient aussitôt à la chasse aux mouches et les éliminaient toutes.

Mao avait réussi à transformer la vie, toute la vie, et sept cents millions de Chinois déplaçaient des montagnes. Ils y allaient parfois un peu fort, c'est vrai, mais on ne fait pas la révolution, fût-elle culturelle, sans casser des œufs. Et puis quelques millions de morts, qu'est-ce que c'est, somme toute, à l'échelle de la Chine ? Ils seraient morts de toute façon, non ? Où est le problème ? On ne discute pas de littérature mais de révolution, soyons sérieux.

***

La révolution n'est pas une soirée de gala. C'est un matin pâle, dans un grand parking désert et sinistre, en face d'une usine de céramique. Je patauge dans les flaques de boue, les pieds gelés, les doigts engourdis, les yeux encore embrouillés de mauvais sommeil, tandis qu'un soleil frileux se lève à l'horizon du parc industriel. J'irais bien me réchauffer dans mon automobile, mais j'ai dû la stationner trois rues plus loin, question de sécurité.

Six heures trente du matin, j'ai rendez-vous avec la classe ouvrière. En attendant qu'elle se présente, je me répète le thème de l'agitation-propagande de la semaine : *le Parti québécois est objectivement au service d'une fraction de la bourgeoisie francophone, la classe ouvrière n'a rien à gagner à s'engager dans la voie sans issue de l'indépendance mais doit plutôt mettre toutes ses énergies à s'allier avec les camarades ouvriers du Canada anglais, qui ont objectivement les mêmes ennemis, à savoir la bourgeoisie canadienne alliée à l'impérialisme américain, afin de construire un véritable parti marxiste-léniniste.* Trop long, comme d'habitude. Du parking jusqu'à l'entrée de l'usine, il y a à peine trente pas, je les ai comptés. Pour peu que la classe ouvrière soit pressée de poinçonner, je n'aurai pas le temps de finir ma phrase. Que faire ? comme dirait l'autre. Prendre les devants et entamer le dialogue avec la classe ouvrière avant qu'elle ait quitté son automobile, voilà la solution.

Six heures trente-sept, une première automobile arrive enfin. Un ouvrier en sort, plutôt renfrogné. Il n'a pas encore refermé la portière que je suis devant lui, journal en main. J'essaie de lui sourire pour ne pas l'effaroucher, mais pas trop, quand même, il convient de bien se distinguer des témoins de Jéhovah. Plutôt que de l'assommer tout de suite avec mes affirmations, je tâte d'abord le terrain en lui demandant ce qu'il pense de l'élection du Parti québécois. Il me regarde, franchement étonné : qu'est-ce que je peux bien vouloir lui vendre par ce triste matin de novembre ? Je ne veux rien vendre, camarade, je veux vous offrir le point de vue de la classe ouvrière, votre point de vue, en fait, même si vous ne le soupçonnez pas encore.

Il se dirige vers son usine, sans même daigner me répondre. Je l'accompagne. Trente pas pour le convaincre. Trente pas pour lui faire comprendre que les grévistes des pâtes et papiers de Colombie-Britannique sont ses alliés objectifs, ou bien que la nationalisation de l'industrie pétrolière par le gouvernement du Venezuela est un geste progressiste en ce qu'il affaiblit objectivement l'impérialisme américain, ou encore que la présence des troupes cubaines en Angola n'est pas une manifestation de l'internationalisme prolétarien mais plutôt une manœuvre du social-impérialisme soviétique...

Il ne m'a même pas adressé la parole. À peine un haussement d'épaules. Et je me retrouve penaud, devant la porte de l'entrée des employés, avec mon journal. Ne pas se décourager : la classe ouvrière s'est montrée indifférente, d'accord, mais pas hostile.

Revenir vite au stationnement, accoster un autre ouvrier, au sortir de sa Duster SS, l'accompagner jusqu'à l'entrée de l'usine, tenter de lui refiler mon journal, sans succès, puis revenir encore au stationnement, modifier les stratégies d'approche, accompagner un autre ouvrier, plus hostile celui-là, un contremaître sans doute, renoncer, revenir au stationnement, marcher de plus en plus vite à mesure qu'il se remplit, deux automobiles, coup sur coup, ça se précipite, il s'agit de faire le bon choix. Puis trois, quatre automobiles, la chaîne de montage s'accélère, bonjour monsieur l'ouvrier, je viens vous présenter le point de vue de la classe ouvrière sur l'indépendance du Québec...

***

La révolution n'est pas une soirée de gala. C'est une interminable réunion tenue dans une chambre de motel de Pointe-aux-Trembles, une de ces chambres qui se louent généralement à l'heure. Pas question de nous réunir chez un des membres du groupe, on ne lésine pas avec la sécurité. Pas question non plus de stationner mon automobile devant le motel. Ou bien on utilise le transport en commun, ou bien on stationne trois rues plus loin et on marche, froid de canard ou pas.

Je pose les vingt dollars sur le comptoir, pas de reçu, non merci, je m'invente un nom et un numéro de plaque d'immatriculation et je n'ai pas besoin de faire d'effort particulier pour baisser les yeux, comme un mari honteux de tromper sa femme, quand le préposé me remet la clé.

En attendant l'arrivée des camarades, j'aère un peu la chambre sordide, puant l'humidité, et j'imagine, pour passer le temps, les fantasmes du préposé : quatre hommes et deux femmes entrant tour à tour dans la même chambre, avec des airs de conspirateurs, et qui y resteront jusqu'à minuit. Et sa gueule, le lendemain matin, quand la femme de ménage viendra lui dire que les cendriers débordaient de mégots mais que le lit n'a pas été défait.

Le couvre-lit sera un peu froissé, tout de même. Christiane et Édith s'y seront assises en tailleur, appuyées contre le mur. André, Serge et moi nous serons assis par terre tandis que Pierre, le responsable du groupe, aura droit à la chaise et au bureau. (Christiane, Édith, André, Serge et Pierre ne sont que des prénoms d'emprunt, évidemment. Nous ne les prononcerons qu'à voix basse, en nous trompant une fois sur deux. Ce n'est tout de même pas notre faute si nous nous connaissons tous peu ou prou, ayant fréquenté les mêmes lignes de piquetage, à l'université.)

Pierre, notre cadre, est le seul véritable membre. Il ne nous l'a jamais affirmé, mais on peut facilement le deviner d'abord à son discours (certaines de ses analyses se retrouvent telles quelles dans le journal de la semaine

suivante, c'est dire s'il est proche du comité central)
ensuite à l'épaisse couche de cernes qui décore ses yeux.

Si nous avions joint les rangs de l'organisation à ses
débuts, deux ans plus tôt, nous serions sans doute des
cadres, nous aussi, mais nous avions traîné nos savates
sur les sentiers de la révolution buissonnière et l'Organisation, à juste titre, se méfie un peu. À nous de rivaliser
de zèle pour leur prouver que nous ne sommes pas de
vulgaires opportunistes qui sentent que la révolution est
imminente mais des révolutionnaires convaincus, prêts à
sacrifier leur vie pour la cause.

Christiane, qui avait à nous résumer trente pages de
Lénine, en a lu un tome. Édith a réussi à entrer en relation
avec trois éléments avancés de la classe ouvrière et les a
mis en contact avec un de nos camarades implanté dans
une usine. André, qui devait consacrer deux matins par
semaine à la vente des journaux, y est allé trois fois. Serge,
qui devait se livrer à une autocritique, en met tant que ça
tourne au carnage et Pierre doit intervenir pour lui
expliquer que l'auto-mutilation est une forme d'opportunisme de droite. Je ne suis pas en reste, moi non plus : je
vends ma part de journaux, je consacre une soirée par
semaine à aider les camarades de la Librairie Rouge, très
forts en agitation-propagande mais nuls en comptabilité, et
je sais me faire apprécier des cadres, particulièrement
lorsque les néophytes posent leurs inévitables questions
sur Staline et les Khmers rouges. Les bains de sang ne
m'embêtent nullement, j'y vois même un gage de sérieux.
Pour contrer les éruptions d'idéalisme petit-bourgeois qui
se manifestent régulièrement, je raconte d'abord quelques
crimes de guerre nazis particulièrement juteux (le nazisme
n'est-il pas le stade suprême du capitalisme ?) et poursuis
avec de savoureuses descriptions des atrocités américaines
au Viêt-nam. Quand il a été bien établi que nos ennemis,
eux, ne chipotent pas pour un litre ou deux de sang
inutilement versés, j'enchaîne avec Staline et les Khmers

rouges : des millions de morts, d'accord, mais la cause
était bonne, voilà toute la différence.

***

La révolution n'est pas un dîner de gala, c'est aussi
une petite rue sombre où nous nous réunissons, à la fin
d'une quelconque manifestation, pour chanter une
dernière fois *L'Internationale* avant de nous disperser.
En face de nous, les militants de notre organisation
rivale, le soi-disant parti soi-disant marxiste-léniniste,
nous attendent de pied ferme. Nous sommes plus de cinq
cents et nos ennemis à peine deux cents, mais nous
sommes quand même terrifiés : ils ont vissé des casques
de football sur leurs têtes de brutes et broché leurs
pancartes sur de véritables massues.

Soudainement, au milieu d'un couplet, les hordes
barbares foncent vers nous en poussant leurs cris de
guerre, massues en l'air. Vont-ils vraiment charger ou est-
ce encore une tactique d'intimidation ? Ils s'arrêtent à deux
pas de nous, comme un seul homme, et nous pouvons
souffler un peu avant de recommencer à chanter à tue-tête,
chargés d'adrénaline, le couplet numéro douze.

Trois ou quatre fausses attaques plus tard, ils nous
cèdent finalement le passage et nous pouvons rentrer à la
maison, soulagés. La révolution n'est pas une soirée de
gala. Pour y participer, il faut de bonnes provisions de
sous-vêtements propres.

***

La révolution n'est pas une soirée de gala, elle
ressemble plutôt à une corrida, dans le stationnement de
la Commonwealth Steel Works. En face de moi, un grand
camion, taillé dans l'acier massif, rugissant et soufflant
comme un taureau pour que je lui cède le passage, moi

qui n'ai pour me défendre qu'une pauvre pancarte brochée à une latte de bois.

Je dois tenir le coup le plus longtemps possible pendant que mon camarade Gérard, grimpé sur le marchepied, explique au chauffeur excédé qu'il lui faut rebrousser chemin : les ouvriers de la Commonwealth Steel Works sont en grève légale, il faut te montrer solidaire, camarade chauffeur, ton patron ne pourra pas te congédier, n'es-tu pas syndiqué, toi aussi ?

Puisse-t-il être syndiqué. Rien de pire que ces camionneurs indépendants qui se prennent pour des patrons et tiennent à témoigner leur solidarité de classe. Mais il ne faut pas non plus qu'il soit *trop* syndiqué : sur une ligne de piquetage, un petit patron timoré vaut parfois mieux qu'un *teamster* fanatique. Un syndiqué timide, voilà ce que je souhaite de tout mon cœur, un petit syndiqué normal, père de famille, propriétaire d'un *bungalow* de banlieue, qui ne recherche que la paix... Parle-lui, Gérard, parle-lui doucement, tandis que j'agite ma pancarte devant ses yeux.

Si le camion avançait et si j'avais le réflexe ridicule de lui opposer ma petite latte, elle se casserait comme une allumette, sans même égratigner le pare-choc qui doit à lui seul peser une tonne. Le chauffeur n'en aurait même pas connaissance, pas plus qu'il ne ressentirait le moindre soubresaut quand les roues me passeraient dessus, une à une, bien lentement. Il n'entendrait pas non plus le concert des craquements d'os, couverts par le bruit du moteur. Peut-être un de mes bras se détacherait-il et resterait-il coincé dans les profondes sculptures du pneu, peut-être aussi le reste de mon corps se retrouverait-il entraîné dans les multiples engrenages du moteur et de la transmission. Je mourrais broyé, dévoré, digéré par une machine, comme Charlie Chaplin dans *Les Temps modernes*.

Un faux mouvement du chauffeur, un simple éternuement qui lui ferait relâcher, l'espace d'une seconde, la pression de son pied sur la pédale du frein, et me voilà écrabouillé. Et s'il décidait d'avancer volontairement sur moi, convaincu que je me défilerai au dernier moment ? Si je glissais dans la neige sale, si je trébuchais et qu'il ne puisse s'arrêter ? Ou bien si je restais là, tout simplement, offrant mon corps en sacrifice à la cause des ouvriers de la Commonwealth Steel Works ?

Je m'obstine à narguer cet immense camion, les pieds plantés dans la neige, armé d'une seule pancarte, depuis deux longues minutes qui m'ont semblé, en temps subjectif, durer des siècles au cours desquels des centaines d'idées idiotes m'ont traversé l'esprit. Pourquoi cette grille chromée, qui recouvre le radiateur, a-t-elle des allures de temple grec, avec ses colonnes et son tympan ? Ces deux tiges de fer qui encadrent le temple, vibrant au rythme du moteur, ont-elles d'autre fonction que de porter deux quilles de plastique ? Et pourquoi ces quilles, au fait ? Sont-elles installées par le manufacturier ou témoignent-elles d'un curieux fétichisme des camionneurs ? Il y a tant de choses qui m'échappent dans les manières de la classe ouvrière, tant de choses que j'aimerais savoir aussi à propos de la mécanique : est-il normal que le grondement du moteur soit aussi irrégulier ? Ce bruit sec et métallique correspond-il à l'embrayage, ce grincement aux freins qui se relâchent ? Existe-t-il des cours de mécanique auditive ?

Je regarde les dépouilles d'insectes, incrustées dans le pare-choc ou coincées dans les alvéoles du radiateur et je pense à leurs âmes minuscules, recrachées par le tuyau d'échappement, montant droit vers le ciel, saluées une dernière fois par le couvercle métallique... Si je mourais écrasé, moi aussi, la fumée serait-elle noire ou blanche ?

Gérard descend enfin du marchepied, rayonnant : il a réussi à convaincre le brave travailleur de ne pas franchir la ligne de piquetage.

Le camion fait demi-tour et nous reprenons notre marche silencieuse, Gérard et moi, seuls dans la nuit sale

de novembre, regardant à tout moment nos montres :
minuit trente, et la relève pourtant promise ne s'est toujours pas présentée. La relève, en l'occurrence, s'appelle
Yvon, un ouvrier taciturne et insomniaque qui passera la
nuit dans son automobile à écouter la radio et ne risquera
certainement pas sa vie pour empêcher les camions
d'entrer sur le terrain de son usine.

À une heure du matin, Yvon nous donne enfin signe
de vie, non pas pour prendre la relève cependant, mais
pour nous apprendre que les ouvriers de la Commonwealth
Steel Works, réunis en assemblée générale, ont
massivement voté en faveur des offres de l'employeur. La
grève est terminée, Yvon touchera une augmentation telle
qu'il pourra se payer une automobile neuve, alors voilà,
bonne fin de soirée, les gars.

Yvon part en faisant crisser les pneus de sa Camaro,
sans même nous remercier.

Nous marchons en silence jusqu'à ma petite Datsun,
stationnée trois rues plus loin, puis je vais reconduire
Gérard chez lui. Il m'invite à prendre une bière dans son
petit logement minable, à Verdun. Un petit logement
minable dans lequel habite Gérard, détenteur d'un baccalauréat en philosophie de l'Université de Montréal, d'une
maîtrise en sociologie de Yale et qui avait entrepris un
doctorat en épistémologie, à la Sorbonne, avant de trouver
son chemin de Damas et de joindre les rangs de notre
organisation.

***

J'avais très mal dormi ce soir-là, ne pouvant fermer
les yeux sans revoir ce stupide camion MACK. La caméra
de mes rêves faisait un gros plan saisissant de la grille
chromée, se rapprochait encore pour regarder les cadavres
d'insectes qui y étaient incrustés, et s'approchait plus
encore, jusqu'à ce que je puisse distinguer, sur le corps de

ce papillon aux ailes brûlées, un visage qui ressemblait au mien.

La révolution n'est pas une soirée de gala, non, elle ressemble plutôt à des matins pâles à tenter de vendre des journaux mouillés de pluie à la porte des usines, à des soirées enfermé dans une triste chambre de motel à discuter de tâches et de bilans, à des nuits blanches passées à lire l'*Anti-Dühring*, à des kilomètres parcourus à manifester dans les rues jusqu'à ce qu'on se réveille, un an plus tard, et qu'on se demande si le rôle de l'individu dans l'histoire est de se faire écraser par un camion MACK.

Le rêve est fini, on le sait, mais on s'y accroche encore quelque temps, ne serait-ce que par la force de l'habitude, et on s'acquitte de ses tâches de militant comme un contribuable de ses impôts. La force de l'habitude, mais aussi la peur du vide, le vide d'une librairie de centre commercial, d'une maison de banlieue, et de tous ces gens qui acceptent la vie comme elle est, qui font semblant d'être heureux et passent à l'âge adulte sans même se donner la peine de livrer un baroud d'honneur.

CHAPITRE

40

Septembre 1977. Nous sommes trois mille personnes au Centre Paul-Sauvé, militants et sympathisants confondus, pour célébrer le premier anniversaire de la mort de Mao. Trois mille personnes fraternisant sous les banderoles rouges tandis que sur la scène, décorée d'immenses portraits de Marx, Engels, Lénine, Staline et Mao, une chorale marxiste-léniniste, chemises blanches et foulards rouges, entonne de vieilles chansons russes. La révolution, pour une fois, ressemble à une soirée de gala.

Certains militants reprennent en chœur les refrains de la chorale, mais la plupart discutent, par petits groupes, des derniers événements internationaux. L'évolution récente de la Chine ne cesse de nous inquiéter. D'après le *Pékin-Informations*, le Grand Timonier avait lui-même désigné son successeur en la personne de Hua Kuo-Feng. « Avec toi au poste de commande, je suis confiant », avait-il noté dans la marge d'un recueil de poèmes. D'accord pour appuyer Hua, donc, mais pourquoi la Bande des quatre s'était-elle opposée à cette nomination avant d'être éliminée à son tour ? Pourquoi les Chinois que nous voyons aux bulletins d'informations montrent-ils, un radieux sourire aux lèvres, les cinq doigts de leur main en parlant de la Bande des quatre ? Pourquoi le vieux Deng Xiaoping avait-il été qualifié successivement par la presse chinoise de vipère lubrique, puis de fidèle compagnon d'armes du président Mao avant de retomber une fois de plus au fin fond de la poubelle de l'histoire pour en ressortir avec un poste clé au comité central du

Parti ? Ce va-et-vient dans les poubelles de l'histoire, qui commencent d'ailleurs à ressembler à des passoires, laisse planer un fâcheux doute sur le caractère scientifique du marxisme. Et comment analyser, sur la base du matérialisme dialectique, cette information consternante, à la une des journaux bourgeois : la compagnie Coca-Cola est maintenant implantée à Pékin...

Mao n'avait pas su mourir. Il avait trop attendu. Un vieux gaga qui était mort dans son lit, comme un bourgeois, au milieu des intrigues de palais, après une agonie aussi longue que celle de Franco. Pourquoi n'était-il pas mort noyé en tentant une dernière fois de traverser le Yang-Tsê, ou bien crucifié par les révisionnistes, ou encore enterré vivant dans une grotte du Yénan ?

Mao était mort dans son lit, entouré de vautours nommés Hua Kuo-Feng, Deng Xiaoping et la Bande des quatre, dirigée par la propre veuve de Mao, Chiang Ching, mieux connue sous le nom de Yoko Ono numéro deux. Était-elle aussi folle qu'on le disait ? Et, dans ce cas, pourquoi Mao n'avait-il jamais divorcé ? Était-il fou lui aussi, et depuis quand ?

La prestation de la chorale est terminée et le moment est venu d'entendre les discours de nos leaders, de beaux discours qui devraient nous galvaniser, nous gonfler à bloc pour que, plus marxistes-léninistes que jamais, nous soyons prêts à réduire en charpie les minables petits capitalistes locaux, à lutter à mains nues contre l'impérialisme américain et le social-impérialisme soviétique et, surtout, à pourfendre tous les trotskistes qui auraient osé sortir de leur terrier pour s'aventurer dans les environs du Centre Paul-Sauvé.

La Chine n'a pas le monopole des intrigues de palais, il s'en faut de beaucoup. Si nous sommes si nombreux, ce soir-là, c'est pour enfin savoir ce qui se passe au comité central de l'organisation. Peu importe le discours, il nous suffira de voir qui montera sur l'estrade pour être fixés. S'il s'agit de Jacques, nous pourrons en conclure que sa position l'a emporté. Il faudra dénoncer la restauration du capitalisme dans la Chine de Hua Kuo-Feng et nous ranger derrière le drapeau albanais. Pierre-Paul, lui, n'est pas tout à fait convaincu qu'Enver Hoxha est un marxiste-léniniste du même calibre que Marx ou Mao. Il voudra donc garder le mouvement aligné sur Pékin, le temps d'y voir plus clair.

Depuis quelques mois, les deux lignes s'affrontent presque ouvertement, sans jamais faire de vainqueur. Les positions albanaises semblent-elles l'emporter, ce qu'on peut déceler à d'infimes subtilités lexicales dans les éditoriaux de notre journal ou à la place d'honneur réservée aux œuvres complètes d'Enver Hoxha à la librairie de notre organisation, que la situation est aussitôt contre-balancée par un retour à la terminologie chinoise et à la vente des affiches de Mao.

Le moment est enfin venu de se brancher. Je ne suis pas le seul, sans doute, à essayer de deviner l'identité du prochain orateur en observant la hauteur du micro.

À la surprise générale, c'est Louise qui monte sur l'estrade. Elle pose les mains sur le lutrin, calmement, et attend que les murmures se soient tus avant d'entreprendre de lire les feuillets qu'elle a préparés. Dieu merci, elle ne s'éloigne jamais de son texte. Ce n'est pas le moment, à son premier discours, de confondre révolutionnaire et réactionnaire, ou encore prolétaire et propriétaire.

Dès la première phrase, elle cherche à donner le ton en affirmant haut et fort que la Chine est rouge et restera rouge. Ses propos passent mal la rampe, je dois le dire. Non pas que Louise ne soit pas, à sa manière, un tribun honorable. Son texte est impeccablement construit et son leitmotiv revient à point nommé, comme un refrain : la Chine est rouge et restera rouge... Tout le monde voudrait la croire, bien sûr, et tout le monde tend bien haut le poing avec elle, à la fin de son discours, pour chanter

L'Internationale, mais quelque chose s'est éteint, Louise, quelque chose qui n'a rien à voir avec toi, ni avec le fait que tu sois une femme, il ne faut pas tout mélanger. Cette insistance à répéter que la Chine est rouge et restera rouge n'apaise pas le doute qui nous ronge tous : ou bien la Chine n'est plus rouge et nous n'avons plus de modèle, ou bien elle est encore rouge mais elle a perdu à tout jamais sa faculté magique de nous faire rêver. On n'y peut rien, Louise.

Mao est mort, les vautours s'acharnent encore sur sa dépouille, et d'autres vautours, de vrais vautours cette fois, se régalent des cadavres de quelques millions de Cambodgiens, victimes des Khmers rouges. La Chine est rouge et restera rouge ? En ce sens-là, oui, peut-être...

***

Les militants se regroupent par petites grappes, à la sortie du Centre Paul-Sauvé, contrevenant ainsi à une des règles de sécurité de notre organisation. Je vais d'une à l'autre, glanant les rumeurs. Selon les uns, Jacques avait été accusé de révisionnisme, d'économisme, de titisme et de proto-trotskisme, et on l'avait sommé de faire une autocritique. Avait-il refusé de faire son autocritique et l'avait-on forcé à démissionner ? Avait-il au contraire fait une autocritique convaincante et offert lui-même sa démission avant d'aller, comme un missionnaire, répandre la bonne nouvelle à Toronto ? Avait-il vraiment déménagé, d'ailleurs, et fallait-il accorder quelque crédit à cette autre rumeur, persistante, selon laquelle sa démission n'avait été qu'une mise en scène destinée à tromper les flics, son but ultime étant de diriger nos troupes clandestines ?

Selon une autre version, plus répandue, Jacques avait divorcé et habitait dans un taudis, seul, sans emploi et tellement déprimé qu'il ne mettait jamais le nez dehors. Ses activités de rédacteur en chef de notre journal ne lui ayant pas donné droit à l'assurance-chômage, il vivait de l'aide sociale.

Tous s'entendaient cependant pour affirmer que la présence de Louise, sur l'estrade, avait été un coup de maître : depuis le temps qu'on accusait le comité central de ne pas donner de place aux luttes spécifiques des femmes... Cela suffirait-il cependant à calmer le vent de la démobilisation ?

J'en parlais encore avec des camarades quand j'ai vu sortir Louise et Pierre-Paul, tous deux radieux. Je les ai salués de loin, sans plus. Ils étaient tellement entourés de militants que je n'ai pas osé les déranger, mettons.

***

Le Centre Paul-Sauvé est vide, maintenant, et il est difficile de croire qu'il y avait là, il y a une heure à peine, quelques milliers de militants chantant *L'Internationale*, poings levés.

Des milliers de militants qui s'étaient ensuite retrouvés sur le trottoir, déconcertés, et qui, demain, s'empresseront de démissionner massivement, si bien qu'ils auront du mal à trouver à qui remettre leur démission. J'aurais pu les aider à faire un brin de ménage dans les rumeurs, mais quelque chose m'avait retenu. Quelque chose qui tenait un peu du respect que j'avais encore, malgré tout, pour notre vieille amitié.

Comment leur dire, par exemple, que l'image d'un Jacques déprimé et vivant en reclus dans un taudis était absolument invraisemblable ? Déprimé, Jacques ? Impossible. Il suffisait de l'avoir connu un tant soit peu pour savoir que ses émotions étaient tellement loin de son cerveau qu'il était parfois légitime de se demander si elles habitaient le même corps. Aurait-il été déprimé qu'il ne l'aurait sans doute pas su lui-même. Ressentant un certain malaise, il aurait été du genre à passer quelques nuits blanches à potasser *Le Capital*, à la recherche d'une explication. Et il l'y aurait sans doute trouvée.

J'aurais pu de même éliminer l'hypothèse du divorce, non pas en me livrant à une subtile analyse psychologique et encore moins politique, mais en me fiant à une source privilégiée qui n'avait jamais failli : ma mère, qui voyait chaque semaine la mère de Jacques, au supermarché. S'il y avait eu du divorce dans l'air, j'aurais été le premier à le savoir. Je tenais d'ailleurs de la même source que Christine avait abandonné l'Organisation elle aussi, bien plus par solidarité de couple qu'à la suite d'une quelconque divergence idéologique. Jacques et Christine s'étaient associés à deux autres couples, ex-membres de l'Organisation, pour acheter en copropriété un triplex à Outremont. De là, sans doute, la seule partie des rumeurs qui aient eu un fond de vérité : Jacques ne sortait pas souvent de chez lui. Il était bien trop occupé par ses travaux de rénovation.

Jacques et Christine n'avaient pas divorcé, non. Libérés de leurs tâches militantes, ils avaient si bien rattrapé le temps perdu en faisant jouer *Sad Eyed Lady of the Lowlands* qu'ils attendaient un enfant.

Si je n'en ai rien dit, c'est en partie à cause du souvenir de notre ancienne amitié, c'est vrai, mais aussi pour nous épargner à tous une sinistre comédie : nous nous serions sans doute crus obligés d'avoir l'air profondément déçus.

CHAPITRE

41

Esther, quoique sympathique à nos idées, n'avait jamais milité dans notre organisation. Tout au plus avait-elle assisté, parfois, à quelques réunions d'un cercle de lecture, mais elle avait vite abandonné, se disant réfractaire à notre esprit militaire. Elle ne s'en considérait pas moins comme une compagne de route et, comme pour se faire pardonner son individualisme, s'était investie dans divers regroupements de femmes luttant soit pour des garderies populaires, soit en faveur de l'avortement libre et gratuit, sans oublier le syndicat de son école et le regroupement pour une pédagogie progressiste, qui avait eu son heure de gloire en publiant deux albums intitulés *Comptines de lutte de classes*.

Rien ne l'obligeait à cesser ses activités parce que j'avais arrêté de militer, bien au contraire. Je l'incitais même à continuer, ce qui me permettait de me sentir progressiste par procuration.

Mais elle était tout de même passée tranquillement du pas de course au pas de marche, elle aussi, jusqu'à cet été 1978 où nous nous étions retrouvés face à face, comme un vieux couple qui doit réapprendre la vie à deux, quand le dernier enfant a quitté la maison.

Je n'avais plus à me lever avant le soleil pour aller vendre mes journaux, ni à passer de longues soirées enfermé dans une chambre de motel pour étudier Lénine, ni rien, en fait, rien d'autre que de travailler à la librairie, ce qui n'a jamais fait mourir personne d'une surdose de stress, surtout pas l'été. Cette soudaine abondance de temps libre aurait pu me faire paniquer. La vie, après tout, ne peut pas ressembler à des vacances perpétuelles, ce serait immoral, voilà du moins ce que me répétait chaque matin la petite voix de ma culpabilité, mais j'arrivais, cet été-là, Dieu sait pourquoi, à ne pas trop l'entendre.

J'avais plutôt envie de redécouvrir l'étrangère qu'était devenue Esther. Il nous était enfin possible de communiquer autrement qu'en nous écrivant des messages collés sur la porte du réfrigérateur, d'aller au cinéma sans avoir à prendre rendez-vous trois mois à l'avance, et surtout de boire du vin, le soir, en prolongeant tard dans la nuit les repas que nous prenions toujours dehors, sur le patio.

Nous parlions des heures durant, comme si nous rentrions tous les deux d'un long voyage dont nous devions raconter chacune des péripéties. Nous parlions sans jamais nous lasser, quitte à nous répéter, quitte aussi à redécouvrir d'énormes évidences, nous parlions comme seuls arrivent à le faire les adolescents, pour se convaincre qu'ils existent.

J'ai essayé de m'adapter à la vie de banlieue, cet été-là, en bavardant avec mes voisins, le soir, au-dessus des haies. Peut-être connaissaient-ils, à propos de la vie, un secret que j'avais toujours ignoré, quelque chose que tout le monde avait appris, à la petite école, un jour où j'avais dû m'absenter sans motif valable? Comment pouvait-on vivre sans jamais avoir rêvé de révolution, comment peut-on en arriver à accepter la vie à ce point-là?

Je n'ai évidemment pas trouvé de réponses à mes questions, mais j'ai tout de même apprécié la banlieue, oui, sans remords, comme j'ai apprécié nos vacances annuelles au chalet des beaux-parents, pendant ces vacances de 1978 où, subitement, presque dix ans trop tard, j'ai cessé d'avoir dix-huit ans.

***

Pendant les deux dernières semaines d'août, le chalet des parents d'Esther nous appartenait de droit divin. Un temps idéal, sans moustiques ni belle-famille. Nous n'aurions jamais songé à prendre ailleurs les deux pauvres petites semaines de congé que daignait m'accorder le propriétaire de la librairie.

J'appréciais les trois heures de route qu'il fallait se taper pour y arriver. Nous écoutions la radio aussi longtemps qu'il était possible, puis, quand elle n'avait plus à nous offrir que des grésillements, nous bavardions un peu, tranquillement, sans nous sentir obligés toutefois de couvrir le bruit du moteur, qui finissait toujours par l'emporter. Quand nous quittions la route d'asphalte, le bruit du moteur était à son tour couvert par ceux des cailloux frappant le plancher de l'auto, des amortisseurs grinçant au passage des nids de poule et des branches de sapin égratignant les portières. Tous ces bruits étaient nécessaires pour mieux goûter l'arrivée au chalet alors que, le contact coupé, les portières refermées, les oreilles bourdonnantes, nous restions là quelques instants, recueillis comme dans une cathédrale. La petite Datsun faisait encore crépiter son capot, comme si elle avait voulu nous rappeler ses loyaux services, puis nous laissait enfin goûter ce merveilleux silence, si intense qu'il nous blessait les tympans. Quelques secondes à peine et la nature, s'étant habituée à notre présence, se remettait à chahuter. Ces quelques secondes de silence étaient sans doute le plus beau moment de nos vacances, et j'aimais encore plus Esther de savoir l'apprécier.

Autant Esther pouvait être volubile à Montréal, autant elle était silencieuse à la campagne. Elle avait sans doute besoin d'une cure de tranquillité avant d'affronter une nouvelle classe d'enfants, ces petits vampires qui allaient lui sucer, une année durant, toute son affection.

Longues promenades silencieuses, lectures, parties de scrabble, canot, tel était l'ordinaire de nos journées, sans oublier la natation, bien sûr. Chaque jour, vers la fin de l'après-midi, quelle que soit la température, Esther redevenait Esther Williams. Elle nageait si loin que je la perdais de vue. J'avais à peine le temps de m'inquiéter que je la voyais revenir, un tout petit point noir flottant sur l'eau d'abord, à peine visible, puis je distinguais ses cheveux, son sourire, et j'entendais enfin son souffle profond et régulier, terriblement évocateur. J'assistais enfin au spectacle de son corps mouillé se hissant hors de l'eau et j'étais un peu jaloux de toutes ces petites gouttes pleines d'étoiles qui cherchaient à s'agripper à elle, en pure perte, et finissaient par glisser le long de ses jambes, en une dernière caresse.

Des bruits de moteur puis de portières viennent interrompre notre rituel. Imitant la nature, nous nous taisons un instant pour observer les intrus aux visages pâles qui viennent rompre l'harmonie : Jacques et Christine, encore abasourdis de silence.

Jacques, Christine et le petit Nicolas, endormi dans son lit d'auto. Nous les aidons à décharger leur automobile des boîtes de couches, sacs de provisions et caisse de bière, inquiets : nous savons comment nous comporter avec des amis, mais n'avons guère l'habitude des familles.

***

Ce n'était pas la première fois que nous les revoyions depuis la grande débâcle du marxisme-léninisme. Esther avait d'abord croisé Christine, par hasard, dans un grand magasin du centre-ville. Elles avaient bavardé calmement, sans se crêper le chignon, déjà ça de pris. Nous nous étions ensuite rencontrés tous les quatre, tout à fait par hasard encore une fois, dans la rue de notre enfance, le jour de la fête des Mères. Nous avions échangé des civilités, le contexte se prêtant mal aux disputes : Christine était ronde comme la lune, Jacques et moi nous sentions un peu ridicules avec nos immenses bouquets de fleurs. Aucune trace d'agressivité, mais un peu de méfiance, quand même, de part et d'autre.

Puisque le hasard semblait vouloir y mettre du sien, nous l'avions encouragé. Jacques vient acheter quelques livres à ma librairie, nous bavardons de longs moments de nos lectures. Il a lu, comme moi, Gide, Koestler, Desanti et Dumont, les classiques de la désillusion. Pourquoi ne viendriez-vous pas manger à la maison, un de ces jours, on pourrait parler de tout ça? Pourquoi pas, en effet.

Un repas à quatre, dans sa nouvelle maison d'Outremont, suivi d'un autre repas semblable, à Laval. Beaucoup de vin, quelques discussions politiques (à quel morceau d'épave convient-il de nous agripper, maintenant que le navire a coulé?) et d'interminables justifications. À entendre Jacques, il avait dû se faire violence pour acheter sa maison. En plus d'un logement, il avait en effet besoin d'espace pour son bureau (ce n'est pas une entreprise, non, attention, ne pas confondre, j'ai bien dit un bureau) où Christine pouvait faire ses travaux de traduction et lui ses articles, signés d'un nom de plume. Portraits de l'homme du mois dans des revues pour hommes d'affaires, analyses de la situation de l'industrie des portes et fenêtres, entrevues d'économistes bourgeois expliquant les politiques de la banque centrale... Mais, bon, il faut bien gagner sa vie, que peut-il faire d'autre de ses connaissances en économie, lui qui n'a pas terminé ses études et n'a nulle envie de s'y remettre? Il peut enfin utiliser son habileté à démêler les écheveaux des prises de contrôle, *reverse takeover*, pilules empoisonnées et autres subtilités des rapaces capitalistes, et rien ne l'empêche de faire passer certaines idées progressistes, de temps à autre. Jacques parle beaucoup, mais pas Christine, qui se contente de flatter ostensiblement son ventre rond, trop heureuse d'avoir enfin trouvé un état qui n'exige aucune justification.

Des soirées agréables, somme toute, à condition de toujours aborder les mêmes sujets, dans le même ordre. À condition aussi d'éviter à tout prix de parler de Pierre-Paul et de Louise. Jacques et Christine affirment haut et fort n'entretenir aucune rancœur envers eux mais risque-t-on une allusion, même lointaine, aux événements qui ont provoqué leur démission que les yeux de Jacques lancent des torpilles et que Christine risque de faire un avortement spontané.

Des soirées agréables, oui, même si la réconciliation est encore fragile. Peut-être est-il illusoire de s'attendre à plus. Nous sommes devenus des adultes, après tout.

***

Quand ils descendent de leur automobile avec le petit Nicolas, nous ressemblons encore à deux équipes de hockey qui se connaissent mal. Pour étudier l'adversaire, les joueurs envoient la rondelle dans l'autre zone et attendent : voyons ce qu'ils peuvent faire... Jacques et Christine se débrouillent plutôt bien, je dois dire. Polis, prévenants, ils se comportent en invités exemplaires.

Et puis les liens se tissent, imperceptiblement, au hasard d'une promenade autour du lac, d'un repas bien arrosé ou d'une partie de scrabble jamais terminée. Les discussions ne manquent pas, nous y sommes tous très habiles, mais c'est autre chose que de maîtriser l'art de la conversation. Autant l'avouer, nous n'y arrivons pas, ce qui explique sans doute que nous en soyons si vite venus aux confidences.

Christine nous prend tous au dépourvu quand elle nous confie avoir été jalouse d'Esther depuis les tous débuts, alors que nous habitions ensemble la maison des soupirs. Jalouse ? Jalouse de son indépendance d'esprit, oui. Elle l'enviait d'avoir su résister à la nécessité du militantisme, d'un certain militantisme plutôt, avec ses règles d'hommes et sa façon si masculine de concevoir le pouvoir. Esther protestait-elle n'avoir jamais pensé en termes de pouvoir que Christine renchérissait aussitôt : c'était la preuve de la justesse de sa pensée, une pensée réellement féminine, qui refusait la hiérarchie de la raison, des sentiments et des émotions, une pensée qu'elle n'avait jamais pu développer, de son côté, obnubilée qu'elle avait été par la capacité de Jacques à manipuler les idées, ce comportement si typiquement masculin...

Jacques, sensible à cette ambiance de confidences et ne supportant pas de rester à l'écart de ces échanges, se met à table, lui aussi. Après avoir réclamé l'attention, il nous livre, visiblement déchiré, ce qu'il considère comme un terrible aveu : il en est en effet venu à penser que la social-démocratie n'est pas un modèle si horrible et que les œuvres de Kautsky méritent d'être relues.

Christine se tourne alors vers Esther et, les yeux au ciel, lance un «tu vois ce que je veux dire...» aussi cruel qu'injuste. Jacques a fait un effort, il me semble.

Je ne peux pas en dire autant de moi. Un peu renfrogné, comme si je marchais sous une pluie froide, toujours sur la défensive, parfois même cynique, rejetant toutes les perches qu'on me tendait... Pudeur? Crainte d'être blessé une fois de plus? Et si la tragique superficialité des relations entre adultes, que dénoncent si facilement les adolescents, était une forme de sagesse?

Des mots, encore des mots. La vérité, c'est que je souhaitais cette réconciliation du plus profond de mes tripes, que je la souhaitais si fort que j'aurais été absolument incapable de me l'avouer.

***

Ce n'est qu'à la toute veille de leur départ que je me suis enfin rapproché de Jacques, en des circonstances tellement ridicules que j'hésite encore à les écrire. Je dois à la vérité de le faire, cependant, quitte à provoquer de nombreux « tu vois ce que je veux dire ».

Nous aidons nos invités à préparer leurs bagages quand Jacques, fouillant dans une garde-robe, découvre une carabine. Un simple jouet d'enfant, je tiens à le préciser tout de suite, une carabine à air comprimé, modèle Davy Crockett, ayant sans doute appartenu jadis à un beau-frère ou à un neveu, peu importe. Il suffit de remonter le levier et d'appuyer sur la détente pour obtenir un coup de feu supposément réaliste, immédiatement suivi d'un bruit de ricochet, ce qui a, à propos, quelque chose de profondément ridicule : comment une balle tirée dans l'abdomen peut-elle produire un ricochet ? Quoi qu'il en soit, Jacques s'empare de la carabine et, sans prévenir, se précipite sur moi en criant « Oswald ! ».

Je reçois la balle dans le ventre et je m'écroule sur le sol, non sans avoir imité la grimace de l'assassin de Kennedy.

***

Le petit Nicolas, trois mois bien sonnés, avait su prendre sa place. Il avait droit à certains égards, lui aussi, et les moyens qu'il utilisait pour y arriver étaient terriblement efficaces. Aussitôt qu'il se jugeait délaissé, il manifestait bruyamment sa présence, si bien que nous étions obligés de nous occuper de lui toutes affaires cessantes. Comme il ne connaissait pas d'autres méthodes pour se mettre en évidence et que les nôtres n'étaient guère plus subtiles, il était rigoureusement impossible de lui en vouloir. J'arrivais même à m'attacher, à ma grande surprise, à cette petite chose potelée et sentant bon la poudre.

Nous en avions parlé un peu, Esther et moi, après leur départ, puis nous nous étions mis au travail. Il serait abusif, je pense, de parler de décision. Nous en étions arrivés là, tout simplement.

CHAPITRE

42

Quand j'avais appris par ma mère que Pierre-Paul et Louise avaient donné naissance à leur premier enfant, peu après les Jeux olympiques, j'en avais été un peu étonné, sans plus. Ils étaient devenus de purs étrangers. Mais quand j'avais su, trois ans plus tard, que Louise était de nouveau enceinte, j'en avais été franchement stupéfait. Il arrive qu'un saut quantitatif se transforme en bond qualitatif, aurait dit le vieux Mao. Un enfant, c'est portatif et pas très encombrant. Deux, c'est une famille. Quelque chose de louche, par essence, puisqu'intimement lié à l'État et à la propriété privée.

Je me souviens d'avoir discuté de cette deuxième naissance avec Jacques, au chalet des parents d'Esther. Il en avait été estomaqué, lui aussi, quoique pour des raisons différentes : le comité central, supputait-il, n'aurait jamais toléré que deux de ses militants les plus en vue fassent aussi ostensiblement passer leur vie privée avant la révolution. Il fallait donc en tirer la seule conclusion possible : ils avaient enfin quitté l'Organisation, ou du moins ce qui en restait.

L'idée que le mouvement marxiste-léniniste ait pu continuer à se développer sans nous était insupportable, aussi avions-nous accueilli la nouvelle avec soulagement.

La naissance de leur deuxième enfant non plus que leur rupture avec l'Organisation n'avaient été suffisants cependant pour que s'amorce le rapprochement. Il avait fallu pour cela un autre événement, bien plus étonnant encore : Pierre-Paul avait acheté la maison de ses parents.

Ni Jacques ni moi ne pouvions désormais visiter nos familles sans le voir tondre la pelouse, ramasser les feuilles mortes, pelleter la neige ou promener ses enfants. Nous nous arrêtions alors pour discuter des avantages et des inconvénients des couches jetables et des biberons Playtex. De là, il était inévitable qu'ils nous invitent à visiter les lieux. Malgré leur acharnement à tout modifier pour qu'il ne reste plus rien de l'ancienne décoration, il y avait toujours moyen de dénicher un petit bout de mur, un craquement de plancher, une odeur qui nous ramenait infailliblement aux Gitanes, à Jean-Paul Sartre et à Léo Ferré. Pierre-Paul, en achetant cette maison, nous avait installé un formidable piège à nostalgie.

J'avais été le premier à renouer avec lui. Mes parents y avaient été pour quelque chose, je crois. Je les avais en effet un peu négligés pendant ma période militante et ils en avaient profité pour prendre un sérieux coup de vieux. Je multipliais donc les visites impromptues, m'inventant même des problèmes de mécanique automobile pour donner à mon père l'occasion de se mettre en valeur. Je profitais du prétexte pour aller faire un tour chez Pierre-Paul et la routine s'était si bien établie que j'en étais venu, petit à petit, à stationner mon automobile à mi-chemin entre les deux *bungalows*, puis, c'était inévitable, à inverser l'ordre des visites. J'ai su alors que la réconciliation était totale.

Il en fallait plus cependant pour attirer Jacques, moins sensible à la nostalgie.

***

Existe-t-il d'autres stratégies de séduction que de savoir montrer – quand les circonstances sont favorables, bien sûr, mais cela relève de la tactique – un morceau de sa détresse ? Par pudeur ou par calcul, certains n'en laissent voir qu'une infime partie et donnent à deviner le reste. D'autres s'ingénient tant à la masquer qu'elle n'en devient que plus évidente. Et d'autres enfin, comme Pierre-Paul, en mettent un peu trop. Cette stratégie lui était-elle d'une quelconque utilité dans l'enseignement, activité qui, entre toutes, repose sur la séduction? Quoi qu'il en soit, nous avions eu droit au grand jeu, cet été-là.

Abandonner le train de la Révolution, se marier, devenir père de famille, acheter la maison de ses parents et obtenir enfin un emploi assuré jusqu'à la fin des temps, tout cela en quelques années à peine, il y a de quoi vous démolir le plus solide des hommes, on en conviendra; aussi Pierre-Paul s'était-il tapé une petite dépression.

Ses pires attaques avaient cependant une curieuse tendance à ne se manifester que les samedis soir, et particulièrement pendant l'été. Il n'a donc jamais eu à s'absenter de son travail ni à négliger ses devoirs de père, dont il s'est toujours acquitté avec un zèle si exemplaire qu'on pouvait le soupçonner, parfois, d'y mettre un rien d'ostentation.

Il tentait alors de dissoudre son amertume dans l'alcool qu'il ingurgitait en quantités stupéfiantes, compte tenu de son gabarit. Une fois tombés masques et armures, nous redécouvrions Pierre-Paul tel qu'il avait toujours été, avec son sens du drame et ses fortes tendances à l'autodépréciation.

C'est ainsi qu'il avait réussi à se réconcilier avec Jacques, par une chaude soirée d'été bien arrosée d'alcool, quelque part dans la rue Saint-Denis. Une confidence en entraînant une autre, Jacques avait finalement vidé son sac et l'avait accusé d'avoir comploté pour l'écarter du comité central. Pierre-Paul s'était longuement expliqué et avait fini par admettre, non sans s'être livré à de longues considérations hautement théoriques et non sans avoir invoqué moult circonstances atténuantes, que Louise et lui avaient bel et bien comploté, mais pas tant que ça. Jacques avait semblé satisfait de cette explication et l'humeur de Pierre-Paul, en conséquence, s'était sensiblement améliorée.

***

Arrêt sur image. Un après-midi de l'été 1979, dans la cour du *bungalow* de Pierre-Paul qui, penché sur le barbecue, se brûle les doigts en tournant les brochettes, tandis que je fais manger à la cuillère les deux bébés. Un peu plus loin, Jacques enseigne les rudiments du baseball à deux petits garçons qui sourient de toutes leurs dents de lait. Le bâton bien haut, par-dessus l'épaule, garder les jambes bien écartées, regarder la balle, s'élancer, comme ça, oui, très bien...

Christine, de nouveau enceinte, débouche une bouteille de vin. Louise et Esther mettent le couvert. Bientôt, si les deux bébés veulent bien dormir et si les deux garçons, maintenant installés devant la télé, ne viennent pas nous déranger à tout bout de champ, nous pourrons enfin manger nos brochettes et vider tranquillement quelques bouteilles de Sauternes en discutant de politique (de l'avis général, le bulletin de vote du référendum devrait comporter trois options : oui, non, et *oui mais, justifier en moins de deux pages*), de féminisme (l'un d'entre nous finira bien par avouer qu'il commence à se demander sérieusement si les différences entre garçons et filles sont seulement culturelles) et enfin de la manière dont il convient d'élever les enfants (faut-il ou non leur acheter des jouets de guerre ? Ma position à ce sujet sera minoritaire.).

Le soleil se couche lentement sur la banlieue, la table à pique-nique se remplit de bouteilles vides et nous parlons, des heures durant. Comme avant. Il y a bien quelques flèches empoisonnées, ici et là, quelques blessures encore mal cicatrisées, mais rien qui puisse troubler la douceur d'une nuit d'été.

Hier encore, trois adolescents se complaisaient dans le désespoir en écoutant Léo Ferré se demander si ça vaut le coup de vivre sa vie. Comme des joueurs de baseball, ils avaient quitté leur abri, affronté la vie, puis étaient rentrés à la maison. Ils n'avaient pas aboli la dictature de la norme, il s'en faut de beaucoup, mais ils avaient tout de même ramené de leur périple quelques trésors. Ils étaient trois au départ, ils se retrouvaient dix à l'arrivée, presque onze. Ce n'est pas rien.

La caméra pourrait reculer lentement et nous offrir un vaste panorama de cours de banlieue, mais la séquence s'arrête toujours sur une image fixe d'Esther, qui écoute en silence quelque élucubration de Jacques ou de Pierre-Paul. Esther qui caresse doucement son verre, souriant comme elle seule sait le faire quand elle est dans la lune. Un sourire tourné vers l'intérieur, comme s'il s'adressait à ses mystères. Esther qui n'a jamais été aussi belle qu'à l'aube de ses trente ans et qui ne demande pas mieux que de vieillir en paix, loin des regards indiscrets. Gros plan sur son sourire, puis l'image devient floue.

CHAPITRE

43

Du haut de ma petite moitié de vie, je sais combien est rare et précieuse cette impression qu'on a, parfois, de marcher et de savoir où on va, de parler et de dire exactement ce qu'on veut dire, de poser toujours le bon geste, au bon moment, sans jamais se demander si on aurait pu agir autrement, sans jamais râler contre la médiocrité du scénariste, sans jamais rien regretter, malgré toutes les conséquences, parce qu'on a la conviction intime que les choses doivent se dérouler comme ça, exactement comme ça et pas autrement. Comme la vie devrait être, toujours.

Novembre 1979. Le journal étendu sur le comptoir de la librairie, je prends mon deuxième café de la matinée en lisant, fidèle à ma vieille habitude, la chronique nécrologique. Certains s'inventent des voyages en consultant des cartes routières, je préfère me construire des petits romans en cherchant des noms étranges, des métiers évocateurs. Agnelli, Beauchamp, Chouinard, Corbeil, Forest, Gauthier...

Je crois que c'est le prénom qui a d'abord attiré mon attention. Un prénom vieillot, même pour un homme de soixante-six ans, décédé des suites d'une courte maladie à Montréal, le 12 novembre. D'abord le prénom, puis le nom de famille, et enfin le métier : propriétaire d'une boucherie. Il n'en fallait pas plus pour que je lise à toute vitesse la liste de ceux qu'il avait laissés dans le deuil : l'épouse aux bigoudis, les deux petits frères et elle, enfin, la sorcière de mon adolescence. Son nom est écrit dans le journal, là, devant mes yeux, de même que le lieu où nous avons depuis toujours un rendez-vous secret : le salon funéraire Claude Darche et fils. Ce soir même.

Jamais une journée à la librairie ne m'aura paru aussi longue. Des heures et des heures à écouter cogner mon cœur, à me traiter de tous les noms de la terre et à tenter de me raisonner : elle ne sera même pas là, elle vit sans doute en Australie ou au Pérou, tu auras l'air d'une cloche, c'est tout, et tu auras l'air bien plus cloche encore si elle ne se souvient pas plus de toi que de son premier mouchoir de papier.

J'aurai l'air de ce que je suis. Celui qui veut savoir pourquoi ce sont ces souvenirs-là qui restent accrochés et pas les autres. Celui qui est persuadé que la mémoire, malgré toutes les apparences, n'est pas aussi folle qu'on le pense. Celui qui veut laisser une chance à la vie de démontrer qu'il y a peut-être, quelque part, une cohérence, une logique, aussi folle soit-elle. Je veux la voir, seulement la voir, la regarder dans les yeux, une fois, une seule fois, et tant pis si je n'y trouve rien, et tant mieux si ça peut réussir à extirper jusqu'à la racine, une fois pour toutes, la mauvaise herbe romantique.

À cinq heures, je téléphone à la maison. Esther passera prendre Gabrielle à la garderie, tout va bien. Je lui annonce que je rentrerai plus tard que prévu : une visite à un salon funéraire, le père d'une amie d'enfance, je m'y rendrai directement après le travail, pas la peine de m'attendre pour manger, je me débrouillerai pour grignoter un sandwich...

— Le père d'une amie d'enfance ? Tu ne rates jamais une occasion, toi.

Je coupe court à la conversation, de peur que ma voix ne me trahisse. Déjà que j'avais en vain espéré, en jouant habilement sur la liaison, qu'elle entende « un ami » plutôt que « une amie ». Est-ce pour s'en assurer qu'elle a répété ?

Je quitte la librairie à six heures tapant. Annie, une employée à temps partiel, est tout heureuse que je lui confie la responsabilité de calculer la recette de la journée et de faire le dépôt. Elle peut bien partir avec l'argent et oublier de fermer à clé, je m'en fous.

Six heures trente, je m'installe dans un petit restaurant de quartier, providentiellement situé en face du salon funéraire. (Providentiellement ? Parions plutôt que le restaurateur a misé sur cet emplacement qui lui assure une clientèle régulière, en toute saison.) Le salon n'a qu'une seule issue. Elle doit donc passer devant moi, nécessairement. Il a beau faire noir comme il fait noir en novembre et pleuvoir d'une pluie froide et sale, aussi froide et sale qu'elle peut l'être en novembre, je la verrai. À moins qu'elle vienne par l'autre côté de la rue ? Les gens sont emmitouflés, cols relevés, et dissimulés sous des parapluies... Ce jeune homme, par exemple, pourrait-il être un de ses frères ? Serait-il en plein soleil et juste sous mon nez que je ne le reconnaîtrais sans doute pas, de toute façon. Et parmi ces dames âgées, habillées de noir, laquelle est la veuve ?

Je ne reconnaîtrais peut-être pas ma sorcière, mais est-ce que je la devinerais, est-ce que je sentirais une décharge électrique, un coup au cœur, est-ce que le Destin me prendrait par la main en me disant viens, pauvre cloche, le moment est arrivé ?

Et si elle avait vraiment déménagé en Australie ou au Pérou ? J'écrase ma cigarette dans le cendrier déjà rempli. Inutile de poireauter ici, j'y vais.

J'ai à peine le temps de traverser la rue que je suis transpercé par la pluie froide. Le salon, enfin. Les lettres de plastique blanc, sur le tableau d'affichage noir : salle numéro deux. Cette odeur prenante qui vous saute au nez, dans les salons, cet horrible mélange de fleurs, de nettoyant à tapis et de je ne sais quel produit industriel... Puisque les morts ont été aseptisés, stérilisés, embaumés, pourquoi les propriétaires des salons se sentent-ils obligés d'en remettre ?

Par respect du rituel, je me dirige droit vers la dépouille et je fais semblant de me recueillir, la tête basse, sans m'agenouiller cependant, on a ses principes. Le bonhomme a l'air de ce dont il a toujours eu l'air, un gros boucher insipide, ennuyeux comme un match de baseball. Ne soyons pas mesquin et souhaitons-lui un paradis rempli de sofas confortables, de sacs de chips et de canettes de bière non consignées, avec tous les sports du monde diffusés sur écran géant. Souhaitons-lui aussi un peu de confusion, le jour de la résurrection des corps, qu'il puisse s'en trouver un plus présentable que celui qu'il vient d'abandonner, n'importe lequel fera l'affaire, souhaitons-lui...

C'est à ce moment-là que j'ai senti une main sur mon épaule.

***

Nous sommes restés au salon quelques minutes, pour respecter les convenances, et puis nous nous sommes retrouvés chez elle, dans un petit logement bien ordinaire qu'elle partageait avec une vague connaissance. Une compagne de bureau, si j'ai bien compris, dont la principale qualité était d'être souvent absente. Pas de dessins à l'encre de Chine sur les murs, pas plus que de signes cabalistiques, de boules de cristal ou de chat noir. Un logement bêtement fonctionnel. Elle ne se sentait pas obligée de s'en justifier, non plus que de son emploi dans un quelconque ministère. Un simple gagne-pain, sans plus.

Ça ne peut pas être le vin, pourtant. Une simple bouteille de cuvée du dépanneur, appellation château SAQ contrôlée, ne vous fait pas tourner la tête à ce point. La conversation non plus, d'ailleurs. Des propos décousus dont je ne retiens rien, sinon que nous n'avons jamais parlé de son père.

Les silences, peut-être. Ou bien les grands pans de détresse qu'elle me laissait voir, sans pudeur. Ou bien les curieuses vertus aphrodisiaques que peut avoir le temps, parfois. Il y avait quelque chose d'indécent à jouer ainsi avec le passé, une sorte de tabou qu'il fallait absolument transgresser.

***

Et puis j'ai parlé, longtemps, trop longtemps. Est-ce que j'avais vraiment besoin de lui rappeler, dans l'ordre, les titres de toutes les chansons qu'avait interprétées le chansonnier macabre, le soir de notre première rencontre, et le nombre exact de marches qu'il me fallait descendre pour arriver à sa chambre, dans le sous-sol de la maison de ses parents, et de chercher à qualifier chacune des émotions qui m'assaillaient à chacune de ces marches ? Est-ce ma faute à moi si les images étaient encore là, intactes, bien plus précises que si ces événements avaient eu lieu la veille ?

Elle m'écoutait en se roulant des cigarettes, amusée d'abord, et puis de plus en plus troublée à mesure que je lui rappelais le symbole gravé sur le jonc en os de jambon et l'enchevêtrement des dessins à l'encre de Chine...

Tu te souviens vraiment de tout ça, répétait-elle, de plus en plus inquiète, tandis que je l'assurais que je n'inventais rien, non, et que je me croyais obligé d'en rajouter en lui parlant de ses lettres, de l'encre violette, du timbre collé à l'envers, de ses lettres si souvent relues que je les connaissais par cœur, au point de pouvoir encore en réciter de longs passages, et je racontais, encore et encore, avec un tel luxe de détails qu'elle commençait à avoir peur, je pense, et je persistais pourtant à puiser dans ma réserve de souvenirs, incapable de la croire quand elle affirmait avoir presque tout oublié du jeune adolescent naïf, perdu quelque part dans le brouillard de sa mémoire, et qui écrivait de drôles d'histoires.

***

Il était une fois, à la porte d'un petit village perdu au cœur du Moyen-Âge, un moissonneur fou qui aiguisait sa faux en sifflotant. Au moment d'enduire la lame de suc de mandragore, il avait hésité puis avait renoncé. Pas cette fois-ci, non. Ils n'oublieront rien de ce qu'ils ont perdu.

Il avait fait quelques pas dans le village et, voyant qu'un épais brouillard enveloppait les lieux, avait décidé de le disperser à grands coups de faux. Il avait travaillé avec tant de hargne qu'il ne restait bientôt plus la moindre trace de brouillard non plus que la moindre parcelle de nuit. Cette fois-ci, se disait-il, je veux agir au grand jour.

Les habitants du village, croyant que les succubes et les incubes étaient revenus les séduire, étaient sortis de leurs maisons, un à un. Le moissonneur avait sectionné leurs bras, leurs jambes, leurs têtes et leurs rêves puis, n'ayant pas encore assouvi sa rage, s'était attaqué aux chevaux, aux maisons et aux puits.

Il avait soufflé un peu et avait regardé la lame de sa faux, maintenant ébréchée. À quoi bon l'aiguiser, puisqu'il ne lui restait plus à détruire que cette pauvre maison de sorcière, à l'écart du village? Pouvait-on parler de maison, d'ailleurs? Un triste échafaudage, sans plus. Il suffisait de le regarder pour qu'il se détruise.

Arraché, le toit. Rasés, les murs et les fondations. Ne restait plus qu'un lit. Un cendrier rempli, posé sur les draps défaits. Une jeune femme, nue, si seule qu'elle n'avait plus rien à donner. Fallait-il vraiment aller jusque-là?

CHAPITRE

44

Jamais nous ne nous étions juré fidélité, Esther et moi, pas même le jour de notre mariage, alors que nous nous étions contentés de répéter les formules d'usage. En avions-nous déjà discuté ? Sans doute, oui, au début. Une longue discussion théorique d'où il était ressorti que les relations amoureuses n'étaient pas des relations marchandes et qu'il importait surtout d'être honnête. Mais l'honnêteté impliquait-elle de tout dire, tout de suite, dans les moindres détails ?

Je ne pensais ni à la fidélité ni à l'honnêteté, ce soir-là. J'espérais simplement qu'Esther m'aiderait à comprendre. Je voulais tout lui dire, tout lui expliquer depuis le début, en espérant qu'elle comprendrait mieux que moi.

Elle dormait. Demain, peut-être, je dirai tout. Aussitôt que le moment sera propice...

Je suis allé dans la salle de bains, où je me suis longuement lavé, en évitant de me regarder dans le miroir, puis je suis allé m'étendre à ses côtés, si près du bord du lit que je risquais à tout moment de tomber. Malgré toutes mes précautions, elle s'est réveillée.

— Quelle heure est-il ?

— Trois heures.

— Ça ferme tard, le salon funéraire...

— Je n'avais pas mangé, alors nous sommes allés au restaurant...

— Elle s'appelle comment ?

— Bon, d'accord, allumons la lampe, allons chercher un cendrier.

Elle n'est pas choquée, non. Ni même déçue ou ennuyée. Soulagée, plutôt. Je veux tout lui dire, tout, à partir des débuts, mais elle ne m'en laisse pas le temps. Elle me parle plutôt de son regroupement pour une pédagogie progressiste, qui n'a plus rien publié depuis les *Comptines de lutte de classes* et qui tient pourtant régulièrement des réunions, les vendredis soir, des réunions où il n'est plus question de lutte de classes, ni même de pédagogie, on ne peut même plus parler de réunions, en fait, puisque le regroupement s'est depuis longtemps sabordé...

— D'accord, j'ai compris. Il s'appelle comment?
— Tu veux vraiment en parler tout de suite?

***

Il est des mots et des expressions auxquels on devient à tout jamais profondément allergique. On rêverait alors de se faire élire à l'Académie française pour le seul plaisir d'en bannir à tout jamais l'usage. Depuis ma période militante, je ne peux supporter d'entendre parler de *tâche* ou de *bilan* sans que se déclenche en moi une collection de souvenirs désagréables. J'essaie à tout prix de les éviter, de même d'ailleurs que les *finalement*, *objectivement*, *d'une part d'autre part* et *il faut voir*.

J'ai tenté de la même façon d'éliminer de mon vocabulaire le mot *envergure*. Ce n'est pas un vilain mot, pourtant, mais je ne peux pas l'entendre, fût-ce pour décrire des oiseaux, sans ressentir une profonde blessure.

C'était un soir, une nuit plutôt, une des dernières nuits passées dans notre maison de Laval. Une de ces longues nuits à nous entredéchirer, à nous labourer, à nous écorcher, comme s'il fallait détruire en petites miettes tout ce que nous avions été, comme si sept années de vie commune pouvaient s'effacer à coups d'insultes.

À la fin de cette longue nuit, Esther, me regardant droit dans les yeux, m'avait lancé cette phrase:

— Je vais te dire ce que je pense de toi : tu n'as jamais eu d'*envergure*.

***

Des mots qu'on voudrait bannir, des expressions qu'on voudrait oublier, mais aussi des images, pourtant banales, qu'on voudrait effacer à tout jamais. Encore aujourd'hui, il m'arrive de me laisser gagner par un méchant cafard quand je regarde un peu trop longtemps une de ces petites affiches plantées dans le gazon, en face des maisons de banlieue. Il est dans l'intérêt des courtiers que leurs affiches soient bien apparentes, je comprends ça. N'empêche que je trouve parfois qu'ils exagèrent. Et qu'ils font beaucoup trop de bruit quand ils enfoncent leur pieu à grands coups de marteau.

Des mots qu'on voudrait oublier, des expressions qu'on voudrait abolir, des images à effacer, des chapitres qu'on préférerait ne pas écrire.

SIXIÈME PARTIE

JOHN LENNON

CHAPITRE

45

Les animateurs de radio sont de parfaits salauds. On roule tranquillement sur l'autoroute en ne pensant à rien, ce qui est une raison suffisante pour rouler sur une autoroute, et on entend soudainement une vieille chanson qui vient vous remuer les tripes : *et on ira manger des moules et puis des frites, des frites et puis des moules et du vin de Moselle...* Jacques Brel, à une station de province, et sans le moindre parasite. On augmente le volume, trop heureux de profiter de ce coup de chance inespéré et tout à fait certain que cela ne durera pas. Jamais un animateur de radio ne fait jouer deux bonnes chansons de suite, jamais, à moins d'un miracle. Et le miracle s'était produit, ce jour-là. Un double, un triple miracle : non seulement l'animateur ne m'avait pas assommé à grands coups de publicités tonitruantes ni écœuré en faisant ensuite tourner une chanson sucrée de *crooner* fatigué, mais il avait enchaîné avec *Amsterdam*, *Le Plat Pays* et *Les Marquises*.

Les lacs et les épinettes défilaient de chaque côté de la route et j'avais bien fermé les vitres pour ne pas être dérangé par le bruit du vent. Confortablement calé dans mon siège, j'avais laissé mon automobile m'emmener jusqu'à mes treize ans lorsque tout à coup, sans prévenir, l'animateur avait pris la parole pour m'annoncer, sur un ton empesé, que j'écoutais une émission spéciale pour célébrer la mémoire de Jacques Brel, mort d'un cancer, à Paris, le 9 octobre 1978. J'ai retenu la leçon.

Trois ans plus tard, j'étais sur la route, encore une fois, quand j'ai entendu *Les Copains d'abord*. J'ai chantonné avec Brassens, à la fois heureux d'avoir retenu toutes les paroles et en proie à un vague pressentiment. L'animateur avait enchaîné avec *L'Auvergnat* et *La Supplique pour être enterré à la plage de Sète*. Dès lors, j'ai su. Et j'ai arrêté l'automobile sur l'accotement, pour accuser le coup. Un de plus.

Entre Brel et Brassens, la mort avait eu la faux bien leste. Nikos Poulantzas s'était suicidé, Louis Althusser avait étranglé sa femme et avait été interné, Jean-Paul Sartre avait cassé sa plume et Simone de Beauvoir l'avait assassiné une fois de plus, dans *La Cérémonie des adieux*, en révélant au monde entier ce que le monde entier aurait préféré ignorer. Carnage aussi chez les anonymes : au Cambodge, où sévissait Pol Pot, en Afghanistan, envahi par les Soviétiques, et jusqu'en Guyane, où neuf cents membres de la secte de Jim Jones avaient inscrit leur nom dans le Guinness, au chapitre des suicides collectifs. Ça frisait presque le mauvais goût, aurait dit Brassens. Comme pour couronner le tout, Mark David Chapman, surgi de la nuit new-yorkaise, avait tiré sur John Lennon, à bout portant. Le lundi huit décembre 1980, à vingt-deux heures cinquante, heure de New York.

Il était aussi vingt-deux heures cinquante à Chicoutimi. Je sirotais tranquillement un verre au bar de l'hôtel où j'étais descendu, en bon voyageur de commerce que j'étais devenu. Un dernier verre, histoire de repousser le plus longtemps possible le moment d'aller dormir, seul, dans une chambre anonyme, en espérant vaguement que Diane Keaton, en tournage dans la région, viendrait s'asseoir sur ce tabouret, là, à côté de moi, et qu'elle se sentirait bien seule, ce soir-là.

Elle n'y était pas, non. Retenue à New York, j'imagine. J'étais quand même resté assis au bar, regardant les bouteilles qui se reflétaient dans ces carreaux de miroir veinés d'or qu'on retrouve toujours dans ces endroits, sans doute pour donner une illusion d'abondance, ou encore pour que le buveur s'habitue au dédoublement. Le barman, taciturne, rangeait des verres, la tête en bas, sur des supports de bois, au-dessus du comptoir. Nous ne parlions pas. Je ne suis pas du genre à faire des confidences aux barmen, non plus qu'aux coiffeurs, d'ailleurs. Au salaire qu'ils touchent, je considère que ça relève de l'exploitation.

Un peu plus loin, à une table, deux autres clients discutaient vaguement affaires. Ils semblaient avoir le même âge que moi, la jeune trentaine, et partager le même métier, mais là s'arrêtaient les affinités. De prime abord, ils m'inspiraient une certaine antipathie qui tenait sans doute à leurs complets-veston, qu'ils semblaient porter avec aisance, à leur nœud de cravate impeccable, comme je n'en ai jamais réussi, et surtout aux bribes de conversation que je captais discrètement. Non seulement travaillaient-ils tous deux chez Hewlett-Packard, mais ils se sentaient encore obligés, leur journée de travail terminée, de continuer à discuter informatique. De crainte qu'ils ne tentent de me convertir à leur secte, je m'apprêtais à m'esquiver discrètement en longeant les murs, quitte à me confondre avec les plinthes.

J'allais écraser ma dernière cigarette quand le téléphone a sonné. Le barman est allé répondre, l'air prodigieusement indifférent. À mesure qu'il assimilait l'information, cependant, ses yeux s'écarquillaient en même temps que sa mâchoire inférieure tombait, comme si deux mains invisibles lui étiraient le visage par les deux extrémités. Se ressaisissant enfin, il a fait répéter deux ou trois fois son interlocuteur, puis a raccroché. Il était là, devant moi, blême, la bouche ouverte, abasourdi. Je n'osais pas lui demander ce qui n'allait pas, bien que j'en brûlasse d'envie.

— ... Les Beatles, a-t-il fini par articuler, les Beatles sont morts.

— ... Les quatre?

— Non, je veux dire... John. John Lennon. Assassiné. À New York. C'est mon frère qui m'a appelé, il vient tout juste d'entendre la nouvelle à la radio.

— C'est peut-être une blague...

— Si vous l'aviez entendu, vous ne diriez pas ça. John Lennon...

Les deux représentants de Hewlett-Packard s'étaient aussitôt approchés. Le barman, devenu si pâle que personne n'aurait pu croire à une farce sinistre, a répété à leur intention l'incroyable nouvelle : John Lennon était mort. Le vieux rêve de réconciliation des Beatles, dont les journaux avaient relancé la rumeur chaque année depuis leur rupture, ne se produirait donc jamais. Le lapsus du barman n'était pas si bête, après tout. Les Beatles étaient bel et bien morts.

Nous avions alors allumé la radio pour écouter en silence, religieusement, un journaliste confirmer la nouvelle. John Lennon avait été atteint, cruelle ironie, de quatre balles. Yoko l'avait emmené à l'hôpital, mais il était arrivé trop tard.

Le barman avait rempli nos verres, sans que nous le lui ayons demandé, et s'était lui-même versé un grand verre de scotch, sans eau.

— Pas de danger qu'il ait assassiné Yoko, avait dit le représentant Hewlett-Packard numéro un.

— Ce qui prouve qu'il était fou, avait aussitôt répliqué l'autre.

— Comme l'assassin de Kennedy, avait dit le barman en vidant son verre d'un seul coup. Le monde est rempli de fous.

Comment s'empêcher de boire quand le barman vous sert, à l'œil, de grandes rasades de scotch et que vous êtes d'humeur à les vider toutes ? Le barman, visiblement le plus secoué de nous quatre, s'était alors mis à parler. Les rôles étaient inversés, pour une fois, les clients étant devenus ses confidents.

— Il faut que je vous raconte... J'avais quatorze ans, j'étais dans une salle de danse, à Alma. Un sous-sol d'église, des surveillants qui viennent vous taper sur l'épaule si vous dansez des slows trop collés, vous voyez le genre... Je n'avais jamais dansé de ma vie, jamais touché à une fille non plus, même pas du bout des doigts. Quand Johanne Langlois m'avait demandé de danser avec elle, j'étais quasiment tombé sans connaissance. Parlez-en à n'importe quel gars de Chicoutimi, et même de tout le Saguenay, et de tout le lac Saint-Jean si vous voulez, ils seront d'accord : Johanne, c'était le paradis terrestre. Un mélange de Raquel Welch et de Gina Lollobrigida, tellement belle... Et des seins, les gars... Impossible de les regarder au complet sans avoir à refaire le *focus*, c'est vous dire.

Alors elle s'est collée à moi pendant que John Lennon chantait *Girl*, j'ai senti ses seins s'aplatir sur ma poitrine, c'était chaud, tellement chaud que j'ai failli m'évanouir. Et puis c'est tout, j'étais tellement troublé que je n'ai pas réussi à lui parler. Traitez-moi de fou tant que vous voudrez, mais je n'ai jamais rien senti de comparable par la suite, jamais, même si j'ai baisé je ne sais pas combien de fois avec je ne sais pas combien de filles. Depuis ce temps-là, chaque fois que j'entends *Girl*...

— La première fois que j'ai baisé, avait enchaîné M. Hewlett-Packard numéro un, c'était dans un sous-sol de *bungalow*. La fille avait seize ans, comme moi, et nous avions passé la soirée à écouter *Sargent Pepper*. Nous n'avions pas bu, pas fumé, rien, mais il y avait quand même quelque chose de magique dans l'air, quelque chose qui nous donnait envie de tout essayer. Mon premier orgasme, je l'ai eu à la fin de *A Day in a Life*, quand l'orchestre monte, monte... *I saw a film today oh boy...*

Il avait chanté les deux premiers vers *a capella*, puis s'était tu. Nous avions tous complété le couplet, intérieurement, et nous aurions sans doute chanté la suite par

cœur jusqu'à l'interminable crescendo de la fin si
M. Hewlett-Packard numéro deux ne s'était pas livré, à
son tour, à ses confidences. Même s'il n'en avait pas
l'air, comme ça (il fallait l'avoir vu pour savoir à quel
point la mise en garde s'imposait), il avait eu, dans sa
jeunesse, les cheveux si longs qu'il les attachait en tresse.
Il avait vécu en commune pendant deux ans dans une
vieille ferme, près de Victoriaville, persuadé qu'il chan-
gerait ainsi le monde : *You may say I'm a dreamer, but I
am not the only one...*

Emporté par la vague, j'avais raconté, moi aussi, une
certaine nuit de l'Expo 67, alors que j'essayais d'élever
mon niveau de conscience tandis que des guitaristes
amateurs jouaient, autour d'un feu de camp, *Norwegian
Wood*. Puis ma première rupture, provoquée par une
discussion sur les mérites respectifs des Stones et des
Beatles et enfin mon premier *bad trip*, dans l'appartement
de Suzanne, quand je voyais se dessiner des gargouilles
sur la pochette du disque blanc. John Lennon avait peut-
être eu raison de déclarer que les Beatles étaient plus
populaires que le Christ. Sous-sols de *bungalows*, salles
de danse, premiers amours, premières ruptures, premiers
joints, premiers buvards d'acide... Comme Lui, ils avaient
eu le don d'ubiquité. Mieux que des dieux, ils avaient été
des grands frères qui nous auraient ouvert toutes les
portes en nous disant regarde, tout est possible.

Je n'ai aucune idée du nombre de bouteilles que nous
avons vidées, ce soir-là, et je me demande encore comment je suis parvenu à regagner ma chambre. À travers les
brumes du *black out*, je crois quand même me souvenir de
quatre hommes, complètement soûls, chantant, ou braillant
plutôt, bras-dessus bras-dessous, *Give Peace a Chance*.
Comment pouvions-nous réussir à fausser sur un air aussi
simple, cela demeure un grand mystère, aussi grand
d'ailleurs que l'affection soudaine que j'éprouvais pour les
deux représentants de Hewlett-Packard. Est-ce que j'ai

rêvé ou est-ce que je les ai vraiment embrassés quand, d'un commun accord, ils ont décidé d'improviser un feu de camp, dans le cendrier, en y faisant brûler leur cravate ?

L'espace d'une soirée, je m'étais fait trois amis absolus. Peu m'importe si je ne les ai jamais revus par la suite. Peu m'importe de savoir que j'aurais fait de semblables rencontres dans n'importe quel bar de la planète, ce soir-là. Partout, sur les cinq continents, des millions d'hommes et de femmes qui ne partageaient que le fait d'avoir été jeunes, jadis, quelque part dans les années soixante, ont pu ainsi nouer d'indéfectibles amitiés d'un soir. Des millions d'hommes et de femmes qui ont eu trente ans en même temps et qui se sont sentis vieux, tout à coup, horriblement vieux, et qui doivent à John de s'être sentis un peu moins seuls, l'espace d'un soir, et orphelins de rêves.

CHAPITRE

46

L'expression «voyageur de commerce» est en passe d'être surannée, malheureusement, au profit de l'insipide représentant. Je l'aimais bien, moi, cette expression, malgré qu'il y soit question de commerce – mais le prétexte en vaut bien d'autres, tout bien réfléchi. J'aime le voyageur, évidemment, même si rien n'est moins dépourvu d'aventure et de romantisme qu'un hôtel de Chicoutimi ou de Trois-Rivières, et même si on n'y rencontre jamais Diane Keaton.

J'étais devenu voyageur de commerce, ou représentant d'une maison de distribution, ou *pusher* de livres, si vous préférez, peu après le divorce.

Ma librairie avait dû fermer ses portes, faute de clientèle. L'homme qui avait connu Norman Bethune m'avait offert la gérance d'une succursale plus rentable, dans un centre commercial plus achalandé, et j'avais réussi à y tenir le coup quelques mois, le temps de découvrir que tout ce que j'avais aimé, dans ma petite librairie, avait précisément été l'absence totale de clientèle, quelques périodes de pointe exceptées. Il fallait me rendre à l'évidence : on ne peut pas faire sa vie dans le commerce tout en considérant les clients comme des gêneurs. On ne peut pas non plus, à trente ans, et en ayant pour tout bagage un pauvre petit baccalauréat en histoire, entreprendre une carrière dans l'enseignement.

Je connaissais bon nombre de représentants de maisons d'édition et leur emploi ne m'avait pas jusque-là attiré outre mesure, du moins jusqu'à ce que je découvre qu'en travaillant d'arrache-pied pour convaincre les libraires de placer leurs livres en quelque endroit straté- gique, ils se libéraient du même coup de l'obligation de les écouler un à un, ce qui représentait, me semblait-il, une appréciable économie de relations humaines. De plus, ces maisons mettaient à la disposition de leurs vendeurs, qui avaient souvent à voyager à travers la province, une automobile dont elles assumaient tous les frais. Du coup, leur emploi m'était apparu sous un jour nouveau. Seul sur les routes pendant des heures, sans patron, sans presque de comptes à rendre... Il me faudrait bien sûr flatter les libraires dans le sens du poil, faire semblant de m'enthousiasmer pour des livres insipides et ne jamais rater une occasion de dénigrer mes concur- rents, mais tous ces inconvénients étaient compensés par un salaire de base respectable. En y ajoutant l'usage d'une automobile et d'intéressantes commissions, on réussissait non seulement à dépasser le revenu d'un gérant de librairie, ce qui n'était pas difficile, mais aussi celui des professeurs, ce qui me procurait un doux sentiment de vengeance.

Les dollars ont compté dans ma décision, je l'avoue. À l'aube des années quatre-vingt, à quoi d'autre pouvait- on mesurer l'envergure ?

Quand je souffrais de démangeaisons idéologiques (cela m'arrivait encore, de loin en loin), je me consolais en pensant à Jacques qui était passé, en quelques années à peine, de *Pékin-Informations* à *Business Week*, ou du moins à leurs équivalents locaux, troquant ainsi son ancienne langue de bois contre une autre, truffée de véhicules financiers compétitifs, de créneaux prometteurs et autres horreurs. Un tel changement de cap avait fait de lui une proie facile pour les sarcasmes, évidemment, et certains ne s'étaient pas gênés pour le regarder de haut. Christine, en particulier, lui avait fait le coup du mépris, ce qui ne l'empêchait pas de passer l'essentiel de sa vie

devant les tribunaux pour réclamer des réajustements de sa
pension alimentaire. Pierre-Paul aussi y était allé de
quelques pointes ironiques, du haut de son emploi garanti
à vie.

L'argent avait compté dans ma décision, oui, je ne
vois pas pourquoi je m'en cacherais, mais c'est avant
tout la perspective de rouler longtemps sur les routes de
province qui avait emporté mon adhésion.

J'aime l'automobile. J'aime rester assis pendant des
heures, à ne presque rien faire, tout en ayant l'impression
d'aller quelque part, vers une lointaine destination qui
n'est plus qu'un prétexte à la route. J'aime laisser mon
cerveau retrouver la logique des rêves quand, mêlant
quelques phrases entendues à la radio à des fragments de
souvenirs, il se fabrique de fantastiques débuts de romans.
Peu m'importe s'ils sont destinés au vent que je laisse
entrer par la fenêtre, pour changer d'air.

Trois-Rivières, Québec, Chicoutimi... Il faut bien sûr
s'arrêter de temps en temps pour justifier son salaire mais,
pour le reste, on se retrouve seul, dans son automobile,
parmi les lacs et les montagnes du parc des Laurentides.
À cent kilomètres heure, impossible de réfléchir.

Impossible aussi de ne pas être témoin de quelques
mémorables accidents. Ainsi cet automobiliste qui,
m'ayant dépassé malgré la chaussée recouverte de neige,
a perdu le contrôle de son véhicule. Un, deux, trois,
quatre tonneaux complets avant qu'il s'immobilise enfin,
au creux du fossé. Il est sorti du véhicule, sans la moindre
égratignure, pas même étourdi, puis a eu ces gestes
incroyables d'épousseter son épaule, sur laquelle un peu
de neige était tombée, et de replacer sa cravate, qui avait
glissé en dehors de son pardessus. Tout à fait placide, il
répondait aux questions des curieux, en cercle autour de
lui, comme si rien ne s'était produit, puis des policiers,
qui n'en revenaient pas. Ce n'est qu'au moment de
s'asseoir dans leur automobile qu'il a craqué.

Automobiles enroulées autour de lampadaires ou écrasées contre un pilier de pont, piétons recouverts d'un drap, bicyclettes tordues... Pourquoi eux, et pas moi? Il suffirait de si peu, au fond. Une plaque de glace, une pluie traîtresse, voire même un simple éternuement mal contrôlé et le chauffeur de ce camion-remorque qui arrive à toute vitesse, là-bas, en haut de la côte, perd soudainement le contrôle de son véhicule. Il suffirait que je sois en train d'allumer une cigarette au même moment pour que je ne réussisse pas à l'éviter. La coïncidence d'un éternuement et d'une petite flamme, il n'en faut pas plus pour que, dans un concert de vitre brisée, de tôle et de crissements de pneus, mon automobile en soit réduite au format de ces petits cubes de métal qu'on fabrique dans les cours à ferraille. Un petit cube, c'est tout, avec moi dedans, si inextricablement mêlé à la tôle et au chrome que les pompiers renonceraient à m'en extraire. On m'enterrerait comme cela, dans un cimetière nouveau genre, où les grues remplaceraient les fossoyeurs. Il suffirait de creuser des fosses un peu plus grandes, voilà tout. Et puis on pourrait économiser les pierres tombales en laissant dépasser un petit morceau de carrosserie sur lequel brillerait un feu arrière, encore branché sur la batterie. Ce serait joli, le soir.

CHAPITRE

47

— Désolé, il nous est impossible de vous répondre présentement, veuillez laisser un message et nous vous rappellerons dès que nous le pourrons...

Chaque fois que je téléphone chez Esther, je rêve d'inventer un appareil capable de pulvériser à distance les répondeurs automatiques. Tout est désagréable dans ce message, à commencer par ce nous, trop souvent et trop lourdement répété. Et puis cette voix masculine, trop grave, trop lente. Personne ne parle plus comme ça, aujourd'hui, pas même les animateurs de Radio-Canada FM. Et enfin le message lui-même, chargé de désagréables sous-entendus. S'ils sont sortis, qu'ils le disent, ce serait beaucoup plus décent que de laisser imaginer ce que peuvent fabriquer deux adultes normalement constitués, encore dans la phase euphorique de leurs amours, et qui ne veulent même pas se donner la peine de répondre au téléphone.

On m'accorde trois longues minutes pour laisser mon message. C'est cent fois plus de temps qu'il ne m'en faut, mais je défile quand même à toute vitesse mon court message, comme si le signal sonore était une guillotine : je passerai samedi matin, à neuf heures précises, chercher ma fille.

On ne peut pas être plus clair, il me semble. Et pourtant, quand je me présenterai chez eux, le samedi suivant, à neuf heures précises, c'est lui qui m'ouvrira la porte, les cheveux ébouriffés, encore en robe de chambre. La valise de Gabrielle ne sera évidemment pas prête,

Esther cherchera le toutou préféré dans toute la maison et y mettra tant de temps que le grand imbécile se sentira obligé de m'offrir un café. Je l'accepterai, histoire de lui montrer que je suis civilisé, et personne n'entendra la mise en garde que je me ferai intérieurement : attention, le dialogue qui suit, en apparences anodin, contient en réalité quelques répliques d'une grande violence contenue.

Il s'appelle Michel, mettons, et Michel est ce genre de type qui s'est lancé dans le syndicalisme le jour où il s'est rendu compte qu'il détestait l'enseignement. C'est ce qu'on appelle avoir de l'envergure, sans doute. À moins que cette envergure ne se mesure plutôt à ses tempes grisonnantes et à sa calvitie même pas précoce. Ou encore à sa riche expérience de vie, puisée dans les centaines de colloques et de congrès auxquels il se croyait tenu d'assister tandis que son ex-épouse élevait seule ses deux enfants, maintenant devenus adolescents. Une ex-épouse qui ne l'avait jamais vraiment compris par ailleurs, ce qui avait incité Michel à la troquer contre une autre, plus jeune de presque quinze ans...

Oui, bon, je sais. Mais ça fait tellement de bien.

***

Pendant les premiers temps, on croit pouvoir refermer la blessure en parlant de ses problèmes pendant des heures et des heures. Comme si, entre autres conséquences biologiques, le divorce avait la propriété de stimuler les cordes vocales. Alors on parle en espérant que, à force d'aligner des mots, on finira bien par tomber sur une phrase, une toute petite phrase, venue Dieu sait d'où, qui expliquera tout comme par magie. Une petite phrase qui nous permettrait de recommencer à zéro, comme s'il ne s'était rien passé. On ne la trouve jamais, bien sûr, mais ça ne coûte rien d'essayer. Si on a sous la main, à ce moment-là, un vieil ami qui vit une situation semblable, on a tout ce qu'il faut pour passer ses soirées à remplir des cendriers et à vider des bouteilles. Et Jacques, heureuse coïncidence, était là.

Il me téléphonait souvent, le vendredi soir, directement de son travail, et me parlait de choses et d'autres, comme s'il ne voulait que bavarder. Je le connaissais suffisamment bien cependant pour savoir qu'il faisait partie de ces gens qui, au téléphone, se croient obligés de parler de n'importe quoi avant d'entrer dans le vif du sujet. Par manque d'attention, on pouvait facilement laisser échapper l'essentiel. Pour peu qu'on connût Jacques, cela ne risquait guère d'arriver, tant il était systématique en toutes choses. Après avoir abordé quatre sujets qui n'étaient le plus souvent que pures diversions, il abordait le cinquième en faisant toujours semblant que l'idée venait tout juste de lui traverser l'esprit. «À propos, tandis que j'y pense...» Si je l'avais écouté distraitement jusque-là, je pouvais alors dresser l'oreille : l'essentiel arrivait. Et l'essentiel, en ce temps-là, était qu'il paniquait à l'idée de rentrer chez lui, seul, et qu'il brûlait d'envie d'aller manger au restaurant, puis d'écumer les bars jusqu'à plus soif. Ça tombait bien : moi aussi.

Nous allions donc manger une pizza et nous nous répétions sans cesse que tout allait bien, qu'il fallait profiter de notre liberté toute nouvelle, pleine d'*opportunités*, comme disent les hommes d'affaires que n'effraient pas les anglicismes, puis nous changions d'endroit pour le digestif. N'importe quel bar nous convenait.

Je lui parlais d'Esther, à qui il m'arrivait d'imputer tous les torts, lui faisant subir un interminable procès au cours duquel je lui prêtais des intentions qu'elle n'avait sans doute jamais eues et agitant, en guise de preuves irréfutables, des répliques qu'elle m'avait servies des années plus tôt. Sorties de leur contexte, elles paraissaient tout à fait accablantes. Il ne m'en fallait pas plus pour me convaincre de la justesse de mon réquisitoire : Esther, indéniablement, avait songé au divorce avant même de me rencontrer. Il pouvait aussi m'arriver, selon l'humeur du moment, de me livrer à une pitoyable autocritique digne des procès de Moscou. J'avais alors tous les torts, je ne bénéficiais d'aucune circonstance atténuante, je méritais donc mon sort, soyez sévère, surtout, monsieur le juge.

Je ne sais pas s'il existait sur terre une personne moins douée que Jacques pour recevoir des confidences, mais il me laissait parler aussi longtemps que je le voulais, sans jamais intervenir. De là à affirmer qu'il m'écoutait, il y a cependant un pas que j'hésite à franchir. N'étant guère plus doué que lui sous ce rapport, j'aurais été bien malvenu de m'en plaindre, d'autant qu'il jouait son rôle de façon assez crédible, somme toute. Et puis il existe des circonstances où un sens de l'investissement bien compris comble avantageusement cette carence : une heure de confidences s'échangeait contre une heure de silence, donnant donnant. Quand je le voyais consulter discrètement sa montre, je savais qu'il était temps d'inverser les rôles, et je l'écoutais à mon tour me parler de Christine. Chacun y trouvait son compte, et puis qu'avions-nous besoin de nous écouter vraiment alors que nos histoires, à quelques exceptions près, étaient en tous points semblables ? Aurions-nous été experts dans l'art de recevoir des confidences que nous nous serions ainsi privés du plaisir de nous répéter. Ça n'a l'air de rien, comme ça, mais ça meuble une soirée.

D'un vendredi à l'autre, nous échangions ainsi les mêmes confidences, presque mot pour mot, remplissant cendrier sur cendrier et vidant bouteille sur bouteille.

Il arrivait toujours un moment, lorsque Jacques avait un peu trop bu, où les mots ne réussissaient plus à sortir de sa bouche. Il continuait pourtant à faire les gestes qui lui étaient familiers, déplaçant ses mains de manière parallèle, comme pour découper des carrés d'air. Lui que j'avais vu si souvent, dans le temps, raser l'histoire à grands coups de bulldozer pour construire ensuite de magnifiques édifices en empilant des pierres invisibles, avait maintenant bien du mal à manipuler deux pauvres petits blocs. Le jeu semblait si simple, pourtant : un homme, une femme...

**

Pierre-Paul et Louise se comportaient en confidents si exemplaires, répétant nos fins de phrases pour nous relancer et écoutant patiemment nos réponses, que Jacques les soupçonnait de potasser en cachette des traités de psychologie. J'avais du mal, pour ma part, à me chasser de l'esprit qu'ils se réjouissaient secrètement de mes malheurs, que mes confidences ne leur servaient qu'à se conforter dans leur image de couple solide et réaliste. Pierre-Paul et Louise demeurent encore, aujourd'hui, le seul couple de ma génération que je connaisse qui n'ait jamais divorcé, et ils en tirent une étrange fierté.

Devenu franchement casanier, Pierre-Paul refuse de nous accompagner dans les bars mais ne déteste pas, à l'occasion, nous accueillir chez lui, dans son sous-sol de *bungalow*, là où, il y a bien longtemps, nous avions si souvent réglé le sort du monde.

Je les laisse d'abord discuter de politique, et ils s'amusent longtemps au jeu des poupées russes : Staline était-il contenu dans Lénine, Lénine dans Marx, Marx dans Platon ?

Quand nous parlons ensuite des femmes, anciennes ou nouvelles, Jacques et moi, Pierre-Paul se réfugie dans de vagues considérations sociologiques, ce qui est une façon comme une autre de se taire.

Et c'est Jacques qui se tait, à son tour, lorsque Pierre-Paul et moi, parfois, quand il est vraiment très tard, et seulement pour le plaisir de spéculer, entendons-nous bien, parlons de Dieu. Nous sommes encore athées, bien sûr, cela va sans dire, mais n'y a-t-il pas quelque chose d'un peu bizarre à se déclarer athées non pratiquants ?

**

Le reste, il faut le deviner. On ne saurait parler d'une quelconque résistance idéologique, non plus que d'une caractéristique intrinsèque de notre sexe, je pense. Nos conjointes, nouvelles ou anciennes, auront beau nous reprocher nos silences et nos pudeurs jusqu'à la fin des temps, elles ne nous changeront pas. C'est le manque d'habitude, tout simplement, qui explique que nous n'ayons jamais été portés sur les confidences et les épanchements. À quoi serviraient-ils, de toute façon, alors qu'il suffit d'observer ?

Des gestes un peu brusques, des aigreurs, une façon un peu trop énergique de hausser les épaules, comme pour rejeter au loin une épaisse chape de plomb, suffisent pour que nous soupçonnions que tout ne va pas pour le mieux entre Pierre-Paul et Louise. Que gagnerions-nous à le presser de questions ? Pourquoi ne pas chercher plutôt à le faire parler des faisceaux de convergences qu'il faudrait peut-être trouver entre l'indépendance, l'écologie et la démocratie ? Dans ces moments-là, Jacques s'abstiendra de le traiter d'indécrottable idéaliste romantique et je me garderai, pour ma part, de lui dire qu'il me fait penser au *Nowhere Man* de John Lennon, dessinant ses *nowhere plans for nobody.*

Et s'il se passe sans cesse la main sur le crâne, qui commence par ailleurs à se dégarnir sérieusement, tout en regardant les murs qui l'entourent, l'air un peu perdu, et s'il veut ensuite ramener sur le tapis la question de son athéisme, qu'il cherche à qualifier le plus précisément possible, il faut l'écouter, tout simplement, et chercher avec lui une réponse, plutôt que de lui faire remarquer que ses parents sont morts peu après lui avoir vendu leur maison et qu'il est donc, en toute logique, le prochain sur la liste.

Quand Jacques nous parlera de son nouvel emploi dans un grand quotidien, de la chronique qui lui appartiendra bientôt en propre, du grand rectangle blanc, en première page du cahier économique, qui deviendra bientôt le fief dont il sera le seigneur, là où il sera enfin en mesure, après avoir passé tant d'années à chanter les louanges des hommes d'affaires, clientèle oblige, de donner libre cours à son esprit critique, on pourra facilement, en revanche, l'asticoter un peu sur le caractère émoussé de son esprit critique. Le nuage sur lequel il vit est si vaste qu'on peut sans crainte lui en grignoter quelques morceaux. N'a-t-il pas d'ailleurs des accents un brin trop lyriques quand il nous parle de sa chronique et qu'il nous chante les vertus du syndicalisme dans l'information ? Ses mots, ses inflexions, ses élans ne seraient-ils pas plus appropriés pour évoquer, plutôt que le syndicalisme, une certaine syndicaliste ?

Je ne fais pas de confidences, moi non plus, ou alors seulement en inventant des histoires. Des projets de romans, la plupart du temps, sans cesse repris et abandonnés, ce qui me vaut quelques sourires marqués d'un brin de condescendance. Des projets de romans, mais aussi une histoire toute simple à propos d'une fille que j'avais un peu connue, adolescent, et que j'ai revue récemment, par hasard. Il y a encore bien des fantômes à chasser, elle est un peu difficile à aimer, mais je ne désespère pas d'ajuster enfin mon antenne, de sorte que les images se superposent.

CHAPITRE

48

Soixante-douze ans, tel avait été son dernier pronostic. Cela explique peut-être qu'il ne se soit pas inquiété outre mesure quand, pelletant la lourde neige humide qui était tombée en ce 12 mars 1983, il avait ressenti une vague douleur à l'épaule. S'il avait été le moindrement inquiet, il aurait téléphoné à ma mère, qui travaillait ce jour-là. Elle n'aurait pas pu ignorer un symptôme aussi classique et aurait aussitôt appelé une ambulance.

Il connaissait tout aussi bien ce symptôme, pourtant, mais comment peut-on en être certain quand on l'éprouve pour la première fois ? En attendant que le mal passe, il était allé s'étendre sur le sofa du salon. Il n'avait que cinquante-sept ans, il était donc mathématiquement impossible que...

Mathématiquement impossible, en effet. Et puis cette façon de mourir, victime d'une bête tempête de neige. Il aurait inventé mieux, j'en suis convaincu.

Mathématiquement impossible, telle avait aussi été la réaction de ma mère qui, à force de s'entendre répéter le chiffre magique de soixante-douze ans, avait fini par y croire, malgré elle.

Nous imaginions mon père, au Paradis, tentant, chiffres en main, de convaincre Saint-Pierre qu'il y avait eu erreur sur la personne et cherchant ensuite, parmi les âmes des avocats, quelqu'un qui pourrait, de là-haut, intenter une poursuite contre la mutuelle de Hartford.

Elle avait eu ce genre de réflexions, oui, le soir même de son décès. Les jours suivants, elle s'était montrée presque impassible, voire enjouée et débordante d'énergie. Son humeur s'était maintenue pendant presque deux semaines, jusqu'à ce qu'elle décide de vendre la maison, immensément vide tout à coup.

J'étais allé l'aider à faire des boîtes. La vieille calculatrice à manivelle, datant de l'âge de pierre, dont mon père n'avait jamais voulu se débarrasser. Le tampon encreur, sur son bureau. Le porte-pipes. Le vélo d'exercices. Autant d'occasions de craquer.

J'ai craqué, moi aussi, quelques semaines plus tard. Je roulais tranquillement sur l'autoroute, et j'ai ralenti pour voir l'accident. Une automobile écrasée contre le pilier d'un pont, des voitures de police, une ambulance, des gyrophares. Je cherchais les mots que j'aurais employés pour lui raconter cet accident, aussitôt rentré à Montréal. Je lui aurais d'abord décrit ce qui restait du véhicule (une Plymouth Volare 1981, il aimait ce genre de précision), puis je lui aurais parlé du conducteur, couché sur la civière, le visage recouvert d'un drap.

Il m'aurait alors posé une longue série de questions : est-ce que je n'avais pas remarqué des traces de rouille, sur la carrosserie? Le conducteur avait-il eu le temps de freiner, la chaussée était-elle bien sèche? N'y avait-il pas des ornières creusées par les poids lourds, des feuilles mortes, une flaque d'huile? Le panneau qui annonçait la courbe était-il bien visible?

J'aurais senti grandir son inquiétude à mesure que j'éliminais toutes les causes probables de l'accident. Fronçant les sourcils, il aurait réfléchi quelques instants, puis aurait avancé une hypothèse qui se serait rapidement muée en certitude. «Un arrêt cardiaque, probablement. Cela ne se serait pas produit si le gouvernement exigeait que les conducteurs passent des examens médicaux, passé la quarantaine... Oui, c'est un arrêt cardiaque. Sûrement.»

Moi qui avais à peine bronché quand ma mère m'avait appris, au téléphone, que mon père était mort, à tel point d'ailleurs que je m'étais demandé si je n'étais pas un monstre d'insensibilité, moi qui m'étais occupé, en zombi efficace, de toutes les formalités funéraires, moi dont la vie avait ensuite repris son cours normal, sans que rien ait été changé (il m'arrivait de m'observer dans un miroir, le soir, pour constater que j'étais encore le même, exactement le même, et cela ne cessait de m'étonner), il avait suffi d'un accident pour que je commence à comprendre qu'on peut se préparer à la mort d'un proche, jamais à son absence.

***

C'est ce soir-là, je pense, que, incapable de dormir, j'avais ouvert un de ces cahiers à spirale que je conservais toujours, au cas où.

Une salle de classe, dans un collège. Un jeune homme, dix-huit ans à peine, subit le cours d'un professeur qui pourrait ressembler à Pierre-Paul, disons. Le jeune est un peu baveux, le professeur un rien suffisant. Décrire un peu la salle de classe, en attendant de trouver la suite.

Cendrier, cigarettes, papier, et une nuit si épaisse, tout autour, que le petit paysan ose enfin frapper à la porte du château.

Jamais je n'ai osé parler de ce projet à qui que ce soit. Ces choses-là doivent être tenues secrètes, je pense.

Un jeune homme, donc, dans un collège. Il a des parents qu'il méprise un peu, comme de raison. Il habite la banlieue. Il faut parler de ce qu'on connaît, c'est ce qu'on enseigne, paraît-il, dans les cours de création littéraire. Il a aussi une petite amie, bien sûr, dont le visage, mais le visage seulement, pourrait se rapprocher de celui d'Esther, pourquoi pas.

J'ai encore quelques pages à écrire avant d'arriver enfin à la scène qui me hante, depuis quelque temps, et dont je n'arrive pas à me débarrasser, Dieu sait pourquoi.

Le jeune homme, ayant enfourché les mots de son professeur, se retrouve, malgré lui, projeté dans ses rêves. Il rencontre Lénine, Staline, Marx. Pas des ectoplasmes, non, pas des fantômes qui seraient apparus parce qu'il aurait fait tourner une table, mais de véritables personnages avec qui il parle, tout bonnement, comme s'il les avait rencontrés au coin de la rue. Le seul problème est d'organiser la coïncidence.

Une histoire dont je veux voir la fin, pour une fois. Terminer un roman, enfin, et tenter de le faire publier, en espérant de tout cœur qu'elle me lise.

N'en parler à personne et écrire, tard, la nuit, rien que pour voir qui va l'emporter, au bout du compte : la main droite, qui tient le crayon, ou la gauche, qui tient la cigarette.